ステルス令嬢の恋愛事情

ご主人様

溺愛されまして!?

th
no
jijyo.

来栖もよもよ

eロマンス ロイヤル

Contents

プロローグ 005
第一章 私、就職致します 008
第二章 二週間って言いましたよね？ 038
第三章 ロゼッタ姉さまとアレルギーの薬 066
第四章 パトリシア改、出動 097
第五章 とある日記 110

第六章　モニカとのトラブル　133
第七章　深まる関係　163
第八章　結婚　225
第九章　頑張る伯爵夫人　250
エピローグ　293
【番外編】特権、使いませんか？　305

Stealth reijyo no renai jijyo.

Character

レオン・ロンダルド（二十六）

社交界で知らぬ者はいないほどの美貌の伯爵。性格は気難しく無口でとっつきにくいとされているが、それでも尚、婚姻を望む女性は後を絶たない。だが本人は大の女性嫌いであり、さらに重大な秘密を抱えているようで……？

パトリシア・ケイロン（十八）

ケイロン家の長女。印象や存在感が極めて薄いと評判の男爵令嬢。非常に楽天的で、平凡に暮らしていければそれでいいと考えているおっとりとした性格。その一方、こうと決めたらすぐに就職を決めるなど、行動力の塊でもある。

マルタ（四十六）

ロンダルト家のメイド長。主人であるレオンの「秘密」を知る、数少ない人物。パトリシアのメイドとしての働きぶりと人物像を知るうち徐々に信頼を置くようになる。

モニカ・スタンレー（十九）

スタンレー伯爵令嬢。商売上手で財力のある父を持つ。華やかで目立つ美人で、パトリシアの幼馴染と親密な交際をしていたが、レオンに一目惚れしたようで……？

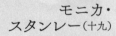

プロローグ

バケツの中で雑巾《ぞうきん》を絞って、床の汚れをせっせと落としていたら、ふとソファーの下に飲み物をこぼしたあとのようなシミを見つけた。

(やあねえ。こういうところって分かりにくいのよね)

男爵令嬢《だんしやくれいじよう》としてはちょっとはしたないが、今の私はロンダルド家の誇り高きメイドである。

ソファーは足付きで、ちょっとした高さがあったので、ワンピースの裾《すそ》をたくし上げて下に潜り込むような姿勢になり綺麗《きれい》に拭《ふ》き取った。満足である。

よし今度は図書室に向かうかと立ち上がろうとした瞬間、扉が音を立てた。

はっとして扉の方向を見ると、すぐに開いて――ここで会う訳にはいかない人物の気配がした。

私が固まっていると、入って来たのは長身で襟元《えりもと》辺りの短めの癖《くせ》のないこげ茶色の髪が、歩くたびにサラリと風になびいて揺れている男性。穏やかながら、光を集めて煌《きら》めくライトブラウンの瞳が印象的な、驚くほど目鼻立ちが整った美しい人だった。

……なるほどこの方がレオン様なのね。初めてお顔を拝見したけれど、確かにマルタの言う通り、噂《うわさ》に恥じぬ、いや噂以上の美丈夫だわ。

　私より八歳上の二十六歳と聞いていたけれど、想像していたかなり大人の男性というイメージとは違い、幼馴染《おさななじ》みのギルモアとさほど変わらないような年齢に見えた。


　その美しいご主人様は、私がいることにはまったく気づかず、何やら鼻歌まじりに机に向かうと、引き出しからチョコレート菓子のようなものを取ってぽーんと上に放った。それをそのまま上を向いて開けた口で無事にキャッチして、「よし」と言いながらくるりと真正面を向いた――時に、ソファーの陰で雑巾を持って中腰のまま息を潜めていた私と目が合った。

　ビクッと肩を揺らして目を見開いて、レオン様はそのまま長いこと微動だにしていなかったので、よほど驚いたのだろう。

　二人で目を合わせたまま、気まずい時間が流れた。

　私もいつまでも床で固まっている訳にもいかないので急いで立ち上がり、深々と頭を下げた。

「驚かせてしまい申し訳ありません。早く終わらせるつもりでございましたが、初日なのでまだ勝手が分からず時間が掛かってしまいました。マルタ様に代わり、二週間ほどお部屋の清掃とレオン様の身の回りのお世話を担当させて頂くパトリシアと申します。どうぞよろしくお願い致します」

「――あ、ああ。マルタから聞いている」

「お茶はいつ頃お持ちすればよろしいでしょうか？」

「今はまだいい。頼みたい時に呼び鈴を鳴らすから、それまでは残りの清掃を頼む」

「かしこまりました。それでは失礼します」

これが、麗《うるわ》しきご主人様の秘密の一つを知ってしまった時の話。

この時は、地味な私がこの後まさかあんなことになってしまうだなんて思ってもいなかった——。

第一章　私、就職致します

「……パティーはほら、顔立ちは悪くないけど、影が薄いというか存在感がないというか……とにかく地味で大人しいだろう？　もちろん悪い子じゃないんだけど、恋愛とか結婚となると、ちょっとね」

幼馴染《おさななじ》みのギルモア・コルトピーがそう言い、友だちと笑い合っているのを聞いてしまったのは、私・パトリシア・ケイロンの十八歳の誕生日を翌日に控えた日のことであった。

確かに私は、くすんだ感じの色合いの金髪に光のない暗めな緑の瞳、頬《ほお》に少々散ってしまっている薄いそばかす。顔立ちはごく普通だと思っているが、友人にも地味だの控えめ過ぎるだの、しっかりとメイクしなさいなどと散々言われたりしている、自他ともに認める華《はな》のない女である。

趣味だって読書や散歩、得意なのも料理や掃除くらい。ピアノだって弾《ひ》けないし、芝居や音楽などもさほど興味がない。男爵《だんしやく》家の令嬢として気品や教養というものが少々足りないという自覚もある。

――だけど幼馴染みのギルモアは。

小さな頃からいつも私に優しかったギルモアは、きっとどこかに存在する私の中の良い部分というのを理解してくれていると信じていたのだ。

この国では成人年齢である十八歳ともなれば、やはり結婚を意識する頃である。

明日、都合が良ければギルモアをピクニックにでも誘って、温めていた恋を打ち明けようかなと浮かれてコルトピー伯爵《はくしゃく》家にやって来なければ、こんな心が打ち砕かれるような台詞《せりふ》を聞かずに済んだのに。


メイドに案内されて庭へ通された私は、ガーデンテーブルでギルモアと向かい合わせに座ってお茶を飲んでいた男性に見覚えがあった。

ギルモアの親友のジャック・イーサンである。彼と同級で、私も何度か一緒に買い物に出かけたりお茶を飲んだりしたことがある。

挨拶《あいさつ》をしようと声を掛ける直前、あのギルモアの声が聞こえて来てしまったのだ。

歩みを止めて固まった私は、どんな顔をしていたのだろうか。

……まあどうせ印象が薄い存在感のない人間らしいし、どんな顔だったとしてもすぐ忘れられてしまうだろう。気にすることはない。

背中を向けているギルモアは気づいていなかったが、向かいのジャックはすぐに気がつき笑うのを止《や》めた。

「……おい、どうしたんだ？」

「──後ろ」

急に真顔になったジャックに話しかけたギルモアは、え？　と後ろを振り向き、私を見て目を見開いた。

「パ、パティー……」

「ごきげんよう、ギルモア」

私は何でもないように笑顔を作り、スカートをつまみ淑女の礼をする。

「――やあ、どうしたんだい、ええと、今日は何か約束があったかな？」

まるで何事もなかったかのように、いつもの優しい語り口になる。

私が聞いていなかった可能性にでもかけたのだろうか。馬鹿らしい。

「いいえ。天気がしばらく良いらしいから、ピクニックのお誘いでもと思ったのだけれど……お話が聞こえてしまって、気が変わったわ」

「あの、あのねパティー、さっきのは冗談で――」

「もうパティーとは呼ばないで頂ける？　ギルモアもこんな地味で影の薄ーい女と、幼馴染みとはいえ長ーい間友人付き合いをして頂いて感謝するわ。ただ私も侮辱《ぶじょく》されたまま付き合いを続けていくつもりはありませんの。あなたとお会いするのもこれきりですわね」

「待って！　いや違うんだ、本当はそんなこと思ってなくてっ」

「よろしいのよ。私は友人も少ないですし、誰にもこんな恥ずかしい話を広めるつもりもありませんわ。それでは失礼致します」

「パティー！」

ギルモアの声を無視してきびすを返すと、オロオロしているメイドに軽く頭を下げ、私はそのまま屋敷を後にした。

（……地味で人に迷惑をかけたのかってのよ。若い女は印象深くて華がなきゃ恋愛や結婚する価値もないって言うの？）

すたすたと早足で歩きながら、こぼれそうになる涙を必死にこらえた。

ずっと子供の頃からギルモアしか見てこなかった。

一緒に遊んでくれて、勉強を教えてくれて。二つ上の優しいお兄さんから、次第に恋愛対象、結婚相手として見るようになったのはいつだったか。もう遠い遠い昔だ。

黙々と自宅への道を歩きながら、私は思った。

気心の知れた幼馴染みからすら恋愛対象として見られないということは、見合いなどをしたところで、結果は予想出来るではないか。

私には結婚をするチャンスは限りなく低いということだ。

十八歳になる前日にそんなことを確認させられるのは最悪ではあるけれど、逆に考えれば、今後の生き方を考えるのが早まっただけである。

我がケイロン男爵家は、小さな領地で豊かであるとは言えないが、散財するでもない堅実経営。二つ下に弟のルーファスがいるので、跡継ぎには困っていない。

だが私が結婚もせず嫁《い》き遅れとして実家に残っていたままでは、この先弟のお嫁さんになる方に多大なる迷惑がかかる。

願わくばどこかに嫁《とつ》げれば良かったが、現実を見た今となっては夢物語である。

（……仕事を探さなければ）

私は足を止めた。

そうだわ。私一人でも生きていけるように働くのよ。家にも仕送り出来るようになれば、ケイロン家の生活の足しにもなるじゃない。私も家族に遠慮しながら肩身の狭い思いをして生きていくなどまっぴらである。

「仕事さえ出来れば、私を必要として下さるところもあるわよね」

くるりとまた方向転換をすると、町の職業あっせん所へ向かってまた黙々と歩き出すのだった。

◇◇◇

「ちょっと姉さん！　急に住み込みの仕事って何だよ！」

夕食後私の部屋に慌ただしくやって来た弟のルーファスは、先ほどの話にかなり驚いているようだった。

自宅に戻ってての夕食時。

私は両親に、十八歳で成人にもなるし働かざる者食うべからずだから、メイドの住み込みの仕事を見つけて来たので来週から早速行って来ます、と宣言した。

「あら。寂しくなるわね……でも勤労意欲があるのは立派ねえあなた」

「そうだな。でも急だなあ。うちもお金はないとは言っても、私たちの収入でも子供たちの面倒ぐらい十分に見られるぞ？　まあそんなに贅沢《ぜいたく》は出来ないが」

「でも、収入は増えた方が良いもの。私も早く仕送り出来るよう頑張るわ」

我が家は男爵とはいえ一応爵位もあるし、爵位を損《そこ》なわない程度の大きさの屋敷もある。古い屋敷だが、それがゆえに各部屋が天井も高くゆったりとした造りだ。各個人の私室に父の書斎、居間に貯蔵庫のついた厨房《ちゅうぼう》だってあるし、食堂に客室も三部屋はある。……二部屋は以前に祖父母が使っていたのけれど。

だけどそこそこの屋敷があっても、裕福な訳ではない。父は領地収入を上げるべくせっせと農作業に勤《いそ》しんでいるし、母も農作業を手伝ったり、ドレスのサイズ直しをしたり町の人たちの子供服を作ったりして家計を支えている。なかなか評判は良いらしい。まあ毎日そんな生活をしている程度の底辺貴族である。

私の母は、父が一目惚《ひとめぼ》れして必死にアプローチされて結婚に至ったらしいが、生家は爵位もない元平民である。そのため、働くのは当然だし全く苦にならないそうだ。

結婚当時から父方の祖父や祖母は、

「ウチ、そんなオホホな貴族生活してないものねえ」

「領地も沢山ある訳じゃないしなあ。むしろこんな貧乏貴族に嫁に来てくれるだけでありがたいねえ」

と喜んでいたと聞く。

年を取ってものほほんとした仲良しの祖父母は、父が結婚したらとっとと家督《かとく》を譲り渡し、少し離れた別荘に引っ込んで、現在はたまに遊びに来る程度。

母の恐れていた、貴族ならではのしつけと称した嫁いびりなども全くなくて気が抜けたと笑っていた。今は実の両親のように大切にしている。母の両親が早くに亡くなったせいもあるのだろうけど、一般的に見ても家族仲はかなり良い方ではないだろうか。


「まあルーファス、騒がしいわね。メイドは基本住み込みなのよ。仕方ないじゃないの」

「それにしたって、事前に僕に何の相談もなしにさあ……」

ルーファスは十六歳になったばかりでまだまだ子供だ。

ただ、今でも美しい母の血をそっくり引いたので、将来美男子になること間違いなしの可愛《かわい》らしい顔立ちをしている。輝く金髪も、整った目鼻立ちも麗《うるわ》しく、陽気で友人思いの優しい子である。

その上頭も良い自慢の弟だ。

ただいかんせん、二人きりの姉弟《きょうだい》のせいかかなりのシスコンではある。

「──だけどさ、住み込みとかになったら、ギルモア兄さんとなかなか会えなくなるんじゃないの？　姉さんはギルモア兄さんのこと、結構好きだったんじゃないの？」

……ああ、ルーファスが心配していたのはやはりそこだったか。

彼はギルモアと遊ぶ時に一緒にかまってもらっていたので、かなりギルモアに懐《なつ》いている。あんな人が義兄《にい》さんになったら嬉《うれ》しいのになあ、と言っていたことも一度や二度ではない。

少々心が痛んだが、私は正直に伝えることにした。

「ごめんなさいね。ギルモアとはもう友人付き合いをするのを止めたのよ」

「ちょ、えっ？　何故《なぜ》さ？」

「ええと……性格の不一致かしらね？」

「長年友人として付き合ってて今さら？」

なんとか上手《うま》いことサラリとかわそうとしたが、自分でも嘘《うそ》をつくのが下手過ぎて嫌になる。いつの間にか昼間の話をする羽目《はめ》になった。

「……ギルモア兄さんてば、姉さんのことそんな風に思ってたの？　そんなの怒って当然だよ！ってか何で一発ぐらい引っぱたいて来なかったんだよ。聞かれてると思わなかったからって、幼馴染みである女性に対してその発言はないでしょう？　姉さんが出来ないなら僕が代わりに行こうか？　これでも結構鍛えてるからギルモア兄さんにも引けは取らないよ？」

私より弟の方の怒りが強過ぎて、思わず宥《なだ》めてしまう。

「落ち着いてよルーファス。……まあ本音を言えばね、確かにギルモアのこと好きだったからショックは受けたけど、単なる片思いなの。相手からすれば別に恋人でもない幼馴染みなんだし、恋愛対象にならないって考えを事前に分かっただけでもありがたかったのよ。だって知らないまま告白してたらもっと辛《つら》かったでしょう？」

「だけどさっ――」

「それにねえ、実際私の影が薄いのは昔からだし、地味と言われるのも慣れてるのよ。ルーファスのようにキラキラした金髪だったり綺麗《きれい》な顔してたりすれば、もう少し違ったのかも知れないけれど……」

「姉さんは可愛いじゃないか！　確かに少し気配を感じにくいとか、近くにいたのに気づかなかったとか僕の友人に言われたことはあったけど、よく見れば顔立ちも綺麗だし頭も良いし、掃除や料理だって上手いだろう？」

「身内びいきね。第一ねえ、たとえよく見れば美人だろうと、よく見なければ分からない状態で存在感もなければしょうがないじゃないの。それに貴族の女性に掃除や料理の腕の良し悪しはあまり求められないわ。我が家は、家族で何でもこなさなければならないような貧乏男爵家だから家事能力が必要なんだもの」

「それは、まあそうだけどさ……」

私はしょんぼりするルーファスの肩をポンポン、と叩《たた》いた。

「もういいのよ。それでね、花嫁修業なんて必要ないと思ったのよ。結婚相手が現れるかどうかも分からないのに意味ないわ。少しでも影の薄さを払拭《ふっしょく》しようとして、いきなり厚化粧してひらひらしたドレスで町をそぞろ歩くなんて私には無理だわ。実際に好きじゃないもの、そんな目立つようなことをするのは。だから、頑張って仕事をして、嫁き遅れになっても困らない生活をしようと決めたのよ」

「姉さん……でも僕は悔《くや》しいし、寂しいよ……」

「大丈夫。時々は帰って来るし、お土産《みやげ》も持って来るからね」

めそめそする弟を慰めながら、私もたかだか失恋一つで落ち込んでいる場合じゃないと気持ちを新たにする。

職業あっせん所に紹介されて私が勤める予定のロンダルド伯爵家は、少し田舎の方ではあるがかなり広大な土地を持つ歴史ある裕福な名家である。社交を殆《ほとん》どしない私でも名前を知っているほどだ。

数年前に、溺愛《できあい》していた夫人が病気で亡くなられ憔悴《しょうすい》した旧ロンダルド伯爵が一人息子に爵位を継がせて、別邸に引きこもったと聞いた。だから今は息子の代ということだろう。

その息子というのが社交界にその名を轟《とどろ》かせる美貌《びぼう》の伯爵なのだ。しかしその反面非常に気難《きむずか》しく神経質で、彼の屋敷では次々にメイドがクビになっていく……と有名でもある。

うら若きご令嬢がパーティーで近づこうとするだけで眉間《みけん》にシワが寄るとか、最低限の会話しかしないとか、仕事人間で女性が嫌いなんじゃないかという噂《うわさ》もあるようだ。そんな噂があろうとアタックする女性がなくならないのも容姿や財力が魅力的だからなのだろう。

「絶対にみだりにロンダルド伯爵に近づかないこと。大変気難しい方だし、不興《ふきょう》を買うとすぐクビになるので、くれぐれも注意すること」

とあっせん所の所長もしつこい位に念を押して来たが、まあ広い屋敷で働くメイドなど一番下《した》っ端《ぱ》なのだ。そうそう伯爵に近づく機会もあるまい。

大体、私は存在感がないことが売りなのだもの。

就職を前に、本来の楽天的な性格が戻って来たような気がしていた。

「——パトリシア・ケイロン男爵令嬢ですね」

「はい！　これからどうぞよろしくお願い致します」

「私はメイド長のマルタと申します。一応メイドを束《たば》ねている立場上、私が上司です。働いている間は爵位はないものとして扱いますのでご理解を。……それと最初に申し上げておきますが、夜中にレオン様の寝所《しんじょ》に忍び込んで既成事実を作ろうとされたり、馴《な》れ馴《な》れしく接触を試みる貴族のご令嬢もおられますが、判明した時点で素行不良として即日解雇《かいこ》となりますので、こちらもくれぐれも肝に銘《めい》じておいて下さい」

「はい、心得《こころえ》ております」

大体、こちらは花嫁になることを諦めて来てるんだし。

ロンダルド家にトランク一つでやって来た私は、マルタの後ろに付いて歩きながら心の中で呟《つぶや》いていた。

これから働く屋敷ということで、少々はしたないとは思いつつもあちこちに視線をやってしまう。

裕福だと聞いていたので、我が家の古い屋敷とは違った、キラキラした華やかな豪邸を想像していたのだけれど、少々思っていたのと違っていた。

確かに我が家の三倍か四倍はありそうなかなり大きな屋敷ではある。……あるのだけど、クリーム色の外壁に茶色いの木の窓枠、広々とした庭園に敷かれた芝生に高い常緑樹も青々とした葉を広げている。日陰でお昼寝でもしたくなるようなのどかなイメージだ。ただ、私が見た限りでは庭園には花壇などは見当たらなかった。思えば室内でも造花《ぞうか》は飾ってあったが、生花《せいか》はなかったように思う。まあまだ一部しか見てないもの。気のせいかな。

メイド長のマルタは黒髪を後ろでひとまとめにした、黒目で細身のキリッとした女性だ。世代としては三十九歳の私の母よりも少し上だろうか。いかにも出来るオーラが全体的に漂《ただよ》っている理知的な人である。背筋がピシッと伸びていて歩く姿も所作《しょさ》も美しい。

私もこんな立派な女性になれるだろうか。

……それにしても、夜這《よば》いをかける令嬢とか怖いわぁ。もし成功したら、貞操《ていそう》を奪った責任でも取らせるつもりなのかしら？　言葉は悪いけど、そっちから誘ったんだから、とやり捨てされる可能性だってあるでしょうに。

それに勝手に部屋に侵入されるのは伯爵だって恐ろしいわよねえ。ロンダルド家は屋敷もどれだけ部屋があるのか分からないほど大きくて立派だし、伯爵という爵位だけれど、商売上手で侯爵《こうしゃく》家にも劣らぬほどの財力を持っているらしいから、縁故《えんこ》を狙っている娘持ちの貴族もいるのだろう。

私の両親がそんなアグレッシブな行動を取らせるタイプでなくて良かった、とつくづくケイロン家に生まれたことを感謝した。

「ここがパトリシアの部屋になります。自室の掃除は各自で行うことになっております。……いつ辞めるか分からないのだから、綺麗に使いなさい」

「はい」

よほど行いのよろしくないご令嬢が多かったのだろうか。

残念ながらすぐに辞めるつもりはありませんのでご安心を。でも、それは仕事ぶりで認めて頂くしかないようだし、私も心を引き締めねば。

案内された部屋は、別棟にある女性専用寮の一階の突き当たりの一部屋だった。

自宅の自室に比べれば狭いものの、掃除も行き届いており日当たりも良い。清潔なシーツにふっくらした枕。洋服ダンスと鏡台、小さなテーブルに椅子しかないが、私には十分である。

白襟《しろえり》のついた黒のワンピース仕立てのメイド服と白いヘッドドレスを渡され、着替えたら仕事の手順を教えるので食堂まで来なさいと言い残し、マルタは出て行った。

(さて、果たして私の家事レベルできちんと仕事をこなせるのかしら)

少し不安には思ったものの、急いでメイド服に着替えて本棟の食堂へ向かった。

食堂には私以外に二人の新人メイドが所在なげに立っていた。マルタの姿はまだない。

「パトリシアと申します。よろしくお願い致します」

「私はエマリア、隣はジョアンナよ。こちらこそよろしくね」

気さくに笑顔で返事を返してくれたエマリアは、プラチナブロンドに青い瞳の正統派美人といったところか。子爵《ししゃく》令嬢らしい。

よろしく、と簡潔《かんけつ》に挨拶を返してくれたジョアンナは茶髪で茶の瞳。男爵令嬢で、肉感的で、羨《うらや》ましくなるほど豊かな胸をしたセクシー美人である。

エマリアは十九歳でジョアンナは二十歳、私とほぼ同世代である。まさか、この人たちもマルタの言っていたような「既成事実狙ってます派」なのだろうか？

でも即日解雇なんて恐ろしい前例を聞いていれば、家門に泥《どろ》を塗るような真似《まね》は流石《さすが》にしないわよねえ。

それにしても、そんな事件が複数起きているにもかかわらず、顔で選んでいるとしか思えない華やかな新人たちである。人手不足なのかも知れないが、もう少しロンダルド家も人選方法を考えた方が良い気がするわ。

三人で待っているとほどなくしてマルタが現れる。

「それでは早速ですが、あなた方はトイレと浴室の清掃からお願いします。掃除用具は廊下奥の地下の用具部屋に揃《そろ》っています。他の子たちは客室の掃除をしているので、仕事のやり方で困ったら聞きなさい。終わったら全員で廊下の窓拭きと床の清掃です。——ああ、二階の旦那様の書斎と図書室、寝室は一切立ち入らないように。はい、ではさっさと動きなさい。時間は有限ですよ」

ぱんぱん、と手を叩くマルタに急《せ》かされ廊下に出た私たちは、急ぎ用具部屋に向かう。

「……ちょっと初日から仕事の量が多くない？　それに私トイレや浴室の清掃なんてしたことないわ」

「私もよ。大丈夫かしらね、少し不安だわ」

ジョアンナとエマリアの会話を聞いて、二人の家はお嬢様として不自由ない暮らしをしていたのねと感じたが、それなら私が役に立てるはず。

「大丈夫よ。私の家は男爵家とは言え裕福ではないの。お陰で一通りの家事は家の者がやっているから、やり方は教えられるわ」

「まあ、パトリシア！　なんて頼りになるのかしら！　同じ時に入って良かった。分からないことがあったら助けてね」

エマリアが目を輝かせて私の手を取った。ジョアンナも安心したようだ。

「仕事ぶりでクビにならないように、一生懸命頑張らないとね」

助け合える新人同士の仲間がいて良かった。

これから頑張って、クビを回避するために誠意を持って仕事をしなくては。家族への仕送りと私の未来の職業婦人への道がかかっているんだもの。

私はぎゅっと拳を握り、よし、と気合を入れるのだった。


一カ月ほど仕事をしていても、新人メイドである私は当主であるロンダルド伯爵の姿を間近で見る機会はなかった。二度ほど外出する際の後ろ姿をチラリと見ただけである。

(あっせん所の所長やメイド長のマルタ様がしつこいぐらいに念を押していたけれど、心配することもなかったわね。夜這いどころかお会いする機会もないのだもの。ああ良かった！)

メイドとしての仕事も、個人的には思ったよりも楽だった。

朝から流れ作業で、十人ほどのメイド仲間と二十近くはある応接室や客間などの掃除を分担で行い、私たちのような使用人の制服の着替えなども洗濯をして一気に干す。カーテンやシーツなどもやる時は大量で殺気立つこともあるが、それ以外は大勢で一気に取り掛かるのでそう大変ではない。

　厨房では料理長の指示に従って野菜の皮むきやみじん切りなどの下ごしらえをして、食事の準備をする。浴室では風呂用のブラシでせっせと毎日掃除してピカピカになった浴槽に湯を沸かす。そして乾いた洗濯物を取り込み一斉に畳んで仕分けする。雨の日は翌日に延《の》びたり使ってない部屋に干したりと変動はあるけれど、私が家でやっていたことと大した違いはないので、屋敷の広さと仕事量の多ささえ除けば慣れるのは容易だった。

　二交替制なので、日勤のメイドは夕方五時で作業終了である。その後は夜勤の担当として数名のメイドが交替で夕方五時から深夜一時頃まで夕食の後片付けや主人の要望などの様々な対応をする。今はベテランのみだが、私たちも慣れて来たら夜間の担当も交替で受け持つそうだ。

　まあ夜の仕事は急な訪問者の対応や、朝食用の野菜などの食材を地下倉庫から厨房に運ぶなど、そう忙しくはなさそうだし、夜間手当もちゃんと付くそうなので、貯蓄に励みたい私には願ってもない話だ。

　食事の給仕の際にも、なるべく当主と顔を合わせないようにするためか、ベテランのメイド以外は食堂への出入りは禁じられているので、ちょこっと休憩も挟めるしとてもありがたい。

　先輩たちも優しく面倒見が良い人ばかりでイジメなどもない。時にはおやつも頂ける。週に一度丸一日のお休みもあり、外出も自由だ。

――つまりは体力は使うが良い職場ということである。

一緒に入ったエマリアとジョアンナは、普段使っていない筋肉を酷使《こくし》したためなのか、最初の一週間ほどは「はぃ……」とか「いぇ」と言った最低限のかすかな言葉しか発せず、もしや明日にはベッドで力尽きているのでは、と毎日心配するほど消え入りそうな様子だった。

筋肉痛がひどいとかで動きもぎこちなく、先輩メイドから「すぐ慣れるわよ。頑張んなさい！」と背中をぱしーんと叩かれ、ひい、とうずくまって目を潤《うる》ませる姿に少々呆《あき》れられたりもしていたが、現在は軽口を叩きながら仕事をこなせるほどになった。人は慣れるものである。

思っていた以上に夜眠るまでの自由時間があるため、自室の掃除が済むとぼーっとしている時間が出来てしまう。これはもったいないと感じたので、初めての休みには実家に戻って刺繍《ししゅう》道具と手編み棒や毛糸、そして本を持ち帰った。

何かしていないと落ち着かないのは昔からだ。実家ならばやることは沢山あるので困らないのだが、何もせずのんびりしてもいい状況というのは、私にとっては居たたまれないのである。きっと敬愛する平民の母の血を引いているのだろう。

そんな、そこそこ忙しくも適度に趣味の時間も持てる、快適な仕事場に勤めてから三カ月ほど過ぎた頃。

メイド長のマルタが仕事中に足を骨折してしまった。

彼女の担当である図書室の清掃中に、本棚の上の埃《ほこり》を払おうとして脚立から体勢を崩して転落してしまったらしい。一人で仕事をしていると、こういう危ないことが起きた時が恐ろしいのだ。

「旦那様の寝室や書斎などは致し方ないのでしょうが、本棚がいくつもあるような図書室は危険です。せめてどなたかベテランの先輩をお連れになって下さい。マルタ様がおられないとこの屋敷は回らないと思いますもの」

私はマルタの居室に見舞いに伺った際にお願いをした。

彼女は仕事に対して真摯《しんし》であり、上の立場でも手を抜くことをしない真面目な方だ。まだ短い仕事期間でも良く分かる、大変尊敬出来る上司なので、あまり無茶をして欲しくない。

正直マルタが休みの時などは、あからさまにメイドたちのまとまりがなくなったり効率が悪くなったりするのだ。やはりピリリと空気を引き締めるような、統率力のある人というのは必要なのだと実感する。

「わざわざありがとう。そうですね……私も若い頃は咄嗟《とっさ》の反応にも自信があったのですが……これも年を取ったということですね」

ベッドに横になったマルタは、情けない顔で自身の足を眺《なが》めていた。しっかりと石膏《せっこう》で膝下が固められており、二週間は動かしてはいけないと医者にきつく言われたとかなり落ち込んでいる様子である。

「それでも、足の骨折だけで済んで良かったです。友人のお祖父《じい》様は冬場に高所の雪かきをしていて転落し、打ち所が悪くそのままお亡くなりに……」

「まあ、そうなのですか。……私も慢心を反省しなくては」

そう言いながら、マルタは何故か私をジロジロと眺め出した。

「あの……マルタ様？　どうかされましたか？」

「――以前から思っていたのだけれど、パトリシア。あなたは仕事を覚えるのも早いし、手際も良く丁寧で真面目で、普通ならもっとこう、周囲から目立ってもおかしくないのに、何と言うか……存在感が希薄《きはく》ですね本当に。いえ、これは悪い意味に取らないで欲しいのだけど」

確かに間違いではないけれど、もう少しふわっとした表現をしてもらえないかしら。良い意味に取りようがないではないか。

いや、マルタに言われるまでもなく分かっている。仲間の誰もが私の印象が薄いと感じているであろうことは実感しているのだ。


「――あらパトリシアいつの間に来てたの？」

「もうパトリシアっ、いるならいるって言ってよ。驚くじゃないの」

などと親しいエマリアたちにまで言われる始末である。

「それは私も常日頃感じておりますが、本質的になかなか変わりようがないと申しますか何と言いますか――」

「いえ違うのです。あなたの存在感のなさは大変貴重なのですよ」

「……は？」

マルタは私の目を見つめた。

「――パトリシア、私が休んでいる間、あなたに代わりに私の担当箇所の清掃とレオン様の身の回りのお世話をお願いしたいと思っています。あなたが一番適任……いえ、あなたしかいません！」

「すみませんがクビの要因が生息するエリアに立ち入ることはお断りします」

私は即答した。

「まさかパトリシア、あなたは旦那様に何かしようとでも思っているのですか？」

「いえ全く。私はただ長くこちらで働きたいだけです。『出来る限り夜道は一人で歩くな』『常に疑いのかからぬ場所にいろ』というのが両親の教えですので」

「……なるほど。ご両親の教えは大切です。ですがそういう考えを持っているならなおさらのことパトリシアにしか頼めないのです！」

嫌だって言ってるのに全く引いてくれる気配がない。

私は思わずため息をつきそうになったが、マルタにはずっとお世話になっている恩義もあるし、何よりケガ人だ。

「――私を追い出すために陥れようとしている訳ではありませんよね？」

「まさかそんなこと、ある訳ないでしょう？　仕事ぶりを認めてのことです」

どうあがいても、了承するまで逃がす気はないらしい。

「……とりあえず、何故私なのか、理由をお聞かせ願えますか？」

私はそう返すしかなかった。

「旦那様……レオン様は、裕福で知られるロンダルド家の当主であり、二十六歳の男盛り、さらには独身です。しかも先代の奥様譲りで老若男女問わずすれ違えばほぼ振り返って二度見するような絵画より目の保養になる整った顔立ちな上、この広大なロンダルド家の領地を一人で管理出来る才覚もおありなのです。社交界ではイチ押し物件として、年頃の娘を持つ貴族たちが何とか娘を嫁がせたいと願い、釣り書きが途切れることもありませんし、以前パトリシアに話をしたように、花嫁修業と称して娘をメイドに潜り込ませて来たりもします」

マルタは聞いてもいない事情を説明し始めた。

「……はあ、さようでございますか」

「そうそれ！　勤め始めた当初からそれとなく観察していましたが、パトリシアは全く旦那様に興味がないという姿勢を崩すことなく現在に至ります。私があなたに目を付けたきっかけもそこなのです！」

片足を石膏で固められたメイド長に手を摑《つか》まれて、熱く訴えかけられているが、当主をどうでもいいと思っている女に目を付けるのもどうかと思う。

「私は仕事をしに来ておりますもので」

「そして、その存在感のなさ！　常にメイドたちに目を配っているはずの私の視線すらすり抜け、ギリギリまで気配を感じさせずに背後に立てるその資質は、ベテランメイドにもないとても貴重なものなのですよ」

マルタ本人は褒《ほ》め称《たた》えているような口調だが、私には見えないナイフがあちこちから刺さっていないだろうか。若い女性がそんな言葉を並べられて喜ぶかどうか、仕事の出来るメイド長なら察知してもらえる。

「レオン様は、プライベートエリアに誰かが入ることをとても嫌います。小さな頃からお世話をしている私ですら、気配を殺して最短で掃除をしてお茶を淹《い》れ、御用がなければ迅速に退室する、かなり神経を使うものとなります。他人が入ることで、無意識に漂わせる相手の気配とか存在感みたいなものが部屋に残るのが嫌なのだとか」

「――そのような、粗相《そそう》をした時点で一発終了が確定している繊細な場所へ、私のような新人を向かわせるのは如何《いかが》なものかと思いますけれども」

「ですから、あなたの天性の素質です。無意識に気配を殺せる、立っていても存在感が希薄、そしてパトリシア、あなた香水は使っていませんね？」

「え？　ああそうですね。香りが強いものは苦手ですので」

「レオン様は女性の使う香水の香りも苦手です。あれはより存在を感じるものですしね。これは内密に頼みますが、花粉アレルギーもあるので屋敷には花は一切置いていません。見映《みば》えが悪いので人目に付くところは造花を置いたりしていますが」

確かにこんな大きな屋敷で立派な花瓶も沢山あるのに、生花が飾られているのを見た記憶はなかった。

「いくら私が存在感がないと申しましてもですね、流石に旦那様だって見慣れない新人メイドがいれば不快になるのではないかと」

「自信を持ちなさい、あなたの資質は本物です。二週間だけ。私の足が治るまでの間だけで良いのです。よほどのことでもやらかさない限り、クビにすることなどあり得ません。パトリシアに期待をしていて、長い間働いて欲しいのは私も同様なのです」

影の薄さに自信は持てと言われましても。それにサラリと聞き流してしまいそうになりましたが、よほどのことをやらかせばクビなんですよね？　嫌に決まってるじゃありませんか。

「私にはそのような大役は……」

「私にこんな不自由な足で二階へ階段を使って掃除をしろと言うのですか？　お医者さまにも怒られてしまいます。お願い、あなただけが頼りなのです！」

コンコンコンッ、と自分の足の石膏を叩いてわざとらしく弱者アピールを入れて来るマルタに心が痛まない訳ではないが、何も私でなくても、という気持ちも捨て切れない。

「エマリアやジョアンナはどうでしょうか？　彼女たちなら喜んで——」

「パトリシア、あの二人に希薄な存在感というものがありますか？　ジョアンナからは若さに似合わぬ色気が溢《あふ》れていますし、エマリアも自身の美貌から来る無意識の強さを感じます。この仕事も結婚前の腰掛け程度でしょうし、レオン様を狙っている可能性もあるので、早々に私の後継者としては却下しました」

「……すみません。後継者という言葉は初めて伺いましたが？」

「ああ、今のは気にせずとも良いのです。私もいつまでも働ける訳ではありませんからね。今後のメイド長候補というのをそろそろ考えていかねば、と。片腕になれる存在は大切ですからね」

長い付き合いをしようとしている勤務先の長《おさ》が、未来の昇進をちらつかせるという搦《から》め手まで使い出しましたよ。

ただ、私がこれからもお世話になるつもりならば当然、昇進を狙えるというのは悪くない。ただのメイドと違って、早々簡単にはクビには出来ないだろうし。

「……本当に二週間だけで良いんですね？」

「足の調子にもよりますが、大体そのぐらいと見て下さい。きちんとレオン様にもお伝えしておきますし、期間限定ですから」

にっこりと微笑《ほほえ》むマルタに、私は潔《いさぎよ》く白旗を上げた。

レオン様の寝室と図書室、書斎（兼執務室）の清掃を任されることになった私は、仲良しのエマリアやジョアンナに打ち明けた。

彼女たちは仕事量が減っていいわね、ついでに噂の美形の旦那様と会えるじゃないととても羨ましがられた。

だが、レオン様が人の出入りにとても神経質であることや、私の影の薄さ、存在感のなさが任された原因なのだと告げると、「まあ……」「それは何と言うか……」などと口ごもり、なんだか同情された。

ただ、良いこともない訳ではない。

マルタが治るまでは担当がこの三部屋だけなので、自由な時間が増えるのだ。

「むしろ他のメイドに旦那様の部屋の様子などを詮索《せんさく》されたりしても面倒だろうから、早く終わったとしても他の者の仕事を手伝う必要はありません」

とマルタにも宣言された。

三部屋の掃除など、かなり丁寧にやっても五、六時間だろう。普段の勤務時間より二時間くらい減る。これはかなりのメリットだ。

二週間程度の期間限定ではあるが、神経を使うこと以外は体力的な負担は減るので、仕事が終われば早めに本を読んだり、現在取り掛かっているハンカチの刺繍の続きも進められる。それに上手く出来れば、将来的にメイド長へのステップアップも検討してもらえるのだ。……多分。

やらかしさえしなければ私の未来は明るい。

◇◇◇

「……失礼致しまぁす」

翌日、私は少し早めに掃除道具を抱えて書斎に入った。

声は掛けたがまだ朝の八時を回ったところ。

旦那様は朝食を食堂で摂《と》って九時頃から仕事をするのが基本と聞いたので、居ないとは思っていても、つい部屋に入る際には慎重にならざるを得ない。やらかす訳にはいかないのだ。

順番としては毎日仕事をする書斎が一番最初、図書室がその次で最後に寝室という流れでやるようにとマルタから指示を受けている。

初めて入った書斎は広々としており、壁一面の本棚にはびっしりと書類と本で埋まっている。私も本は大好きだが、そう頻繁《ひんぱん》に買えるほど小遣いも貰《もら》っていなかったし、ある程度厚みのある書物はお値段も張るのだ。私が生涯働いてもこんなに本は買えないだろう量に圧倒されてしまった。まだこれ以外にも図書室があるというのだから、代々から集められた本以外に個人で集められたものもあるのだろう。多分レオン様も読書が好きなのね、と個人的に共感が湧いた。

大きな机に座りやすそうな肘掛け椅子があり、机の前には仕事の打ち合わせ用なのか、二人掛けの本革の立派なソファーがローテーブルを挟むように二脚置かれている。

何となく親近感を覚えつつ、早速仕事に入る。

本棚の埃を払ってから、窓やテーブル、机などを拭いてほうきで床のゴミを集めて袋に入れる。迅速に丁寧に。急がねば。

最後に床の拭き掃除をしてここは終了だわ。

私はバケツの中で雑巾《ぞうきん》を絞って、床の汚れをせっせと落としていたが、ふとソファーの下に飲み物をこぼしたあとのようなシミを見つけた。

(やあねえ。こういうところって分かりにくいのよね)

ちょっとはしたないが、足付きソファーである程度の高さがあったので、下に潜り込むような形で綺麗に拭き取った。満足である。

よし次は図書室に向かうかと立ち上がろうとした際に、扉がゆっくりと開いた。私が固まっていると、入って来たのは長身で襟元辺りの短めの癖《くせ》のないこげ茶色の髪が歩くたびにサラリと揺れ、穏やかなライトブラウンの瞳が印象的な驚くほど目鼻立ちが整った男性だった。

……なるほどこの方がレオン様なのね。初めて間近で顔を見たけれど、確かにマルタの言う通り、噂に恥じぬ、いや噂以上の美丈夫である。

私より八歳上の二十六歳と聞いていたけれど、想像していたかなり大人の男性というイメージとは違い、幼馴染みのギルモアとさほど変わらないような年齢に見えた。

私がいるのに気づいていないのか、何やら鼻歌まじりに机に向かうと、引き出しからチョコレート菓子のようなものを取ってぽーんと上に放り、上を向いて開けた口で無事にキャッチして、「よし」と言いながらくるりと真正面を向いた時に、ソファーの陰で雑巾を持ってしゃがんだまま静止していた私と目が合った。

ビクッと肩を揺らして目を見開いたまま私を見たレオン様が動きを止めたので、よほど驚いたのだろう。

私もいつまでも床で固まっている訳にもいかないので急いで立ち上がり、深々と頭を下げた。

「驚かせてしまい申し訳ありません。早く終わらせるつもりでございましたが、初日なのでまだ勝手が分からず時間が掛かってしまいました。マルタ様に代わり、二週間ほどお部屋の清掃とレオン様の身の回りのお世話を担当させて頂くパトリシアと申します。どうぞよろしくお願い致します」

「――あ、ああ。マルタから聞いている」

「お茶はいつ頃お持ちすればよろしいでしょうか？」

「今はまだいい。頼みたい時に呼び鈴を鳴らすから、それまでは残りの清掃を頼む」

「かしこまりました。それでは失礼します」

すすす、と後ろ向きで部屋を出て、扉を閉めてから息を大きく吐き出した。背中からひんやりとした汗が流れる。

（……ああ驚いた……）

これは失態になるのだろうか？　いや、初日だから少し時間が掛かった位は許して欲しいのだけど。

私はそのまま図書室にバケツやほうきを抱えて歩きながら、それにしても横に並んだ女性がかすみそうな美貌だったわね、と思い返していた。

パーティーで女性に取り囲まれて大変だとマルタが言っていたが、あんなまばゆい美形の隣にいたいと思えるのは、よほどの美人かメンタルが恐ろしく強いかのどちらかよねえ。私は無理だわー。これ以上存在感なくなったら、生き物としての存在意義を見失いそうだし。関わらないの一択が正解だ。

「さっ、仕事仕事」

私は気を取り直して図書室に向かうのだった。

第二章　二週間って言いましたよね？

幸いにも初日の一件はやらかしにはカウントされなかったらしく、一週間経《た》っても私は引き続きレオン様の部屋の清掃に勤《いそ》しんでいた。

レオン様は確かに普段机で資料を読んだり、書面にサインをしたりしている時には気難しい感じで、眉間《みけん》にシワを寄せたり口元がむすりとしていることも多い。

初日の、鼻歌を歌いながら上に放り投げたお菓子を口でキャッチして静かに喜んでいるような、機嫌の良さそうな姿はかなり珍しいことだった。

ただ、マルタが言う〝私の天性《てんせい》の素質〟つまりは存在感のなさから、何度かレオン様が無防備《むぼうび》な時に私がいた、ということがあった。

しかし、弁解《べんかい》させてもらえば決して私だけが一方的に悪い訳ではないと思う。

例えばある日お茶を頼まれたので、用意をしてノックをし書斎に入ったら、顔も上げずに、

「——今書きかけの書類があるから少し待っていてくれ」

と言われたので、そのままお茶が冷めないか心配になりつつ十分近く待っていた。

するとレオン様がふう、とため息をついてペンを放り出し、机から顔を上げたら私が立っていてまた固まられて「……いたのか」って呟《つぶや》かれたり。

いますよそりゃ。レオン様がお茶をくれと言ったんですよね？　さっき会話しましたよね？　待ってろと言いましたよね？

またある時には図書室の清掃をしていたら、レオン様が資料を探すために入ってきた。お目当ての物を見つけたのか少し笑顔になり、何冊か抱えて出て行こうとする時に、雑巾《ぞうきん》を持った私を見て驚き本を自分の足に落としたり。

いや確かにテーブルや背の高い本棚が幾《いく》つも並ぶような大きな図書室ですけれども、私からは見えてるのに、レオン様から見えないというのはおかしくないですか？　私はそこまで存在感が空気なんですか？

身内や友人にすら言われたりするので自覚はしてはいるものの、これでも一応十八歳になりたてのぴちぴちの乙女である。恋愛対象ではないといっても、ここまで異性に存在を認識すらされていない自分、という事実を突きつけられるのは、少々切ない気持ちにだってなろうというものだ。

そんなことは別の日にもあった。

領地内の柵や建物の補修をしてくれる業者が大量の焼き菓子やクッキーを持って来た時に、レオン様がずっと鼻歌を歌っては、しまい込んだ引き出しを開け閉めしたり、笑《え》みを浮かべてさわさわとお菓子を撫《な》でている楽しそうな姿も見てしまったのだ。

当然ながら私は花瓶《かびん》を磨《みが》いていたので室内にいる。

「あの……本日の仕事は一応終了したのですが、どこか汚れが気になるようなところはございますでしょうか？」

と静かに尋ねた時のレオン様の動揺《どうよう》と恐怖にも似た眼差《まなざ》しに、私は幽霊《ゆうれい》ですか、と詰め寄りたくなった。流石《さすが》に初日に挨拶《あいさつ》してから何日も経っているのだから、存在ぐらいは認めてくれても良さそうなものじゃないですか。

……だがそれもあと少しでおしまい。マルタが復帰すれば私はお役御免《やくごめん》で、またエマリアたちと一緒に仕事の合間にお喋《しゃべ》りしたり、休憩中にたわいもない話で笑ったり出来るのだ。

……そう思っていたのだが、何やら雲行きがおかしくなって来た。


「……あのー、マルタ様、足のお加減はいかがでしょうか？」

約束の二週間が過ぎても、マルタが仕事に戻るという話もない。

足の治りが遅いのかもと仕事をしつつ解放されるのを待っていたが、そのまま更に一週間が過ぎても変化がない。

とうとう我慢が出来なくなって、マルタの部屋を直接訪問することにした。昼間は専任仕事で彼女と接触することがないので、今は直接私室を訪問するしかないのだ。

「まあパトリシア、わざわざありがとう。ようやく一昨日《おととい》足の石膏《せっこう》を外してもらえたので、一安心です」

まだ少し痛みはあるそうだが、部屋で迎えてくれたマルタは普通に歩いているように思える。

「それは良かったです。では私の仕事も、そろそろ通常の――」

「そのことなのですけれどね」

マルタが私の手を取り、笑顔になる。正直嫌な予感しかしない。

「レオン様が、パトリシアの仕事ぶりを認めて下さいました。これからも継続して仕事を任せても良いと仰《おっしゃ》っております」

私は任せられたくないと以前から申し上げております。

「で、ですがっ今までは何とかなっておりましたが、いつ粗相《そそう》をするかと思うと気が気ではないのです。やはりここはマルタ様が今まで通り――」

失態《しったい》に怯《おび》える不安げな新人メイドを演じてみるが、マルタは私の手を握ったまま、離すことなく笑顔で続ける。

「――誰にでも出来る仕事をしていて、皆を束《たば》ねるメイド長になれると思いますか？　神経《しんけい》をつかう仕事をこなしてこそ人間は成長するのです」

「……でも期間限定と仰ったじゃありませんかマルタ様」

「そうですね。ただ雇用主《こようぬし》があなたの資質《ししつ》を高く評価して下さったこと、これは大変価値のあることです。いつか昇進《しょうしん》する際に覚えが良いに越したことはないのですよ」

存在感が幽霊レベルと褒《ほ》められたところで嬉《うれ》しくも何ともない。

レオン様もあんなに私がいたことに驚いたり固まったりしていたくせに、何故《なぜ》継続させようとするのよ。心の中で悪態《あくたい》をつく。

――だが昇進。マルタにレオン様、確かに上司の覚えが良いというのは悪いことではない。むしろ万々歳《ばんばんざい》だ。しかし、私だって気疲れはするのだ。

「それに実は私も、数名が退職した関係で、新たに雇い入れをしたメイドの指導を予定しているのですよ。ですから戻りたくても戻れないというのが実状なのです」

「……」

残念そうに言っているが、目が全然残念そうじゃない。マルタだって常時レオン様を不快にさせないよう神経をつかうよりも、メイドをビシビシ鍛える方が精神的に楽だと考えているに違いない。

上司だからって可愛《かわい》い新人の逃げ場をふさぐなんてひどいじゃないですか。

「――あ、そうそう。言い忘れていましたが、特別手当がつきますので給料が少し上がることになります。良かったですね。揉《も》めないよう仲間内で話すのはいけませんが、心からおめでとうと言わせて頂きますよ」

「そうなんですか？　わあ、ありがとうございます！」

反射的《はんしゃてき》に笑顔で返事してしまったが、いけない、これでは続投を認めたことになってしまうではないか。

「あのでもちょっと待って――」

「では明日からも誠心誠意《せいしんせいい》お勤めお願いしますね。……私も足が少々痛みますのでそろそろベッドで横になりたいのですが」

笑顔で部屋を追い出され、またしても完全敗北《はいぼく》を認めざるを得なかった。

流石に人生経験豊富な仕事の出来るプロフェッショナルな女性は違う。小娘をコロコロ転がすなど朝飯前なのだろう。

……だが給料が上がるというのは朗報《ろうほう》だ。先日、ルーファスが騎士団《きしだん》に入るために訓練所《くんれんじょ》に通いたいが、月謝《げっしゃ》が家の負担になるから言えないと言っていたではないか。弟に投資《とうし》出来るお金が増えると思えば、これからも頑張れる。

（ここは気合を入れるしかないわよね……）

自室に戻りながらそう考えた。

でももう少し私の気配を察知《さっち》して欲しいものだけど、レオン様も。

◇◇◇

何だかんだ言っても、人間というのは環境に合わせて順応《じゅんのう》出来る生き物である。

期間限定が期間未定になってからおよそ三カ月。

ほんの少しずつだが色々な変化があった。

弟には休日に自宅へ戻った際に、こそっと給料が上がったので騎士団の訓練所へ通うサポートが出来るわよ、と伝えたら大泣きして抱き着かれ、早速両親に報告に行った。

両親はと言えば、弟がそんなことを考えていたことすら知らなかったようで、

「そういうことはもっと早く言いなさい」

とぽかりと頭を叩《たた》いていた。

ただルーファスは長男だし、今後跡取《あとと》りはどうするのかと心配だったので、弟のいない時に両親に尋ねてみた。

「まだ私たちだって四十歳にもなってないのだから、跡を継ぐなんて何十年も先のことを心配したって意味がないよ」

「そうね。ルーファスだって、訓練所を卒業しても一生騎士団にいるかも分からないもの。あの子、騎士団の制服にとても憧れてたけど、剣術《けんじゅつ》や体術《たいじゅつ》だって向き不向きがあるしね。まあ頑張ってやっていけるのなら、家なんて継がなくても、別に私たちの代で終わっても構わないし」

「貧乏《びんぼう》貴族だしなあ」

「あら、お金なんて最低限あればいいのよ。私はあなたとお義父《とう》様にお義母《かあ》様、可愛い子供たちがいるだけで毎日とても幸せよ」

「僕も幸せだよ」

と案外達観《あんがいたつかん》した考えを示して、無駄にラブラブな空気をまき散らそうとしてくるので早々《そうそう》に退散《たいさん》した。まあこれで一応弟の問題は解決だ。

――そして、レオン様である。

その後何度も私がいることに気がつかず、一人でいるような安心感で様々なうっかりを晒《さら》してしまっている。

例えば、薄々感じていたがレオン様は実はかなりの甘党《あまとう》だ。

周囲には見た目のとっつきにくさを重要視しているのか、ブラックコーヒーが好きでお菓子などは女性が好むもの、というクールなスタイルを崩《くず》さない。これは若くして爵位《しゃくい》を継いだため、甘党だとバレて周囲の年配《ねんぱい》貴族に舐《な》められないようにするためではないかと思う。

だが初《しょ》っ端《ぱな》で見たチョコレートを嬉しそうに口に入れる姿だけではなく、仕事の業者などが打ち合わせの際に持って来た焼き菓子などを表では、

「私は苦手なのだが、メイドたちが好きなのでありがたいな」

などと言って受け取り、そのまま着服《ちゃくふく》して机の引き出しに溜《た》め込んでいるのを知っている。

そしていそいそと図書室に持ち込んでは、本を読みながら嬉しそうにシャリシャリとクッキーを食べている。

「……今日は目一杯《めいっぱい》仕事して疲れたからコーヒーに砂糖を入れてもいいかな。うん、いいよな。甘味は疲れを取るとも言うし」

と言い聞かせるような独《ひと》り言《ごと》を呟いて、砂糖入れの蓋を笑顔で持ち上げたところで私に気づき固まるという、もうわざとじゃないかと疑うレベルだ。

人の気配《けはい》に敏感《びんかん》だとか繊細《せんさい》とかマルタが言ってなかっただろうか。いくら私が存在感が薄いといってもそれほどなのか。

私とて主人に頻繁《ひんぱん》に気まずい思いをさせたくはないので、少し音を立てて掃除をするようにしたり、いようがいまいがノックをして挨拶をしてから入ることも忘れないのに、隙間《すきま》を縫《ぬ》う形でレオン様が現れたり、勝手に私をいないものとしてやらかしてくれるので、私としては避けようがない部分もある。もらい事故である。

レオン様からも時々、

「……パトリシア、物静かなのは良いことだが、もう少し音を立ててくれるとありがたい」

「いる時には声を掛けて欲しい」

と言われるが、言われずともわざと音も立てているし、入退室《にゅうたいしつ》には声だって出している。

それを無意識に全無視しているのか私の存在を忘れているだけなのだ。

それとも何ですか？　ステップ踏んで歌い踊りながら掃除でもすればいいんですか？　と問い掛けたいが、給料も上がったし仕事自体は今までより楽なので、気を遣《つか》いはするけれど個人的には不満はない。

まあレオン様が我慢出来ないようならそのうち元の仕事場に戻されるだろう、と思っているのだが、仕事ぶりそのものには文句はないらしく、未《いま》だ戻される気配はない。

よくよく考えると、私は知らなくていい主人の見せたくない部分を知っている（勝手に知らされる）ので、戻したらメイドたちに何を吹聴《ふいちょう》されるか分からない、という心配をしているのかも知れない。

私はそんなにお喋りじゃないのだけれど。言って良いことと悪いことの区別ぐらいはつけているつもりだ。

メイド仲間のエマリアとジョアンナにも、休憩中に会ったりするとレオン様はどんな方？　と聞かれたりするけれど、「いつも難しそうな顔をして書類を睨《にら》んでいる」「ほぼ会話をすることがないので人柄はよく分からない」「顔は整っておられると思うが、神経質《しんけいしつ》な方のようでこちらの神経が休まらない」などと大げさに伝えて、玉の輿《たまのこし》を狙っている可能性があるかも知れない人たちの防波堤《ぼうはてい》になる役割までしているのだし、もう少し信用してくれてもいいように思う。


だが数カ月も働いているとレオン様もそれなりに私にも馴染《なじ》んだのか、少しは気安い会話も交わすようになった。

恐らく私が既成事実《きせいじじつ》に持ち込もうとしているとか、邪《よこしま》な考えを持っていないとの判断を下してくださったのだろう。こんな影の薄い女が何を企《たくら》んだところで、どうにもならないと理解するのが遅過ぎる気がしなくもないが。

「──女性はどうして香りの強い香水をつけたりするんだろうね。髪に生花《せいか》を挿《さ》したりもするだろう？　パーティーに参加すると本当に目眩《めまい》がする」

レオン様が花粉アレルギー持ちであることや香水が苦手なことを私が知っていると事前にマルタが伝えたのだろう。たまに愚痴《ぐち》をこぼすようにもなった。

「女性としての男性へのアピールでしょう。独身の女性はここにも可憐《かれん》な花があると伝えて男性へ好印象を与えたり、良い縁談《えんだん》を求めたいものです。それに既婚《きこん》のご婦人だって、女性であることを捨てた訳ではありません。レディーとして扱って欲しい表れなのではと思います。良い香りというのはそれだけ好印象を与えやすいものでもありますし。まあ限度はございますけれども」

「パトリシアもパーティーではそういうことを考えてるのかい？」

「いえ、私はパーティーという大人数での催《もよお》しは疲れるのであまり参加しません。お酒も殆《ほとん》ど嗜《たしな》みませんし。家で読書したり刺繍《ししゅう》したりしている方がよほど好きですし、気楽なのです」

「……そうなんだ。だが引きこもっていては、縁談そのものも来なくなるのではないかと思うけれど……？」

「──結婚するつもりはございませんので」

「へえ……それはまた一体何故？」

存在感がなくて影も薄いから、ずっと好きだった男性にも異性としての興味を持たれなかったからですわ、とは流石に自分が可哀想《かわいそう》で言えない。

「──仕事をして自分一人で自由に生活したいと思ったからですわ」

これも後から考えたことだが、別に嘘《うそ》ではないのでサラリと切り上げた。


そしてその会話以降、レオン様も、全く自分に対して女性アピールをして来ない私に信頼を寄せるようになったのか、新たな仕事が増えた。

菓子の購入である。

「ねえパトリシア、見てくれこの寂しい引き出しを。大切にちょっとずつ食べていたのに、あと少しでクッキーも姿を消してしまうのだ。悲しいとは思わないか？」

それはレオン様が食べたからですよね。

「それでなのだが、パトリシアの実家の近くに、美味《おい》しい焼き菓子とケーキの店があると言っていただろう？　どうか次の休みの日にでも買って来てくれないだろうか？　パトリシアも好きなお菓子を買って構わない。代金は私が全部出すよ」

「それは構いませんが、生菓子は日持ちしませんよ？」

「滅多《めった》に食べられないのだし、三つ四つはその日のうちに食べられるので安心してくれ。あと焼き菓子は多めに頼みたい。業者が毎回お菓子をくれる訳ではないからね」

仕事のストレス解消にもなっているのだと頭を下げられた。

早速次の休みに自宅へ戻った際に、生クリームに覆《おお》われたスポンジにイチゴやラズベリーなどが載った話題の新作スノーホワイトケーキや、チョコレートムースにシュークリームなどの生菓子と、クッキーやパウンドケーキなどの焼き菓子を大量に購入して帰った。

ついでに自分の焼き菓子も少々購入させて頂く。店の人からは一体どれだけ食べるのか、という好奇《こうき》の眼差しに晒されたのだ、そのぐらいの役得《やくとく》は良いわよね。

「任せると仰られたので、私のお薦めを選んで参りました。お口に合うと良いのですが」

夕食後に目立たないように書斎まで持って来て欲しいと言われていたので、私はこっそりと大荷物で二階へ上がる。

楽しみに待っていたらしいレオン様が、ケーキを見て目を輝かせた。

「……何て美しいんだろうね。素晴《すば》らしく美味しそうだ」

レオン様はため息をつくと、クッキーなどの焼き菓子も幸せそうに引き出しにしまい込んでいる。

「パトリシアも一緒に食べるだろう？　好きな物を選んでいいよ」

「いえ、私は――」

絶対に誤解《ごかい》を受けたくないので長居《ながい》はしたくないのだ。

「この芸術品のようなお菓子たちを一人で食べるなんてもったいないじゃないか。あ、紅茶はもう用意してあるんだ。すぐに淹《い》れるからパトリシアは座っていて構わないよ」

浮かれている、と表現するのがぴったりなレオン様の姿に少し同情してしまった。

独身女性の多くが結婚したがる、将来有望《ゆうぼう》で財力《ざいりょく》のある美貌《びぼう》の独身男性と見られているのに、他の老練《ろうれん》な貴族の方々に馬鹿にされないよう、好きな物も堂々と食べられないなんて。

夜にケーキなんてかなり罪深《つみぶか》い組み合わせだが、これも人助けかしら。

「……では、お言葉に甘えさせて頂きます」

私は笑顔で応《こた》え、ケーキの箱を覗《のぞ》き込むのだった。


ロンダルド家で働き始めて、気がつけば半年以上が過ぎていた。

私は今のところ何とか問題なく仕事をこなしており、相変わらず私の存在を忘れて好き勝手なことをやらかしては固まる甘党のレオン様とも、休みの日に様々な店のお菓子を土産《みやげ》に買って帰る、というついで仕事のお陰で円滑《えんかつ》な関係を築けている、と思っている。

(今日はカフェで販売を始めたというマドレーヌがいいかしらね)

先日お茶をした友人からの情報を頼りに、実家へ戻った帰り道、私は少し離れたカフェまで足を運んでいた。レモンがいいアクセントになっていてあっさり食べられるという。友人曰《いわ》く「女性を太らせようとする悪魔《あくま》のお菓子」だそうだ。

レオン様は領地の仕事で外を飛び回っていることも多いし元から太りにくい体質だそうで、引き出しの中の恐ろしい量のお菓子を短期間で消費しようと、生菓子を四つも五つも食べていようと、顔に吹《ふ》き出物《で》も出来ないし太りもしない。むしろストレス解消が出来るためか、お肌もつるっつるでダークブラウンの癖《くせ》のない髪も今まで以上にサラッサラだ。私から見ると、何とも羨《うらや》ましい体質である。

以前に比べれば屋敷の中で眉間にシワを寄せていることも減り、私とも日常的に会話を交わすようになったほどである。

まあ外ではいつも通りむすーっとしているらしいけれど。


「……確かこの辺じゃなかったかしら……」

普段あまり出歩いてなかったので、今一つ勝手が分からない。友人が教えてくれた店までのルートのメモを眺《なが》めつつキョロキョロと辺りを見回していると、少し前方の方に可愛い木の看板《かんばん》が掛かったお店が見えた。

(あ、あそこねきっと!)

私はホッと一安心してそのまま店へ向かって歩き出したが、店から出て来たカップルを見て、素早く横の路地へ身を隠した。

（ギルモアだわ……）

何やら楽しそうに、女性と腕を組み親《した》し気《げ》に話をしながら店を離れていく二人の背中を眺めて私は気持ちが沈むのを感じていた。

女性の方は、以前断り切れなかったパーティーに出席した際に会ったことがある。スタンレー伯《はく》爵《しゃく》家の令嬢モニカだ。ゆるいウェーブのかかった長い赤毛も鮮やかな、化粧映《ば》えする目鼻立ちの派手な美人である。

個人的にはきつい物言いをするし、周囲の女性の中で自分が一番美人なのだし奉仕《ほうし》されて当然だと思っているような傲慢《ごうまん》な振る舞いの目立つとても苦手なタイプだったので、お茶の誘いなどをずっと理由をつけて遠慮《えんりょ》していたらありがたいことに誘われなくなっていった。やれやれ助かったと思った記憶がある。

（でも確かに華《はな》やかな美人だものねえ彼女……家柄《いえがら》も申し分ないし）

姿が見えなくなるのを確認し、その後カフェでマドレーヌを買ったが、何だか真《ま》っ直《す》ぐ戻る気にはなれず、ロンダルド家へ帰る前に公園のベンチに腰を下ろした。

ギルモアも容姿は良い方だし、爽《さわ》やかな好青年だ。誰にでも優しく接しているし、人柄自体は決して悪くないと思う。単に私が恋愛対象になる女性として見られなかっただけのことである。

ギルモアのことはとっくに吹っ切ったつもりだったのだが、やはりどこかでこれまでの長い付き合いを無意識に信じていたのかも知れない。

あんなことがあって、改めて幼馴染《おさななじ》みだった私を女性として見直してくれたりするのではないか、という未来を捨ててはなかったんだな、と自分を笑いたくなった。冷静に判断して仕事を選んだはずなのに、私も夢見る乙女な部分があったものだわね。

決して彼が悪い訳ではない。

勝手に片思いして、勝手に妙な期待を抱いてしまっていたのは私なのだから。

でも、やはり彼は自分とは違う、華やかな存在感のある女性が良いのだな、と再認識させられるのは辛《つら》いものだ。

同じ女性でも、思い通りになる人生を送れる人と、何もかもが上手《うま》くいかない人がいるのは当然だろう。ただ自分が後者であるとはっきり認めたくはない気持ちだってあるのだ。

ぼんやりと公園の噴水《ふんすい》を眺めながら、行き場のない気持ちを空に放り捨ててしまいたい、と目を伏《ふ》せた。

しばらく座ったまま今度は地面を見ていたが、いつまで自分を哀《あわ》れに思いたいのパトリシア、と心の中で叱咤《しった》した。

顔を上げると頬をぱんぱん、と叩く。

「——私は仕事人間として生きていくと決めたのよ」

いつまでもウジウジしてたって仕方ない。家族や仕事、今この手にあるものをこぼさなければそれでいいじゃないの。

ベンチから立ち上がると、ロンダルド家へ向かって早足で歩き出した。

◇◇◇

「――パトリシア、何だか元気がないね」

「え？　そうでしょうか？　いつも通りでございます」

夕食後にマドレーヌを届けに行った際に、レオン様が訝《いぶか》しげな顔をした。

「まあ今夜はお茶だけでもいいから付き合ってくれないか」

すぐ去ろうとするのを察したのかレオン様にそう言われ、断ることも出来ずに書斎に入る。

ソファーに座り、レオン様が淹れて下さる紅茶の良い香りに心がほぐれていくのを感じた。彼は私に買い物を頼んでいるのだからと、夜の密《ひそ》かなお菓子タイムには、決してお茶淹れをさせては頂けない。

「――それでどうしたんだい？」

「え？」

紅茶をありがたく味わっていると、マドレーヌの包装《ほうそう》を剝《は》がして私に一つ手渡し、私の目を見た。

「私だってバカじゃない。パトリシアの人となりはある程度把握《はあく》出来ているよ。そんな憂《うれ》いのある表情をされていたら誰だってそのまま帰せないだろう？　……それに、吐き出すことで心の重荷《おもに》が減ることだってあるものだよ」

「……まだまだマルタ様のようにはいきませんね」

私は苦笑した。私ったらまだ引きずってるのが隠せていなかったのね。

「──あの、少々バカバカしい話で恐縮《きょうしゅく》なのですが、聞いて頂けますか？」

「聞くために引き留《と》めたんだからね」

相変わらず女性より華やかな美貌から流れる穏《おだ》やかな声に、私は働きに出るきっかけになったあの日のことから全て打ち明けることにした。


幼馴染みのギルモアに仄《ほの》かに抱いていた好意、打ち明けようとした直前に聞いてしまった友人同士の会話、そして今日のカフェで一緒に歩いていた女性の件。

全てを告げると、レオン様は少し沈黙《ちんもく》した後で呟いた。

「……なるほどね」

「まあそれもこれも、私が地味で存在感がないとか影が薄い、印象が薄いというのが原因ですので致《いた》し方《かた》ないと申しますか。分不相応《ぶんふそうおう》な夢を抱いていたから、ショックを受けてしまったのではないかと思います」

レオン様が聞き上手なあまりに正直にぶっちゃけてしまい、恥ずかしくて顔を上げられずにいると、「私は不思議なんだけどね」と彼が言い出した。

「……え？」

「パトリシアは何故そんなに自分の特性《とくせい》を悪いことみたいに言うのかな？」

「あの……ですが女性として、地味で華がないとか印象が薄い、存在感がないというのは良いことではありませんよね？」

「どうして？」

「だって男性に、好印象どころか女性としてまともに認識されない、ということではありませんか？」

「そんなことはないと思うけど。男性によりけりじゃないかい？」

私はレオン様の顔を見つめた。私を慰《なぐさ》めようとして言っているのではないかと思ったからだ。だが彼は本気でそう考えているようだった。

「——マルタからは、私がかなり神経質だと聞いているだろう？」

「はい。そう伺っております」

「……私はね、自分の領域《りょういき》を乱されるのが嫌なんだ」

「領域、ですか？」

「そう。まあ距離感《きょりかん》だよね。例えばさ、大して親しくもない人に親密そうにベタベタ体を触られたくないし、自分がゆっくり何かをしたいと思っている時に、急《せ》かされたり邪魔《じゃま》をされたりするのって、相手に悪気がなくても内心イラッとしたりしないかい？」

「……そうですね、それは確かにございます」

「まあこれは私の勝手な思い込みもあると思うから話半分に聞いて欲しいのだけど、印象が強い人とか派手な人、押しが強い人って、全般的に言ってまあ目立つ人だよね。そういう人たちは、自分を認識させたい、優先《ゆうせん》して向き合うべきだという無言《むごん》の圧《あつ》？　とかオーラみたいなものを感じるんだ。いや、それが悪いと言いたい訳じゃないよ？　有利《ゆうり》に働くこともあるしね。ただ、私にはそれがしんどく思えてしまうことが多いんだ」

「……仰りたいこと、何となく分かります」

「分かってもらえて良かった。……それでね、そんな人たちは良くも悪くもまとっている空気の押し付けが強いというか、私の領域を無視してずかずかと入り込もうとしてくる。多分これは、自分で言うのも恥ずかしいことだが、私が母譲《ゆず》りの顔立ちをしていることも無関係ではないと思う。もっと厳《いか》つくて、騎士団にいた父のような荒削《あらけず》りな顔だったら、ここまで神経質になることもなかっただろうと思うよ」

「お顔が整《ととの》っておられるから、男女問わず魅力《みりょく》を感じてしまうのでしょう。だからこそ不快な思いをされることも……以前どこかのご令嬢が寝室に忍び込もうとしたことがあった、とメイド教育の際にマルタ様から話を伺ったことがございます。それも一度や二度ではなかったと」

「ああ、それか！　あれは怖かったよ、浴《あ》びたのかってくらい強烈《きょうれつ》な香水の匂いをさせて、ネグリジェ姿でベッドで寝ていたんだよ。寝室に入る前から廊下《ろうか》まで漂《ただよ》っているその匂いに気づいて、目眩がしそうになって慌ててマルタを呼んだんだった。その後窓を開けっぱなしにしてさ、シーツなど全部交換しても匂いが取れるまで数日かかったよ。普段使ってなかった客室で寝る羽目《はめ》になって、本当に散々《さんざん》だった。後も似たようなことが数件あったかな。ああ、顔がどうであれ、そこそこ裕福な家の当主《とうしゅ》である私をたらし込めれば、先々お金に苦労もしないだろうという打算《ださん》も当然あったかも知れないね」

　レオン様は思い出したくもない、といったしかめっ面《つら》で吐《は》き捨てた。

「レオン様も色々大変なのですね……」

「いやまあ私のことはいいんだ。でね、パトリシアが気に病《や》んでいる存在感がないってことだけど、逆に考えれば人に対する強引な圧がない、存在の押し付けをしないという考え方は出来ないかい？」

「押し付けをしない……？」

「そう。私は確かに失礼ながらパトリシアがいることに気づかずに……まあ色々と紳士にあるまじき醜態《しゅうたい》を晒してしまった訳だけれど、それは自分の領域を乱されていると感じなかったことにも起因している。つまりパトリシアの存在に違和感がなかった、ということでもあるんだよ」

「……」

「これはね、やろうと思ってもなかなか出来ない人の方が多いんだ。相手の迷惑にならないような配慮《はいりょ》が無意識《むいしき》に出来ているということだよ。多分、パトリシアは友人と話をする際にも、会話に無理やり割り込んだり、自分の話を延々《えんえん》としたりして場を壊すような真似《まね》なんてしないだろう？」

「……確かに、その通りです」

　単純に出しゃばったり揉めたりするのが苦手な性格だからでもあるけれど。

「……あれ、おかしいな。言いたいことがどんどんズレてしまう気がする。私はこういう話をするのに慣れていないんだ。申し訳ないね」

「いえ、そんな」

「結局、何が言いたいかというとね、存在感がないのが悪いことみたいに思わないで欲しいんだ。空気のように意識せずともそばにあるものだってあるだろう？　私のようにパトリシアの存在そのものが、とてもありがたいし好《この》ましいと思っているような人間もいるのだから、無理に自分を変える必要はないと思っていると伝えたかった。私にとっては良いことなんだ」

「……っ」

「……え？　パトリシア、まさか泣いているのか？　すまない、泣かせるつもりはなかったんだ。私の伝え方が悪かったかな？　ああどうしたらいいんだ」

私は慌てたような声のレオン様にぶんぶんと首を横に振《ふ》って応えた。必死にこぼれる涙をハンカチで拭《ぬぐ》うと笑みを浮かべた。

「……すみません。この件で肯定的《こうていてき》な言葉を聞けたのが初めてだったもので、何だか涙が出て止まらなくなってしまいました。レオン様は何も悪くありませんのでご心配なさらないで下さい」

食べかけだったマドレーヌをぱくりと頬張《ほおば》り、冷めた紅茶で流し込んだ。

「ありがとうございます。話を聞いて頂いたお陰で何だか気持ちが晴《は》れ晴《ば》れしました。明日からも一生懸命働きます！　あ、空いたカップ位は私が洗っておきますね」

私は深く頭を下げる。

「そうか。元気になってくれて良かった。これからもよろしく頼むよ」

「はい。それでは失礼致します」

書斎を出ると、洗い場に寄ってカップを洗い丁寧に拭いて片付ける。

本当に、クヨクヨと考えていたことが馬鹿らしく思えてしまった。そうだよね、空気のように私がいて当たり前だと思ってもらえるような、素晴らしい男性がこれから現れるかも知れないものね。

ずっと自分の欠点だと思っていたことを、サラっと長所であると感じさせてくれたレオン様には感謝しかない。何と懐《ふところ》の広い思いやりに溢《あふ》れた主人だろうか。これからも、彼の領域をなるべくおかさないよう誠心誠意《せいしんせいい》仕事に励もう！　そう私は強く決意をした。

◇◇◇

しょっちゅう私の存在を見失ってやらかしているレオン様が、影の薄い私の存在を肯定してくれたことは、私の中で「こんな私でも必要とされている」という自信にも繫《つな》がっていた。

（レオン様のお力になれるよう、また美味しいお菓子を売っているところをリサーチせねば……）

そう思っていた矢先《やさき》、最近の大雨の影響で領地内にある古い橋が崩落《ほうらく》したらしく、新たに工事の業者を雇ったり、直接現場で指揮をしたりせねばならない関係で、レオン様は急に忙しくなった。

やることがいくらでも出て来るそうで、今は二、三日に一度戻ってくれれば良い方で、それも夜遅く帰宅したと思ったら翌日にはまた朝食を摂《と》ってすぐに外出されるので殆ど顔も合わせない。

橋だけでなく、大雨の影響はこのロンダルド家にも出て来ていた。

ロンダルド家の屋敷は大きくて立派ではあるのだが、歴史のある建物――つまりは老朽化《ろうきゅうか》が進んでいたりするので、雨漏《あまも》りの被害が出たり崩《くず》れた壁の補修《ほしゅう》などが必要になったため、多くの業者が出入りするようになった。屋敷が少々町の中心部からは離れているため、移動で時間を取られないように職人は皆泊まり込みで作業することになった。

そのため働きに来ている職人の皆さんの食事やゲストルームの清掃など、私たちメイドの仕事量が一気に増えた。

マルタには、

「申し訳ないけれど、レオン様の方の仕事が終わったら、こちらの方も手伝ってもらえませんか」

とちっとも申し訳ないとは思ってない表情で言われたが、状況が状況だし、残業《ざんぎょう》ということで手当は出すと聞いて「喜んで！」と笑顔で力強く彼女の手を握った。

……が、休日返上《へんじょう》での仕事が二度立て続けに起きたことで、当然ながら実家に戻れない私はお菓子も買って来られなくなった。

レオン様の机の中に保管してある大切なお菓子ストックも底をついたようで、数日前から眉間のシワが増え、不機嫌《ふきげん》そうな顔をしていることが多くなってしまった。

業者への対応も少し厳しい物言いになっているように感じる。

原因が明らかなだけに私はずっとハラハラしていた。

（これはいけない、早く何とかせねば……）

そう焦《あせ》りはするものの、町に出るまでは乗り合い馬車を使っても片道一時間はかかるし、出ようにもそもそも休みがないのだ。皆も休みを返上して働いているのに、私だけ休みが欲しいとはとても言えない。

ああ困ったな……と思いながら掃除用具の片付けをしている時に、ふと「買えないなら作ったらいいのでは？」ということに気がついた。

コック長のホッジスは大柄な体同様に性格も大らかで、部下だけではなく普段からメイドたちにも優しい。

自分の仕事の手が空いた時にはたまにお菓子を焼いてくれたりして、「休憩中に食べな」と渡してくれたりする。

私のことも「いつも黙々《もくもく》と働く真面目なメイド」として気に入ってくれているようだし、疲れの溜《た》まっているメイド仲間を心配し、私がクッキーでも焼いて少しでも皆の仕事の疲れを癒《い》やして欲しいと考えているのだ、とか言えば厨房《ちゅうぼう》の隅っこを少し貸してくれるのではないか。

――まあメインの目的はレオン様の備蓄増やしで仲間への差し入れの方がついでなのだが。

案の定、ホッジスにお願いすると、

「ああ、うちらも作る食事が増えたから忙しくて目が回りそうだし、お前さんたちもそりゃ疲れるよなあ。すまんな、俺も差し入れ作る時間がなかなか取れなくてよ。奥のオーブンは空いてるからいくらでも使いな。……それにしてもパトリシアは貴族なのに厨房仕事も出来るのか。偉いなあ」

と感心しつつ快諾《かいだく》してくれた。

私はお礼を言い、早速クッキーの製作に取り掛かった。

先日のレモン風味《ふうみ》のマドレーヌがかなり気に入っていたようなので、蜂蜜《はちみつ》漬けのレモンの皮を刻んで入れたクッキーと、コーヒーを混ぜた大人テイストのクッキーに、ナッツを砕いて混ぜたクッキーの三種を大量に焼いた。

何しろ大人数のメイドがいるので、大量に作っても疑問は抱かれず、ここにレオン様の分をこそっと抜いたところでバレはしなかった。

メイドの休憩室にクッキーを運ぶと、声を上げて喜ばれた。

エマリアやジョアンナも、

「……久しぶりの甘味だわあ……」

「美味しい……疲れが取れる……」

と疲れが浮かんだ顔で頬張り、涙ぐみながら抱き着いてきた。

甘い物を食べると疲れが取れる気がする理由は分からないけれど、実際にイライラが収まったりするものね。皆もこれで少しは元気になると良いのだけど。


夕食後、今日は割と早く帰宅していたレオン様の書斎をノックする。屋敷に居ても最近は夜遅くまで仕事をしていることが多い。

「レオン様、パトリシアでございます」

「——ああ、お入り」

私が静かに扉を開けて入ると、こめかみを揉みながら書類を読んでいたレオン様が顔を上げた。

「やあパトリシア、今夜はどうしたんだい？」

「あのう、実はお口に合うか分かりませんが、クッキーを焼きまして。最近お疲れのようなのでよろしけ――」

全部言い終える前に、がばりと椅子から立ち上がったレオン様が私の方に早足で近づいて来た。

「助かった。頼むから今すぐくれ」

レオン様はかなり限界が近かったようで、私が紙袋を手渡すと、破らんばかりの勢いで袋を開き、一枚摑《つか》むと無言でシャリシャリと食べ始めた。終わるとまた一枚、そして一枚。無くなるまで食べ続けるのではと心配になる。

「あのー、レオン様。一度に食べてしまわれると、次にいつ作れるか分かりませんので……」

という私の言葉にハッとして、名残惜《なごりお》しそうにしばらく袋を見つめてから、きつく目をつぶり袋を閉じると引き出しにしまった。

「――危ないところだったよ。理性のタガが外れるところだった」

いえもう外れてましたとは言わないでおこう。

「また休みが取れましたら買って参りますので、それまでの一時的なつなぎということにして頂ければ幸いです」

「ありがとうパトリシア。本当に助かったよ。皆にも無理をさせてすまない。来週には屋敷の補修も橋の修復もめどがつくからね。そうしたら休みの調整をしてくれるよう、マルタにも伝えておいてくれるかな？」

「かしこまりました」

「それにしても、お菓子まで作れるんだねパトリシアは。尊敬するよ」

「我が家は貧乏男爵家ですから、家族が助け合わなければなりませんし、貴族としては自慢出来る話ではありませんわ」

「だけど、この三種類のクッキー、全部美味しいよ。パトリシアは何でも出来るねえ。才能があるんだろうね」

私の家は人を雇い入れる余裕がない分、貴族の末席ではあるが家族が一通りのこと、炊事洗濯《すいじせんたく》、料理をこなせる。

弟のルーファスですら簡単な調理なら手際《てぎわ》よく出来るぐらいだ。

特に基本的に食事の支度やお菓子作りなどは、忙しい両親の代わりにほぼ私がやっていたため、大抵のお菓子なども作れるし得意だ。これは貧乏貴族ならではの利点かも知れない。

体がこそばゆくなるほど褒めてくれるレオン様に居たたまれなくなり、お辞儀《じぎ》をして早々に書斎を後にした。

レオン様のお役にも立てたし、良かったたわ。

体は連日の仕事続きで疲れていたが、部屋へ戻る私には自然に笑みが浮かんでいた。

第三章　ロゼッタ姉さまとアレルギーの薬

「――え？　ロゼッタ姉様が？」

休日返上《へんじょう》で働いていたメイドたちも、修繕《しゅうぜん》仕事などが片付いて業者が帰ったため、ようやく落ち着いて休みを取れるようになった。

レオン様から今回は苦労をかけたということで、何と交替《こうたい》で二連休を頂けるようになったという嬉《うれ》しいご褒美《ほうび》までついた。

仕事してる分しっかり給料もお手当もつくのにそこまでしてもらわなくても、と思ったけれど、主人がくれるというのだ、ここは遠慮《えんりょ》せず頂くべきだろう。

そして私の順番が来て、ウキウキと泊まりがけで実家に戻って来たのだが、その日の夕食の時に、両親からロゼッタの婚約が決まったと告げられたのだ。ロゼッタというのは、ギルモアの姉である。私より五歳上で、とても活発《かっぱつ》で才気溢《さいきあふ》れる可愛《かわい》らしい方だ。現在は薬の研究職に就《つ》いているが、子供の頃から私をとても可愛がって頂いている。

仕事が忙しいらしく、最近はなかなかお会い出来ていなかったが、ギルモアとほぼ一方的な別れをする際に、彼女にももう会えなくなるかも知れない、というのが唯一《ゆいいつ》の心残りだった。

「そうなのよ。おめでたいわよねえ！　でね、先週のことだけれど、家にロゼッタが直接やって来てね『結婚式は身内《みうち》だけで簡単に挙《あ》げるけど、婚約披露《ひろう》パーティーには是非パティーにも来て欲しいんです。彼女も仕事で忙しいみたいだから、もしお休みが合えばで良いから』って」

母からロゼッタからの手紙を受け取る。

中を開いて手紙を読むと、理由は知らないけれどギルモアと付き合いが切れたことは知っている、でも私には全く関係のないことだし、久しぶりに可愛いパティーに会いたいのよー♪　といつもの陽気《ようき》なロゼッタが思い浮かぶような文面《ぶんめん》で、私も自然と笑《え》みがこぼれていた。

「パトリシアは最近忙しくて休みもないからどうかしらねえ、ってお父様とも話をしていたけれど、幸いなことにパーティーがちょうど明日なのよ。あなたも明日の夜までにはロンダルド家に戻らないといけないだろうけど、お屋敷のガーデンパーティーで昼間だそうだし、行ってあげたらどうかしら？　……もちろん無理にとは言わないわ」

ギルモアと私は、状況は分からないものの現在没交流《ぼっこうりゅう》であることは両親も知っている。当然パーティーに行けばギルモアもいるだろうし、と気遣《きづか》ってくれているのだろう。

確かにギルモアとは気まずいし、あまり顔を合わせたくない。だけど敬愛するロゼッタの婚約を祝いたい気持ちの方がはるかに大きい。

（……知ったのが今だから招待状の返事すら出せないけれど、お祝いを買ってロゼッタ姉様に渡して、少し話をして帰るぐらいなら良いわよね。次はいつ会えるか分からないもの）

少し考えたが、私は顔を出すことに決めた。

翌日。

早めに町の商店街に出て、味のある木目《もくめ》のブックスタンドと、綺麗《きれい》な押し花のついたしおり、そして最近発売されたという軸の中にインクを入れられるペンを購入し、早めにロゼッタの元へ赴《おもむ》いた。

ロゼッタは前から勉強が大好きで……というか好奇心《こうきしん》が旺盛《おうせい》で、何でも自分で調べて納得しないと気が済まない性格であった。本も美術書や歴史書などから図鑑《ずかん》、小説やレシピ本など何でも読んでいた。現在の職に就いたのも、

「植物の図鑑に薬効《やっこう》などが書いてあってね、もしかしたら色々な組み合わせ次第で病気で苦しむ人を治せる薬が自分でも作れるんじゃないかと思って」

とのことだ。探究心《たんきゅうしん》も旺盛である。

きっと今でも本を読んだりメモを取ったりすることが多いだろうと思い、婚約祝いにしてはさほど高くもなく地味な贈り物となったが、彼女は喜んでくれるのではないかと考えた。まあ私が選ぶものなど大体ロゼッタには予想出来るだろう。要は気持ちである。

会場には思ったよりも早く着いたためか、まだ庭にも人はまばらだ。

受付の女性に招待状を見せ、庭に足を踏み入れると、すぐに私を見つけたロゼッタが顔をほころばせて小走りでやって来た。

「パティー、来てくれたのね！　本当に嬉しいわ！」

「たまたま今日はお休みだったのよロゼッタ姉様。ごめんなさいね、返事も出さずにいきなりやって来てしまって」

薄いピンクのレースをふんだんに使った、可憐《かれん》なワンピースを着て、ぎゅうっと抱き着くロゼッタは私より十センチほど背が低く、二十三歳にはとても見えず、むしろ私よりも幼く見える。パッチリ二重の目に緑がかった青い瞳が、丁寧にカールのかかった肩ぐらいの長さの金髪の間から見えて、宝石のように輝いているのが素晴《すば》らしく可愛らしい。

「あの、荷物になって申し訳ないのだけれど、これお祝いなの。もし良かったら使って頂けると嬉しいわ」

「まあプレゼントなんていいのに！　……でも、開けても良いかしら？」

「もちろんですわ。気に入って頂けたら良いのですけれど」

屋内の人の多い奥のテーブルの方まで連れて行かれてしまい、少し慌てる私を制して座らせると、ロゼッタ自らドリンクテーブルから私の好きなカモミールティーと、自身の好きなミルクティーを運んで来た。

「もうロゼッタ姉様ったら、主役にそんなことさせられないわ！」

「ほらほら、まあお堅いこと言わないで。良いじゃないの、パティーに久しぶりに会えたんだから、このぐらいさせてちょうだい」

その後お茶を飲みながら、いそいそと私の渡した袋を開けて中身を確認すると、ロゼッタは目を輝かせた。

「まあ！　これ最近出たインクが入るペンじゃない！　便利そうで欲しかったのよお……まあこのブックスタンドも可愛らしいわ！　しおりも素敵！　パティーは昔から私の欲しい物が全部分かるのねえ」

キラキラした目で喜ぶロゼッタに私も嬉しくなった。

「喜んで下さってありがたいわ。お祝いにするには少し地味かと反省していたのですけれど」

「地味とか派手とか関係ないわよ。子供の時からパティーっていつも一歩下がるタイプというか控えめよね。もっと自分を出してもいいのに、ってずっと思っていたけれど……。私が庭で葉っぱや昆虫を捕まえて観察をしている時や、将来この仕事に就きたいとか、両親に貴族の女性がそんな仕事をするなんて、と反対されてるという愚痴《ぐち》を延々《えんえん》としていた時、いつも大人しく黙ってニコニコと私の話を聞いてくれて、ロゼッタ姉様ならきっと叶《かな》うわ、私も応援するって言ってもらった時に、ああこの子は包み込むような優しさを持ってるわって実感したのよねえ。だから今のままのあなたでいて欲しい気持ちもあるの。でももどかしい気持ちもある。ああ複雑だわあ……」

ポンポンと途切れることなく話をしていたロゼッタがふと真顔になる。

「――ところで、ギルモアのバカが何をやらかしたの？」

と私の目を見た。

「……いえ、まあ私がアレだったもので」

目を逸《そ》らし何とか逃げ切ろうとしたが、いつものごとく追及《ついきゅう》の鋭《するど》さに誤魔化《ごまか》し切れず、ギルモアに言われたことを話してしまう羽目《はめ》になった。

「まあ、あの子は何てひどいことを……全くどこにいるのかしら？　今すぐぶん殴ってやりたいわ！」

興奮して今にも立ち上がりそうなロゼッタを宥《なだ》める。

「ロゼッタ姉様、本当に良いのです。たまたま私がいないと思ってつい本音が出てしまっただけですし、個人の考えや趣味嗜好《しゅみしこう》をどうこう言うのは間違ってますわ。別に人格否定《じんかくひてい》をされた訳ではないのです。私が一番残念だったのは、存在感がないと言われた自分に対してなのですもの」

――自分が好きだからって相手に好きになってもらえる保証はないのだし、どうしても合う合わないというのはある。存在感がないとか地味というのがギルモアの好みではなかったのだから、それはもうしょうがないのだ。

レオン様に励まして頂いたことで、私も自分に対して必要以上に卑下《ひげ》すべきではないと考えるようになっていた。

「……本当に男って分かってないわねえ。この癒《いや》し系の極《きわ》みみたいなパティーの良さが分からないなんて」

私が本当にその件に関してはもう何とも思ってない、ということが分かったのか、ため息をついたロゼッタはすぐハッとして、

「ねえパティー、私とはたまに会って話をしてくれるわよね？　友だちよね？」

と念を押して来た。私はもちろんですわ、と笑った。

その後、最近の研究は何をしているのかという話になり、アレルギーの薬の研究だということで

私の関心が一気に高まった。

「すると、花粉などのアレルギーの研究もされているのですか？」

「そうね。草花だけじゃなく、スギやブナといった木にも反応して、それで全身がかぶれたり、呼吸困難になったりして重症《じゅうしょう》になる人がいるのよ。人によって症状の大きさが異なるからまた難しいの。気軽に考える人もいるけれど、症状がひどいと命に関わるような状態になる人もいるしね」

「まあ……」

「ずいぶん熱心ね。もしかしてパティーの身近にもいるの？　職場とか」

「はい、花粉のアレルギーを持っていらして、近くに生花《せいか》があったりすると、目の周りがかゆくなったり充血《じゅうけつ》したり、鼻水やくしゃみ、涙などが止まらなくなったりするそうなのです。私はそういうアレルギーはないのでさぞお辛《つら》いだろうなと」

「ああ、女性だと特に辛いわよねえ、化粧とか全部落ちてしまうだろうし……」

勝手にメイド仲間と勘違《かんちが》いしたのか、ふんふんと頷《うなず》いた。

「あー、ちょっと待っててくれる？」

と席を立つと、近くに置いてあった自身の物であろう小ぶりのトランクから何かを取り出した。

「これね、もう少しで売りに出せると思うのだけど、販売するまでには臨床《りんしょう》データがもう少し必要なのよ。人の体に使うものだから慎重にね。花粉アレルギー用の薬で、さっき言っていた症状を抑《おさ》えるような効果があるわ。ただ効き目は人によって異なるから、個人個人の効き具合の症例を集めたいの。お金は要らないから、使ってみた効果をレポートでもらえないかしら？　ああもちろん体に害がある成分は入ってないから、そこのところは安心して」

「まあ！　よろしいんですか？」

　こういう専門薬というのは結構お値段が張るものだ。レポートで効き目の状況を知らせるだけでいいのは破格《はかく》の提案である。

「いいのよ。可愛いパティーのお友だちのためだし、どうせあなたの話がなかったら、誰かアレルギーの人を見つけなければならなかったんだもの」

　アレルギーがひどくなるからとレオン様が毛嫌いしていたパーティーにも、薬の効き目いかんでは今後顔を出せるかも知れない。いくら苦手とは言っても、仕事や付き合いで最低限出なくてはならない時もあるだろうし、辛い症状が緩和《かんわ》するならそれに越したことはない。

　私は感謝を伝えて薬を受け取った。

　室内にはだんだん人が増えて来たこともあり、私がいつまでも彼女を束縛《そくばく》している訳にはいかない。

「それじゃロゼッタ姉様、私は屋敷に戻らなければならないので、そろそろ失礼します。お幸せを心から願ってますわ。レポートも責任持ってお届けしますね」

「ありがとう。帰ってしまうのはとても残念だけど、また近々会いましょうね！」

　ロゼッタと軽く抱擁《ほうよう》して別れを告げる。

　ギルモアにも会わずに帰れそうだし、今日は本当にいい日だったわ。

　私は喜ぶレオン様の顔を想像して心が弾《はず》んでいた。

出口に向かって歩き出した背後から、

「パティー！」

と聞き覚えのある声がするまでは。

◇◇◇

「――へえ、例のギルモア君が？」

「そうなのでございます」

屋敷に戻って来た私は、今日買って来た生菓子のミルフィーユとレアチーズケーキとフルーツタルト、それにいつも通りに焼き菓子を大量に書斎に差し入れて、ついでにちゃっかりお茶を頂いていた。

購入のためのお金もきちんと頂いているのに毎回お茶を淹《い》れて下さり、買って来たお菓子を一緒に食べようともてなして頂いているので、私としては申し訳ない気持ちになってしまう。

そこで私の方も代わりにもならないが、仕事やプライベートで何か面白い出来事があるとつい「これはレオン様に話さねば」と思うようにもなった。

単純にそれによって、レオン様と楽しいティータイムが過ごせることを喜ぶ気持ちもあったりもする。

先日色々話を聞いて頂いてから何というか、レオン様を年の離れた兄のように慕《した》ってしまっているのかも知れない。弟しかいない私には勝手に頼れる存在になっていた。

……まあ私はただのメイドなので、主人へのこんな感情は表には出せないけれど。

「ロゼッタ姉様と話をして、さて帰ろうとした時にいきなり声を掛けられまして、例の件を詫《わ》びたいと謝罪して下さったのはいいのですが……モニカ様も一緒にいらっしゃってまして……」

「ああ、パトリシアが言ってた例の派手《はで》な赤毛《あかげ》美人だね」

「実際にお会いしたのは二回しかないのですが、何故《なぜ》か彼女は私のことを覚えていたようで、『まあ、あなた相変わらず地味で冴《さ》えないわねえ。ギルモアのお姉様の婚約披露パーティーだというのに、そんな地味な紺のワンピースだなんて』とか言うんです。ご本人は目も覚めるようなラメの散《ち》ったグリーンの胸元も大きく開いた肩も丸出しのワンピースでしたが、いくらお祝いごとだからと言って、主役より目立つ服装をする方が失礼じゃないかと思うんです」

「……あ、そこなんだパトリシアの怒りどころは。私はてっきり地味で冴えないと言われた件で怒っているのかと思ったよ」

「ああ、いえ地味で冴えないのは事実なので別に構わないのです。言われ慣れてますし。ただ何故二回しかお会いしてない方にそんな風に言われなければならないのかな、とは思いますけれど。それに彼女は華《はな》やかな美人なのは間違いないので、怒《いか》りも湧《わ》かないと申しますか。ギルモアの幼馴《おさなな》染《じ》みということで敵視《てきし》されたのかも知れません」

「ははは、なるほどねえ。パトリシアは揉《も》め事を回避するスキルが高いんだね。普通なら自分を悪く言われたらそちらの方が腹が立つだろうけど」

珍しく声を上げて笑うレオン様に、一瞬考え込んだ。

「レオン様……私のことバカにしてらっしゃいますか？」

「いいや。とてもパトリシアらしいな、と思って。無意識に自身の不快《ふかい》な気持ちより、その場の空気を壊すまいとしているんだと思うよ」

「──レオン様は、私のことを良く言い過ぎなのではないかと思います」

「んーそうかな？　思ったままを言っているだけだけど」

恥ずかしさに顔が熱くなりそうだったので、ロゼッタ姉様から受け取った薬瓶《くすりびん》を自分のポーチから取り出して話を逸らすことにした。

ロゼッタ姉様から聞いた説明をレオン様にも改めて話す。

「それで、これが今ロゼッタ姉様が研究中の花粉アレルギーの薬です。一日一回朝食後に飲むだけの錠剤《じょうざい》で、過敏《かびん》なアレルギー反応を抑える効果があるそうです。現時点ではまだこの薬を飲むことで体調を悪くしたり、症状が悪化した方はいらっしゃらないとのことです。ですが人それぞれですし、レオン様も大丈夫という保証はございません。もし不安があるようでしたら返却して参りますが、改善すればレオン様も少しは外出が楽になるのではと思いまして。ただ、もしご利用になりたいということであれば、症例として症状の変化などを報告して頂く必要があるのです」

「へえそんな薬があるんだね。いや、他にも試した人だっているんだろう？　私も症状が少しでも緩和するなら助かるし、是非試したいな」

レオン様が瓶を受け取り、期待を滲《にじ》ませた目で中の薬を眺《なが》める。

私はそういったアレルギーはないので良いが、症状の辛さというものには慣れることはないのだろう。

「ではこちら三カ月分ぐらい入っているとのことでしたので、服用《ふくよう》を続けて頂き、恐れ入りますが毎日の症状の出具合、緩和したと感じるところ、悪化したように思われる症状など、一言二言で良いのでメモして週に一度程度で構いませんので私に頂けますでしょうか？」

「分かったよ。これでアレルギー症状が少しでも改善《かいぜん》するならありがたいね」

レアチーズケーキを美味《おい》しそうに頬張りながら、嬉し気《げ》に語るレオン様は純粋《じゅんすい》な子供のようで、八歳も年上なのをたまに忘れてしまいそうになる。

ここまで目鼻立ちの整った美丈夫《びじょうふ》で富裕《ふゆう》な伯爵《はくしゃく》なのだ、本来ならどんな女性もより取り見取りだろうに、花粉アレルギーで香水がお嫌いとなると、かなりの制限がかかってしまう。

もしロゼッタ姉様の薬が効いて、ほぼ症状が出ないぐらいに改善すれば、レオン様もパーティーなどに普通に出席出来るだろうし、良い出会いに恵まれるかも知れない。

……まあ香水をつけない女性はあまりいないけれど、生花を飾る会場は多いし、女性も生花を髪につけることが多いのだ。恋を囁《ささや》くのにくしゃみや鼻水が止まらなくては、いくらこんな美形から迫られようと、百年の恋も冷めてしまうことだろう。

(存在感のない地味な女にだって、手助け出来ることはあるわ)

何となく昼間のモニカを思い出して、少しイーっと舌を出して主張したい気持ちになったが、まあそんな自己満足はどうでもいい。

レオン様の症状が良くなりますように、と心の中で願いながら、公の場でアレルギー症状が出て失敗した時の笑い話などを聞いてニコニコと相槌《あいづち》を打つのだった。

◇◇◇

いつものようにせっせと図書室の清掃をしていると、興奮した様子でレオン様が扉を開けて入って来た。

「ねえねえパトリシア、あれすごいんだよ！」

薬を渡して四日後のこと。

「あれ？　薬のことでございますか？」

「そうだよ！　初日は特に何も変わったところはないかな、と思ったんだけどね、昨日仕事の会食があってレストランに入ったんだけど、店の中央の大きな花瓶に目一杯花が飾られていてさ。うわあこれは参った、と思ったんだけど、何とくしゃみが出たのは二回だけ！　しかも鼻水も出なかったんだ！」

「まあ！　すごいではありませんか！」

「目のかゆみは少しあったけど、耐《た》えられる程度だったしね。パトリシアのお陰で目の前がぱーっと開けたような気がしたよ」

「私ではなくロゼッタ姉様の研究の成果ですわ。ですが、そこまで劇的《げきてき》に改善するとは思いもよりませんでした。少々良くなる程度かと」

「私もせめて鼻水が出なくなる程度は効けばいいなあ、というぐらいの気持ちだったんだが、ここまでの効き目があるとはね」

季節は春。町中で道端《みちばた》にも無数の可憐な花が咲いているようなこの時期は、レオン様にとって症状が頻繁《ひんぱん》に出てしまうので、毎年地獄《じごく》にも等しい季節なのだそうだ。

「今はまだ使い始めたばかりで一時的に強く効いたのかも知れないし、ずっと服用しているうちに効き目が薄くなるかも知れないけど、それでも前よりは全然良いよ！　パトリシアにはちゃんとお礼をしないとね」

「いいえ、お礼など気になさらず」

「そんなこと言わないで。今の私のこの感動は筆舌《ひつぜつ》に尽くしがたいんだ。……という大義名分もあるのだが、実は一つ試したいことがあるんだよ」

「試したいこと？」

「町の中央に噴水《ふんすい》広場があるだろう？　春から夏にかけて周囲の花壇《かだん》の花がそれは美しいらしい」

「確かに毎年見ごたえのある綺麗な花を咲かせておりますね。休日ごとにワゴンでお店が並んだりもしております」

「私はアレルギーがあるため物心ついてから見に行ったこともない。だけど、今なら大丈夫なんじゃないかと思うんだよ」

少しお酒が飲めるようになったからもう一瓶まるまる飲んでも平気、という理論にはならないのと同じでかなり拡大解釈《かくだいかいしゃく》ではないかと思うのだが。

「――あそこは、かなり大量の花が咲いておりますよ？　いくら薬で症状が良くなっているとはいえ、いきなり溢れんばかりの花粉が舞う場所を訪れるのは時期尚早《じきしょうそう》ではございませんでしょうか」

「うん。だから、万が一の際を考えてパトリシアに付き添ってもらえないかな？　マズい、と思ったらすぐ引き返すつもりなんだけど、流石《さすが》に症状がどうなるかも分からないのに友人や仕事相手と行くのも怖いし、男同士というのも少々変だろう？」

「それはそうですけれど」

「ね、頼むよ。リハビリみたいなものだし、私のアレルギーのことを知っているパトリシアにしかお願い出来ないだろう？　マルタも知っているけど、彼女はメイドたちの指示で忙しいし」

確かに、マルタは新人育成もしているし、彼女の指示がないと円滑《えんかつ》に仕事が回らないのも事実だ。

だが、レオン様のような美貌《びぼう》の男性と町中を二人で歩くのはどうもデートみたいで、私のような地味女子はとても気が引ける。

……あ、でもメイド服で行けばいいのか。主人とお付きの人なのであれば別に問題ないものね。

「メイド服のまま、仕事ということでしたら……」

「うん、それで構わないよ。今日は私も仕事が暇なんだ。掃除は本日は終了ということで良いから、早く用具を片付けてきなよ」

「ええ？　今からですか？」

「時間がある時にしか行動出来ないじゃないか。――あ、ちょうどいいな、自分一人ではとても入れないけど、メイドたちへのお土産といったていでならケーキ屋にも入れるじゃないか。良い機会だ、評判の菓子店を回ってもいいね」

かなりテンションが上がったレオン様に抗《あらが》えるすべもなく、私はバケツや雑巾《ぞうきん》などを抱えて用具部屋に足早《あしばや》に向かった。

あの見事な花々を見せたい気持ちはやまやまなのだが、本当に大丈夫なのかしら……と手を洗いつつ心配になる。

まあレオン様の希望だし、チャレンジはいつかは必要だものね、と思い直す。いざとなれば早《さっ》急《きゅう》に現場を離れればいいのだ。

個人的には花よりも、菓子店で好きなものを選びたいというのが主な目的ではないか、と見ているのだが。


「——準備はよろしいですか？　あと少し歩くと噴水広場でございます」

「……ああ、だ、大丈夫だ」

馬車を降りた後、私の背後につくような形で歩いているレオン様は、先ほどまでの強気な発言はどこへやら、しっかりハンカチで鼻と口を覆《おお》っていた。

本人曰《いわ》く、「大丈夫だと思っていても、どうしても花が見えると恐ろしくてね」と前方の花壇を見ている。

「あの、なんでしたらまた今度ということで、本日は帰りましょうか？」

「いや！　ちゃんと薬も飲んでいるし、ここまで来て帰るというのは負けたも同然だろう？」

現に腰が引けているでしょうにレオン様。

でも、薬を過信《かしん》してもいけないが、本人がやりたいというのだから自己責任《じこせきにん》だ。私は心でエールを送るしかない。

雑談を交わしつつ噴水広場に近づくと、カップルや家族連れが思い思いに楽しそうに過ごしている姿が見えた。相変わらず色とりどりの花が咲き乱れ、見ていると心が洗われるような思いがする。

横のレオン様を見ると、私の袖を摑《つか》んで目をつぶって歩いている。

……本当に大丈夫なのかしら。

「レオン様、噴水広場に着きました。――このまま通り過ぎて、人気のある菓子店のある道へ抜けるということも可能ですが」

「いや、平気だ」

レオン様はそっと目を開き、眼前《がんぜん》に広がる花に目眩《めまい》を起こしそうになっていたが、何度か深呼吸を繰り返して、顔に当てていたハンカチを取る。

そのまましばらく棒立ちで呼吸をしている姿を眺めていたが、

「――あれ？」

と言ったレオン様が、ゆっくりと花壇のそばまで歩く。

「ん？　……パトリシア――」

「はい」

「今のところ、大丈夫そうな気がするよ」

こちらを見て全開で笑みを浮かべるのは止《や》めて下さい。その美貌直視するとものすごく眩《まぶ》しいんですよ、ご自身ではお気づきでないかも知れませんが。

「それは良かったです。でも、今は平気でも後から……、ということもございますから、無理はせず、早めに買い物をして帰りましょう」

「そうだね、完治した訳でもないんだものね」

そう言うと、そのまま嬉しそうに歩き出した。

ハンカチで覆っていた顔の全貌が暴《あば》かれて、若い女性の熱い視線が痛いほどご本人に注がれているのだが、レオン様は『花が近くにあろうが普通に歩ける自分』に静かに酔っており、全く気がついていない。

ちなみに私にも熱い視線が注がれているが、これは明らかに負の感情である。メイド服を着ているのでまだ首の皮一枚で繋《つな》がっている状況だが、ここでデートのようにお洒落《しゃれ》でもしていたなら、どの面《つら》下げて美男子と並んでいるんだと突き飛ばされて刺されていてもおかしくないぐらいの鋭さだ。

自分の判断の正しさを手放しで褒《ほ》め称《たた》えてあげたいものだ。

ただ長居はしたくない。

「レオン様、その道を左へ曲がったところに『ピエッタ』という店がございます。こちらはスノーホワイトケーキとシュークリームが評判だそうです。それと、小さめに作った丸いドーナツも話題だそうですわ」

「それは絶対に行かなきゃね！　生クリームってなんであんなに美味しいんだろうねえ」

ゆっくり満喫しているレオン様には申し訳なかったが、私だってケガはしたくないし命は惜《お》しい。急《せ》かすような形で店に案内した。

だが店に入った途端《とたん》に、習性なのかレオン様は通常の不機嫌《ふきげん》モードになり、店員へ言い訳めいた口調になる。

「すまないが、屋敷で働いているメイドたちのために、最近忙しく働かせてしまったからお菓子でも買ってやろうかと思ってね。私にはさっぱり分からないのだが、女性に人気があるお菓子はどの辺りだろうか？」

などと言いながらも、食べたことがないお菓子を射《い》るような眼差《まなざ》しで素早《すばや》くチェックしている。

私は内心笑いをこらえるのに必死だった。


その後も二軒の店を回り、同様の言い訳をしながらも大量の焼き菓子と少々の生菓子を購入し、レオン様はかなりご機嫌だった。やはり長期保存出来る焼き菓子が多くなるのは当然で、荷物として重くはないがかなりかさばる。

大きな袋三つに生菓子の入った二つの小さな袋。私が全部持つつもりだったのに、持たされたのは生菓子の袋だけだ。

「レオン様困ります。これではまるで私がご主人様をこき使っているみたいではありませんか。そちらの袋も私が――」

「いや、ケーキは形が崩れやすいだろう？　厳選《げんせん》したのだから、そちらを大切に運んでもらうことがパトリシアの大切な仕事だよ」

レオン様はそう言うと、馬車を置いてある車溜《だ》まりまですたすたと歩き出した。本当にもう、と後を追おうとすると、「あらあパトリシアじゃないの！」と声が聞こえた。

――明らかに聞きたくない声である。だが、自分が悪いこともしてないのに、聞こえない振りをして逃げるのも何か納得がいかない。

私が振り返ると、そこにはモニカと、誰だか分からない同世代の女性が笑顔で立っていた。

そんなに親し気《げ》に語り合う関係でしたっけ私たち？

「……パトリシアどうした？」

私が足を止めたのに気づき、レオン様が声を掛ける。

「あ、あのですね……」

私が話をしようとした時に、モニカが満面の笑みで近づいて来た。

「まあ、あなた仕事をしてらしたの？　メイド姿だけど……ああケイロン男爵《だんしゃく》家はさほど経済状況が恵まれているとは言えないものねえ」

どうでもいいのだが、親しくもないのに何故家庭事情を把握《はあく》しているのだろうか。

そして更にどうでもいいが、何故同情口調なのか。別に私は不幸ではないのだけど。

モヤモヤした気分になりながらも、

「はい。仕事中ですのでこれにて失礼致します」

と頭を下げてさっさと退散しようとすると、モニカはレオン様に目をやり驚いたような顔をして、素早く淑女《しゅくじょ》の礼を取った。

「私はパトリシアの友人のモニカと申します。失礼ですがそちら様は……」

「私か？　レオン・ロンダルドだが」

「まあ！　ロンダルド伯爵でございましたの。つい町中で友人を見かけたもので、思わず声を掛けてしまい失礼致しました」

「──へえ。仕事をしているのも知らない程度の友人なんだね」

「……最近はなかなか会う機会もなく、近況《きんきょう》を存じ上げませんでしたの」

つい先日お会いした記憶はありませんか。持病《じびょう》は記憶喪失《きおくそうしつ》でしょうか。

モニカは、レオン様の嫌味《いやみ》を分かっていないのか意《い》に介《かい》していない様子で、私を無視したまま話を続ける。

「ロンダルド様のお屋敷で友人が勤《つと》めているのも何かのご縁ですわね。来週、私の屋敷で父の新規事業立ち上げのパーティーがございますの。多種多様な商人も参加致しますし、レオン様のお仕事の繋がりを広げるのもよろしいのではと思いますけれど、ご都合がよろしければ是非ご出席頂けませんでしょうか？　ああ、もちろんパトリシアもご招待するわ。……ただギルモアも来るので気になさらなければ、ですけれど」

何が悲しくてギルモアとモニカがいちゃいちゃしているようなパーティーに参加しなければなら

ないのか。

それにギルモアという恋人がいるにもかかわらず、モニカの眼差しは明らかにレオン様へのただならぬ好意が透けている気がする。私が何か言える立場ではないものの、正直あまり気分は良くない。

レオン様はパーティー嫌いだろうしきっとお断りされるだろう、と思いふと見ると、何か考えているようで、うっすらと楽しげな顔をしている。

「――そうだね。仕事の付き合いを広げるのは悪いことじゃない。是非招待状を送って欲しい。あ、パトリシアの分も一緒にね」

「え？　あっ、はい、かしこまりました」

招待すると言ったばかりなのに、本当に私が一緒に出席するとは思っていなかったのか、モニカは少し意外そうな顔をしたが、気が変わったら困ると思ったのか、それでは早急に手配します、とずっと無言だった友人らしき女性とそそくさと立ち去った。


「レオン様！　何故あのような返事をされたのですか？　私は以前申し上げたように人の沢山集まるパーティーも苦手ですし、モニカ様やギルモアとも会いたくないとお分かりになっていらっしゃるでしょう？」

彼女たちの姿が見えなくなると、私を促《うなが》し馬車へ向かいだすレオン様に小声で抗議した。

「分かっているよ。……だけどさ、今までパトリシアが理不尽《りふじん》にやられ放題な感じがして少し腹が立ったものでさ。君だってさ、ちょっと見返してやりたくないかい？」

「……見返す、ですか？」

「そう！　地味で存在感がない令嬢と貶《おとし》められているパトリシアを、華やかで存在感溢れるレディーに変身させて、私がエスコートするんだ。あの香水臭い尊大《そんだい》な令嬢にも、たまには痛い目を見せな——っ、へっくしょんっ」

「まあ、大丈夫ですかレオン様？」

「……なんだか目がかゆい……鼻も詰《つ》まって来た」

少し情けない顔をして目をこしこしとこすり始めたレオン様に、私は呆《あき》れて説教をする。

「薬を飲んだからと調子に乗って、長いこと花壇の近くにいたからですわ。万能薬《ばんのうやく》ではないので過信をしないで欲しいと申し上げたではありませんかもう！　さっ、早く戻りましょう」

鼻をずびずび言わせ始めて、「いきなり大量の花粉デビューはダメだったかー」と今になって反省しているレオン様を引きずるようにして馬車に戻る。レオン様の服に残っているかも知れない花粉を落とすように、パタパタと手ではたくと急いで馬車に乗せた。

「パトリシア……点眼薬《てんがんやく》を」

「はいこちらです」

動き出した馬車に揺れながら器用に市販の点眼薬を注《さ》したレオン様に、続けてちり紙も渡す。洟《はな》をかみ、彼はようやく落ち着いたのかホッと息をついて笑った。

「いやー、危なかった危なかった。徐々《じょじょ》に慣らす方が良かったね」

「笑いごとではございません。本当に心配致しました」

「今回は喜びに我を忘れてしまったんだよ。許してくれ。二度と無茶《むちゃ》はしないさ。……だけど、以前ならその場で滝《たき》のような鼻水と涙とくしゃみに見舞《みま》われているはずだったんだ。やはり薬の効き目だね」

「体に影響が出ないかなど、しばらく続けてみないと分かりませんので、これからはくれぐれもご自愛下さいませ。ロゼッタ姉様に詳しく症状をお伝えする必要もございますから」

「ははっ、分かったよ、気をつける」

◇◇◇

そして、私はこのバタバタで脳内からすっぽりと抜け落ちていたことがあった。パーティーの一件である。

あれから数日経《た》って、レオン様の寝室の掃除を終わらせ、廊下に出た際に、何故かマルタが笑顔で立っていた。

「まあどうしたのですかマルタ様？　何かまたお手伝いでも？」

「お手伝い……まあ大人しく突っ立っていてくれればいいというのもお手伝いになりますか。さ、いらっしゃい」

謎かけのような台詞《せりふ》の後、私はそのまま寮のマルタの部屋まで引っ張って来られた。大きな箱がベッドに乗っている。

「あのー、マルタ様？　これはいったい……」

「夕方からレオン様とあなたのご友人のパーティーに行くのでしょう？　レオン様からパトリシアを男爵令嬢として『可能な限り』磨《みが》き上げて欲しいと申し付けられています」

「――え？　あの話本気だったんですか？　私は行きたくないのですけど」

「主人が行くと言えば行くのですよ。断る権利はありません。さ、まずお風呂に入って来なさい。ドレスも用意してありますし、ヘアメイクは私が腕によりをかけます。私にかかればカスミ草も薔《ば》薇《ら》のように。まあ全てお任せなさい」

「いえ薔薇とかそういうのどうでも良いですし、むしろ目立つの嫌なんですってば、マルタ様っ、ちょっ」

どう抗っても私の希望はスルーされ、日もあるうちから風呂に入る羽目になり、ぐったりした気分で出て来たところにドレスを着せられる。

髪を乾《かわ》かされセットされ、自分がやらなくていいのは楽だわあ……などと気持ち良くなってうつらうつらしている間にメイクも施《ほどこ》されていたようだ。

肩を叩《たた》かれてハッと顔を上げると、目の前の鏡にはいつものくすんだ金髪の髪が横から細かい編み込みをされて後ろでゆるくまとめられており、普段の自分とは比較にならないほど、華やかでぱっちりした目をした可愛らしいご令嬢の姿が映っていた。

自分では買おうと思ったこともないような、値段の張りそうな薄紫《うすむらさき》のシルクシフォンのドレープが美しいシンプルなドレスも、普段付けたこともない銀のイヤリングも、小さな宝石がいくつか飾られたネックレスも、今の私の激変具合ならば似合わないこともない、ような気がする。

マルタが満足気に私に尋ねる。

「――どうですか？　自画自賛ではありますが、パトリシアの良さを存分に引き出した仕上がりになっているかと思います。ほら、あなたの深みのある緑の瞳を目立たせるようにアイシャドーも少しダークピンクにしたところも我ながらセンスが光りますね。これでも昔は美容師になりたいと思っていたのですよ」

「何だか自分じゃないみたいです……別人ですわねここまで来ると」

「パトリシア、あなたはパーツ単体で見れば決して悪くないのです。むしろ良いところも多いのよ。ですが、いかんせん女性としてメイクに興味がなさすぎます。顔には軽く粉をはたくのみ、アイラインは引かない、口紅も淡《あわ》い色ばかりというやる気のなさ。とりあえず塗っとけば良いだろうという本音が透けて見えています。ですから結果として、全体的に薄ぼんやりしていてメリハリがなくなってしまうのです」

「ああ、せっかく褒めて下さっているのに、サクサクと突き刺さるようなこの胸の痛みは何でしょうか」

「さあ何でしょうね。――変に目立ちたくない、という気持ちは分かりますが、だからといって、若い女性が基本最低限の化粧も面倒くさがるのはいただけません。年を取ったらもっと気を遣《つか》わねばならないのですからね。容貌は衰《おとろ》える一方なのですから」

「はあ……仰《おつしや》ることは理解しているのですけれど」

「どうせ華やかになる顔でもないのだから、失礼がない程度にやっときますかねー、ぐらいの気持ちなのでしょう？」

「──まあマルタ様、私の心の中でも読めているのですか？」

「そんなもの誰でも分かります。でも、ちゃんと輪郭《りんかく》をはっきりさせて、アイラインやチークを使ったり、シャドーを少し使うだけでも、このように町中でお、っと視線を向けられるような女性にはなるんですよ」

「本当ですねえ。自分でもびっくりです。……ですが」

「何ですか？」

「……あのう、マルタ様は以前、不用意にレオン様と接触してはいけないし、寝込みを襲《おそ》うような真似《まね》をしないようにと仰いましたよね。つまりはメイドとして必要以上に親密な関係になるなという意味かと捉《とら》えているのですが」

「そうですね」

「それなのに、いくらレオン様が仰ったこととは言え、メイドである私を小綺麗にして、一緒に出掛けさせてもよろしいのでしょうか？」

　私は行くなと言われれば喜んで自分の部屋へ戻りますけれども。

「……今のところレオン様からは、パトリシアが不穏《ふおん》な動きをしているという報告は一切ありませんからね」

マルタは少し口角《こうかく》を上げた。

「それに、今回の話はパトリシアのためだとも聞きました。恐ろしく地味で家が貧乏だの……あとは生命力が乏《とぼ》しいだの影が薄いだの風景に同化しているだのと、散々言われてるのがあまりにも可哀想《かわいそう》なので、どうにか彼女のイメージを払拭《ふっしょく》したいと」

「かなり大げさに話を盛っておられますが、あながち全てが間違いとも言い切れずなのが辛いところです」

「私はパトリシアを高く評価していると言ったでしょう？　誠意を持って仕事をしてるかしてないか、少し見ていれば分かりますからね。ですから将来のメイド長候補のあなたが貶められるのは私だって腹は立つのです」

「マルタ様……」

思っていた以上に働きを見て頂いていたようで、私は感激した。

「裏口に馬車を止めてありますので、仕事仲間には見つからないでしょう。頑張って立派なレディーとして周りに素敵なところを見せておいでなさい」

「ありがとうございます。自信はないですが精一杯務めて参ります！」

頭を下げて部屋を出ようとした時、気になっていたことを思い出して尋ねた。

「あ、そう言えばマルタ様、レオン様が甘党《あまとう》というのは基本的に知られてはいけないのですよね？　もしビュッフェスタイルでスイーツがあった場合も、お取りしない方がよろしいでしょうか？　少しぐらいは大丈夫でしょうか？」

鏡台の前を片付けていたマルタが、私の話を聞き固まった。

「――レオン様は、あなたに甘党のことを打ち明けているのですか？」

「？　はい……と申しますか、掃除をしていた際に偶然知ってしまいまして、それからは休みごとにお菓子の調達《ちようたつ》なども担当しております。なかなかご自身では買うこともままならないとかで。――あ、勘違いしないで下さいね、在庫がなくなるとかなり機嫌が悪くなるからしているだけで、これは本当に仕事の一環《いつかん》ですから！」

「釈明せずとも状況は分かります。そう……考えていた以上に信頼されているのですねパトリシアは。まあ意外、でもないかしらね。気を抜いてしまうというか、警戒心を持ちにくいようなタイプですしね、あなたは。――ああ、ビュッフェだった場合の対応はレオン様にお伺いを。イライラすることがあれば食べたくもなるでしょうし」

「それもそうですね。では行って参ります」

改めて頭を下げると、私は急ぎ裏口へ向かった。


「――やあパトリシア、ドレス姿、素晴らしく可愛いじゃないか！」

馬車の中で先に待っていたレオン様が、私の姿に笑顔を見せた。眩しい。私は少し目を細めた。

「ありがとうございます。マルタ様のテクニックで別人のように変身させて頂きました」

「まあ私は普段の君の方が好きだけどね。でもパーティーに来る女性というのは大変だよねえ、会場をパッと華やかにする役目を押し付けられているようなものだからね。ほら、男はそういう華やかさがないだろう？　私のようなもうおじさんに片足を突っ込みかけているような男か年寄りばかりだからさ、せいぜい頭髪《とうはつ》がない人の頭上の光ぐらいしか輝くものがないんだよ」

「レオン様はまだ若者世代ですわ」

ついでに言うと、レオン様は輝くオーラも女性の二倍か三倍はお持ちですよ。

「パトリシアから見れば八歳も上だよ。気がつけば二十六歳だ」

確かに少し年上ではありますけれど、黒のタキシードが美貌を引き立てていらして、付け焼刃《やきば》の私よりよほど美しいと思う。まあ顔のことを言われるのはお好きではないようなので言わないけれど。

神様、自分より段違いに美形な男性（しかも雇い主）とパーティーに出席するのは、個人的にかなりの苦行《くぎょう》です。お願いですから今夜はどうか何事もなく無事に帰れますよう見守っていて下さい。

私は緊張の中、ひたすら心の中で祈り続けていた。

第四章　パトリシア改、出動

　スタンレー伯爵《はくしやく》家の屋敷は、ロンダルド家より町の中心部にある。

　モニカの父、婿《むこ》入りした当主がかなりの商売上手で、元々はそこまでの富裕な家ではなかったスタンレー伯爵家に、高級衣服やアクセサリーの販売により一代で今の財を築いたらしい。

「私もそろそろ領地経営以外にもビジネスを広げて、屋敷で働いてくれる者や領民にも還元したいと思っていたから、パトリシアの件は別として、今回誘われたのはラッキーだったよ。スタンレー伯爵は元々商人の息子だったそうだし努力家らしい。練れた人柄だと聞いているし、以前からその才覚は周囲が認めていたんだよ」

　彼女の父は、私の母のように元は平民だったみたいだ。その割にはモニカは家柄がどうだの私の家への見下しがひどいのではないか、と少々腹立たしい気持ちになる。

「そうだったのですね。良いビジネスパートナーが見つかるとよろしいですね」

「うん、そうだね。ただ、もらった薬のおかげで生花《せいか》は何とかなりそうだけど、香水がね……自然の香りと違って、人工的な香りって香りの成分を凝縮《ぎようしゆく》してるからなのかも知れないけど、頭痛がしてくるんだよ」

レオン様は少し憂鬱《ゆううつ》そうな顔を見せる。

「分かりますわ。私も付けると頭が痛くなるのです。女性にはお洒落《しゃれ》の一つでもありますし、体臭などを気にする方もいらっしゃるので、便利なものでもあるのですけれど……これぱかりは個人差がありますものね」

「女性の中には、目がしぱしぱするぐらい大量につけている人も多いからかな。――まあ今日はそんな人が多くないことを祈ろう」

世間話をしていると、ほどなくしてスタンレー伯爵家に到着した。

歴史こそ浅いものの財力のある家であることが分かる、飾り彫りされた大きな柱も美しい豪華な屋敷である。今回はかなりの招待客がいるようで、敷地内に馬車が十台以上は止まっているし、人の出入りも多い。

人が多いのは気疲れするので苦手だわ。だからパーティーって好きじゃないのよね……と思い少しため息をついていると、レオン様に顔を覗《のぞ》き込まれた。

「パトリシア、大丈夫？」

「あ、すみません。昔から人混みがあまり好きではないので、気分が盛り上がらないと申しますか……ため息などついて気分を害されたなら本当に申し訳ありません」

「いいんだよ。私も好きじゃないからね。長居をするつもりもないし――でもせっかくマルタに綺《き》麗《れい》にしてもらえたんだし、あの失言野郎もとい幼馴染《おさななじ》みに、逃した魚の大きさを知らしめるのも良いんじゃないかな？」

「ふふっ。彼は、私とは真逆のタイプのモニカ様のような方が好きなのですから、逃した魚とも思っていないはずですが。……でも見直して頂けたら少しは溜飲《りゅういん》も下がりますね。気を強く持って行きますわ」

「そうそう。私の良さが分からない男なんて、こちらから願い下げって気持ちでね。さ、どうぞパトリシア嬢」

レオン様は馬車からさっと降りると、私にうやうやしく手を差し出した。

止《や》めて下さい、ちょっとドキドキするじゃないですかもう。

少し顔を熱くしながらも、彼の手に私の手を乗せた。

彼は私を馬車から降ろすと、私の腕をそのまま自分の腕に絡ませて会場に入る。

思えば、腕を組む以前にレオン様の体にこんなに近づくのは今回が初めてだ。いや、ギルモアどころか男性自体にこんな真似《まね》をしたこともない。考えれば考えるほど恥ずかしさに頭にカーっと血が上《のぼ》る。顔をうつむけて床だけを見て歩きたい。

（……いけない。私は今夜はレオン様のパートナーとして出席しているのだ。非礼な振る舞いをして彼に恥ずかしい思いをさせてはならないわ。ここは女優になるのよ）

恥ずかしさを心にぎゅっぎゅっと押し込めると、無理やりだがゆったりと笑みをたたえて堂々と歩くことにした。

「――レオン様！　ようこそいらっしゃいました。父に紹介致しますわ」

モニカがこちらを見てパッと笑顔になると優雅な足取りでやって来た。真っ赤なロングドレスが美しい彼女に似合っており、いかにも主役ですといった装《よそお》いである。

「……あらパトリシア、見違えたわね。ドレスもお似合いだわ。では少しの間レオン様をお借りするわね。シャンパンでも飲んでゆっくりしてらして」

こちらをちらりと見たモニカだが、お愛想程度に一言挨拶《あいさつ》すると、そのままレオン様を連れて人だかりのする方へ連れて行った。

テーブルの方を見てやはりビュッフェ形式だったわと思いながら、自分が少しお腹《なか》が空いていることに思い至った。

……そういえば仕事終わりにマルタ様に連れ出されてから、おやつどころか夕食も食べてなかったんだったわ私。そりゃあお腹も空く訳よね。

今のうちに少しお腹を満たそうとテーブルの方へ向かうが、周りの男性の視線が気になる。何かこちらを眺《なが》めては物言いたげな顔をするのだが、一体何が言いたいのだろうか。汚れでもあるのかとドレスを見下ろしチェックするが、特に何か問題がある様子はない。

まあ良いかと皿を取り、いそいそとローストビーフやマリネを取り分けていると、二十代半ばぐらいの男性が声を掛けて来た。

「あなたがあまりに可愛《かわい》らしい方なので見惚《みと》れておりました。失礼ですが、どちらのご令嬢でしょうか？　あ、僕はマリオ・ボールバーグ、ボールバーグ伯爵家の長男です」

「え？　あ、パトリシア・ケイロンと申します。ケイロン男爵《だんしゃく》家の長女でございます」

「パトリシア、お名前も可愛いらしいですね。よろしければ落ち着いたところで少しお話ししませんか？」

嫌ですけど？　とすっぱり断れないのは相手の爵位が上で、両親に何か影響が出たらいけないと咄嗟《とっさ》に思ったからだ。

でも笑顔が何かいやらしいのよね。目も笑っているけれど、その奥に何だかヒンヤリした気配を感じて不気味だし。

「……申し訳ございません。私、連れがおりますので」

そう言ってその場を離れようとしたのだが、男はしつこく食い下がる。

「お連れの方は女性を放置してビジネスの話ですか？　男の風上にも置けないなあ。ま、お戻りになるまででも構いませんので」

と腕を摑《つか》み、強引に会場から連れ出そうとする。

(だから連れがいるって言ってるのに。あなた、人がローストビーフ食べようとしてるの分からないの？　マリネだってサーモンにかかったソースがたまらなく美味《おい》しそうじゃないの！　私はお腹が空いてるんだってばもうっ)

たまらず言い返そうとした時に、

「――失礼。私の友人に何か？」

と私を摑んでいた相手の腕をさり気なく外してくれた男性がいた。

「……ギルモア……」

現れた幼馴染みの顔をぼんやりと眺め、これは助かったと思えば良いのか、助かってないと考えた方がいいのか、と内心の焦《あせ》りを出さないようにするので精一杯であった。

強引だった男はギルモアの登場に怯《ひる》んだ表情を見せ、言葉を濁《にご》しながら離れて行ったので、私は仕方なしに一応お礼を言った。

「ギルモア、どうもありがとう。しつこくて困っていたの。私も言い返そうかと思っていたのだけど」

「……全く呑気《のんき》だね相変わらず。パティー、あの男、あちこちのパーティーで女性に一夜限りの関係を強要してるって噂《うわさ》のある男だよ？　下手したら無理やり手籠《てご》めにされてたかも知れないってのに」

「一夜限りの……って、え？　まさか体の……？」

話を聞いてぞわっと鳥肌が立った。

何が悲しくて好きでもない男との一晩の関係に処女を捧《ささ》げなければいけないのよ。寒気を感じるのと同時に腹も立って来た。

「そんな尻の軽そうな女と見られていたなんて……改めて一言文句でも言わなきゃ気が済まないわ！」

「そうじゃなくて、パティーが可愛かったからだろう？　実際、今夜は注目を集めているほど可愛くて目立つからね。普段の印象と違い過ぎてしばらく気づかなかったよ」

ギルモアの言葉は、嬉《うれ》しいというより呆《あき》れるものだった。普段は全く可愛くないと言っているのと同様ではないか。

本人の表情を見ると、本気で褒めているつもりなのかも知れないが、マルタ様のメイク技術の成果だし、別にありがたくも嬉しくもない。

「それはどうも。――先ほどの件、助けてくれてありがとう。とりあえず感謝するわ。それじゃ――」

「ねえ待ってよパティー。パティーにはちゃんと謝罪したかったんだ。本当にあれは自分でも最低だったよ。ジャックがどうもパティーのことを、いい人だとか淑《しと》やかで女性らしいみたいなことを言うから、モヤモヤして言ってしまったというか……本気であんなことを思っていた訳ではないんだ」

「別に謝罪してくれなくていいのよ。済んだことだし私はもう気にしてないわ」

見栄ではなく、今では本当にもうどうでもよくなっていた。ロンダルド家での仕事も充実しているし、たまにお菓子をつまみながらレオン様と世間話をするのも楽しいいし、あれはとうに過ぎた昔の話なのだ、と思えるようになっていた。

「それじゃ、今まで通り友だちとして仲直り出来るかな？」

だが、大らかに許そうと思う気持ちをギルモアは台無しにしてくれた。神経を逆なでされて私はきつい口調になる。

「――は？　ギルモア、あなたはモニカ様というれっきとした恋人がいるのに、女性の幼馴染みに仲直りしたいとか、一体どういう了見なの？　恋人に誤解されないように異性の友人とは疎遠《そえん》になるのが普通じゃないの？」

「いや、でもそれとこれとは――」

「違わないわよ。私だって変に誤解されたりするのも迷惑よ。ロゼッタ姉様とはこれからもお付き合いは続けるけど、あなたはもう友人とも思ってないわ。その場に私がいたと知らなくても、思ってもいなかったことだったとしても、悪口を言って、友人である人間を貶《おとし》めるような言動を取れる人は信用出来ないもの」

「パティー……本当にすまない。僕は君をとても傷つけてしまったんだね」

ああ……レオン様が、

「一応主催者には挨拶しないとね。すぐ戻るからあまり動かず待ってて」

と耳打ちして下さったのに、ウロチョロ動く羽目《はめ》になって、戻るまでに色んなゴタゴタが起きてますわ私。もしや私がトラブルメーカーなのかしら。

「悪かったよ。モニカはとても美人だけどワガママで性格がきつい時があってね。一緒にいるとピリピリすることもあって。ああパティーと一緒の時はそんなことなかったのになあと考えてたら、さっき君を見かけたからつい声を掛けてしまったんだ」

そりゃあ存在感がないと思われていたのだからノーストレスでしょうよ。

今まで認めたくはなかったが、はっきりと認めよう。この男は誰にでも優しいのではなく、誰にでもいい顔をしたいだけの人なのだ。

「ワガママで気が強くても美人なのだからいいじゃない。ギルモアが付き合っているのも顔が好みだからでしょう？　枝葉は気にしなければいいのよ。それに、異性に自分の恋人の陰口を叩《たた》くって、かなり失礼な行為だと気づいているかしら？　相手の身になって考えれば分かるでしょうに。……私が同情してまあそれは可哀想《かわいそう》ね、とでも言うと思った？」

「つっ……」

「助けてもらった立場で申し訳ないけど、もう町で会ったとしても、私には二度と声を掛けないでもらえる？　ギルモアの話を聞いていると不快になってくるのよ。誤解をされたままの自分は不幸だ、自分は被害者だってアピールされているみたいで」

「そんな。僕はただだっ――」

「ああ！　やっと見つけた！　探したよパトリシア！」

声のした方を振り向くと、レオン様が早足でこちらにやって来るところだった。

「レオン様、申し訳ございませんでした、言いつけを守らずに移動してしまって」

「いや、それは気にしないでくれ。なかなか戻れなかった私が悪いんだから。……ところで、君はパトリシアの幼馴染みかな？　もう用事は済んだのなら、私のパトリシアを返して頂けるだろうか？」

「――はい。失礼致しました」

何か言いたげな顔をしていたが、そのまま静かに一礼してギルモアは立ち去って行く。

「パトリシア、本当にごめんよ。……あいつに何か言われたのかい？」

「いえ大したことは。……ああ、今夜はいつもより可愛いとか何とか」

「……は？　あいつアホなのか？　パトリシアは普段だって可愛いじゃないか！　今夜は別の可愛

さがあるってだけだろう？　君の幼馴染みは、単純に審美眼が歪《ゆが》んでいただけだと気づけて良かったな！　うん、パトリシアはいつも可愛い！」

違う違う、そういうことじゃないんですレオン様。何でそういうこと大きな声で言うんですか。恥ずかしいじゃないですか。

――いや、だが気がつけばいつものレオン様とちょっと違う。公《おおやけ》の場だし、いつもならもっと冷静な感じなのに……と彼を改めて見ると、目のふちと頬が少し赤い。

顔に出るぐらいにはお酒が入っているようだ。

「レオン様、お酒をお過ごしになられましたか？」

「……いや、今回の事業の話がワイナリーの買収とワインの販売ということで、試飲と称して赤と白を何杯か味見をしただけだ」

「さようですか――ところでレオン様はお酒はお強いのですか？」

「弱いので普段はほとんど飲まない……」

「べろんべろんじゃありませんのそれじゃあ！　もうお仕事の話が終わったのでしたら帰りましょう」

「うん……ごめんねパトリシア」

本当に困った伯爵様だ。

私がいなければ泥酔《でいすい》して歩けなくなったりして、それこそ下手をすればそこらの女性に、介抱という名目で襲《おそ》われていたかも知れない。お酒で普段の注意力がポロポロ落ちてしまっているではないか。

（少しはご自身の美貌《びぼう》を自覚して頂きたいものだわね……）

肩を貸して馬車まで歩きつつも、私は少し心配していた。

普段沢山の本も読んでいらして博識だし、仕事の様子を見ていても頭の切れる方なのに、おかしな所で抜けているというか、どこか放っておけないところがあるのよねえ。

馬車の中でレオン様はもううたた寝をしている。

それにしても長いまつ毛だこと。寝顔も綺麗って卑怯《ひきょう》よね。


屋敷に戻る馬車の中で、私は結果的にギルモアを見返してやれたのだろうか、と首を捻《ひね》る。

確かにギルモアにはいつもより可愛いとか言われたけれど。……でも別に爽快感はないわね。あ、そうだわモニカにもドレスが似合ってるとか言われたかしら。あれも褒められたと言えるのかしらねえ？　うーん……。

少し考えて、結局今回のパーティーでは美味しいローストビーフとマリネをほんの少し食べただけ、という切ない成果しかなかったような気がする。

お洒落をしてマルタには綺麗なメイクもしてもらえて、心が浮き立ったのは事実だけど、得たことは変な男に声を掛けられたことと、幼馴染みから幻滅《げんめつ》するような言葉を聞いただけだ。

「華やかな場所って、やっぱり私には居心地は良くないのよね……」

屋敷で掃除をしたり、たまにレオン様とお茶が出来ることで満足だ。人間には向き不向きがあることを痛感した。

「レオン様、足元にお気をつけて」

馬車が到着して降りてからも、足元がおぼつかないレオン様を寝室まで案内し、靴を脱がせ、シワにならないようにと何とか上着だけ脱がせてハンガーに掛ける。

すっかり夢の中のレオン様を、何とかベッドに横になって頂くことには成功した。しかしメイドとはいえ乙女である。流石《さすが》にズボンやシャツまで脱がすことは出来ないわ。

私も着替えて化粧を落としたら、明日の仕事のために早く眠らないと。こんな綺麗なドレスを着られたのは嬉しいけれど、慎重に洗わないと桶《おけ》で引っ掛けたら大変よね。

そう考えながらレオン様から離れようとすると、ん、と声にならないような声を発していきなり私を摑んで引き寄せた。

「――えっ？」

気がつけば、毛布にくるまるように私に抱き着いているレオン様の顔が真横にある。寝ぼけていらっしゃるのね、と腕を外そうとしたがビクともしない。

「レオン様、レオン様」

囁《ささや》いて気づいてもらおうとするが、寝息の乱れる様子もない。

こんなところマルタ様に見られたら大変なことになりますよー、お願いしますってばレオン様ー起きて下さーい。冷や汗と心臓のバクバクが収まらない。

何とか体を動かそうとしたり、腕の位置を徐々にずらしたりすることで、三十分ほど奮闘した挙《あげ》句《く》にようやく離れることが出来た。

足元に蹴飛ばされている毛布を丸めてレオン様の手元に持って行くと、毛布をぎゅうっと摑んで嬉しそうに微笑《ほほえ》んでいた。何か良い夢でも見ているのかも知れない。

私はそっと寝室を出て自室に戻ると、深く深く息をついた。

危険が無事に回避出来た安心と、よく分からない一抹の心残りのような思いで。

第五章　とある日記

「……何だか退屈《たいくつ》だわ……」

私は窓を拭《ふ》きながら独《ひと》り言《ごと》を呟《つぶや》いていた。

スタンレー伯爵《はくしゃく》家で話していたワイナリーの買収《ばいしゅう》の件が本決まりになったようで、商談のためレオン様は泊まりがけでの外出が増えた。

ワイナリー見学のため数日不在のこともあったし、酒を販売している店などへの卸《おろし》の問題など、やることはいくらでもあるようで、今まで以上に忙しくなっているようだ。

私が休みでお菓子を買って帰る際も、生菓子はいつ食べられるか分からないからと焼き菓子のみを頼まれるようになり、それも戻りが遅い日が多いので書斎の執務《しつむ》机のテーブルに乗せておくのみで、レオン様とお茶を頂きながらの話をする機会も、顔を合わせる機会も激減《げきげん》してしまった。

はじめのうちは「不在なら掃除する時に気を遣《つか》わずに済むわね」と思い、いつもより細かい場所まで丁寧に掃除をしていたのだが、レオン様ととりとめのない話をするのはいい気分転換になっていたようで、不在であることがかなり寂しく感じられる。

しかも丁寧にやろうとしても、もう慣れた場所のため手際《てぎわ》良く片付いてしまい、掃除を任された当初の頃よりも掛かる時間は格段に減っていた。だけど、まだメイド仲間が仕事をしているであろう時間に、私だけゆっくり自室でくつろぐというのも少々気が引けてしまう。

そこで、今まで気になっていたものの、レオン様に殆《ほとん》ど使ってないから時間がある時でいいよ、と言われて後回しにしていた書庫の整理を行うことにした。

ロンダルド家の広めの客間《きゃくま》の倍ぐらいはありそうな図書室の、更に奥まったところにある細かな彫刻《ちょうこく》が施《ほどこ》された木製の扉を開くと、古い歴史書など比較的に利用頻度《ひんど》が低い書物が納められている小部屋がある。まあ小部屋といっても図書室に比べてというだけであって、軽く私の自室の二倍ぐらいはあると思う。

私が担当になってから一度も掃除したことはないので、かなり埃《ほこり》まみれなのは予想していたが、床の真紅《しんく》の絨毯《じゅうたん》にはいくつも綿埃《わたぼこり》が転がっており、空気も淀《よど》んでいるように感じる。想像以上の汚れっぷりだ。

壁全体に作り付けられた本棚には、とても古いのかタイトルもかすれて読めないような大量の書物が収まっている。溢《あふ》れた未整理の本が乱雑に床に山積みされているところもある。天井には窓もないのにどこから出入りしたのか、大きなクモの巣まで張っているのが見えた。

最低でもここ数カ月は出入りすらしていない様子だ。

「……これはやりがいがありそうね……」

近頃時間を持て余している私には、このような仕事はとてもありがたかった。レオン様が帰る予定は三日後だ。綺麗《きれい》になった書庫を案内したらきっと驚いてくれるのではないか、と思うとやる気も高まるというものだ。

私は腕まくりをしてから鼻と口をスカーフで覆《おお》い、はたきを手に、よし、と気合を入れるといつの間にか笑《え》みがこぼれていたのだった。

「……ふぅ」

クモの巣や本棚、積まれている本などの埃を一通りはたきで床に落とし、ほうきでゴミをちり取りに集めて袋に入れる。何度も同じ動作をしている気がするが、埃の山はなくならない。もしかすると年単位で出入りしていないのかしら。

これはもしや永遠に終わらないのでは、と思うほど長い時間が経《た》ったような気がしたが、一通り終わってから一息ついて壁掛けの時計を見ると、まだ二時間ほどしか経っていない。まあ埃を払ってゴミを集めるだけの作業に二時間かかるというのも大概《たいがい》すごい話だが、それでもまだメイド仲間が仕事を終える時間まで二時間以上はある。

後は本を分類し、本棚に並べればきっと見違えるように綺麗になるはずだ。

私はいったん床に置きっ放しになっている本を図書室の大テーブルの上に移動し始めた。床に置いてある本を全部運び出すと、また隠れていた大量の埃が現れた。虫の死骸《しがい》まであって立ち眩《くら》みを起こしそうになる。

「……ふふん。私のやる気を削《そ》ごうだなんて百年早いわよあなたたち。もう今だって服も体も埃だらけなのよ。逆に言えば、今なら多少埃が増えたところで痛くもかゆくもないってことなのよ」

私は一人そう呟くと、またほうきとちり取りを摑《つか》んで、ちょっと折れかけそうになる気持ちをぐっと踏みとどまらせるのだった。

本棚の本も取り出し拭き掃除をしながら本を戻し、綺麗な書庫に生まれ変わった頃には夕方の五時をとうに回っていた。

エマリアたちも掃除を終えて寮の大浴場《だいよくじょう》へ向かっているか、夕食まで部屋でのんびりしているところだろう。

役職についている者は個別に浴室とトイレが付属している広めの部屋が与えられるが、私たちにはそんなものはない。

各階にトイレが設置されており、一階の大浴場で六時から夜十時までの間に風呂に入れるようになっている。この場所の掃除も交替制だ。最初は同性とは言え家族以外の人間と風呂に入るのも恥ずかしく思っていたが、これも慣れるもので今では世間話をしながらワイワイ皆で入るのも楽しいと思えるようになっている。

早く風呂に行ってこの埃まみれの体を綺麗にしたいと思ったのだが、夜眠る前に読める軽めの小説などを借りて行こうと考えた。レオン様も「読みたい本があったらいつでも読んで構わないよ」と仰《おっしゃ》っていたので時々お借りしていたが、今日はせっかくだから開かずの間だった書庫にあるものでも……と本棚を眺めていて、赤の背表紙に細かな紋様《もんよう》の美しい本が目に入った。ただ年月は経っているようで、中の紙は黄ばんでいる。

「あら……綺麗な装丁《そうてい》ね」

どんな内容かしら、と気を惹《ひ》かれ手に取りぱらりと中を開くと、『ダイアリー』と書かれた最初のページが目に入り、その下の方に『ヒルダ・ロンダルド』とサインがあった。

（ヒルダ様って……レオン様のお母様では？）

すると、これは今は亡《な》き大奥様、ヒルダ様の日記ではないか。

こんな埃まみれの書庫の中に置かれていたなんて、レオン様もお気づきではなかったに違いない。何しろ図書室といいこの書庫といい、書物が溢れているんだもの。

（これはレオン様がお戻りになったらお渡ししないと……）

と思ったが、どんな方だったのかずっと気になっていた。

（本当は、個人の日記など読むべきではないと思うけど……もう亡くなられているし、レオン様は何でも読んで良いと言っていたし……）

私はしばらく葛藤《かっとう》した。

（――万が一、ロンダルド家の秘密に関わるような重大な内容が書かれていた場合は、そのまま読まなかったことにしてレオン様に渡してしまおう。奥様やお母様の大切な日記を粗雑《そざつ》に扱っていた大旦那様やレオン様にだって、放置していた責任はあるんだものね）

ヒルダ様の人となりが知れるのではないか、という好奇心に抗《あらが》うことは出来ず、私はヒルダ様の日記を汚さないよう気をつけてそうっと抱えると、自室に持ち帰った。

風呂に入り、ついでにかなり汚れたメイド服も隅っこで念入りに洗ってきつく絞った。流石《さすが》にこんなにばっちくなったものを洗濯当番に洗ってもらうのは申し訳ないものね。

エマリアとジョアンナには、

「パトリシアったら、何で一日でそんなに真っ黒けになるのよ」

と呆《あき》れられたのだが、レオン様がご不在の間に普段やっていなかったところを掃除したのだ、と自慢げに打ち明けたら余計にお説教された。

「目を光らせている人がいなくてサボれる時にどうしてよ？　どうせならいらっしゃる時にやって、パトリシアが仕事熱心だと褒《ほ》めてもらえばいいじゃないのよ。お給料上がるかも知れないじゃないの」

「……あら、言われてみればそうね。思い至らなかったわ」

「本当にパトリシアは能天気なのだから」

「全くだわ。生真面目《きまじめ》というか融通《ゆうずう》が利かないというか……あんまり無理するんじゃないわよ。ただでさえ気を遣う場所なのだから」

なんだかんだ言いつつ心配してくれる仲間がいる、というのはありがたいものだ。

けれど、今の私の関心はヒルダ様の日記のみ。

メイド服は窓を少し開いて室内に干し、夕食を食べて軽くお喋《しゃべ》りをして「流石に今日は疲れたみたい」と早々に部屋に引っ込んだ。

「……少し緊張するわね」

五年前に亡くなったレオン様のお母様。彼が顔は母に良く似ていると言っていたので、きっとそれは華《はな》のある美しい方だったのだろう。

私のような凡庸《ぼんよう》でどこにでもいるような、華やかさのかけらもない地味な女からしてみれば、完《かん》璧《ぺき》な女性の思考回路は想像すら出来ない。だから、レオン様のお母様としての興味に加え、どのような考え方をしていたのかという好奇心もあった。

ぱらりと最初のページをめくると、

『ああ、本当に鬱陶《うっとう》しい男たち！　話し掛けないでよ、ばーかばーか』

という一文が目に飛び込んで来た。

「……え？」

ちょっと予想外の印象にとまどいつつも、改めて初めから読み進めた。

『×月×日
私の十八歳の誕生日パーティーを開くと父様が言った。伯爵家の一人娘なのだから、それなりの家から婿《むこ》を迎えなければならないそうだ。今から憂鬱《ゆううつ》で仕方がない』

『×月×日
パーティーは予想通り、本当に退屈だった。婿候補らしい名前もよく覚えられない複数の男と顔合わせをさせられ、作り笑いが固まったままで今でも顔がつりそうだ。私は自分で言うのも恥ずかしいが、結構な美人らしい。両親が言うには、王族に嫁《とつ》いでも納得出来るほどの美貌《びぼう》なのだそうだ。実際、かなり裕福で知られる公爵家からも打診があったそうだが、流石に四十間近の同い年の息子がいるようなところの後添えではあまりに不憫《ふびん》、ということで流れたらしい。だけど私の意思はどこにあるのかしらね。誰も彼も、お美しいとか女神《めがみ》のようだとか見た目のことばかり褒めるけど、私の中身については全く興味がないのね』

『×月×日

その後も何度か、成人祝いの名目でパーティーを開いては色んな男に会わされ、デートもさせられたけど、宝石か花のように着飾って私を連れ歩き、ただ周りの人間に自慢されるだけ。そこに私の気持ちはない。皆が私に食べたいものや飲みたいものを聞いても、私が何に興味があって、どんな考えを持っていて、何が苦手なのか聞いてくれる人はいない』

「……まあ……」

読んでいてとても身につまされてしまう。ヒルダ様は人並み外れた美しさがゆえに個人の意思を尊重《そんちょう》されない。私は存在感のなさ、影の薄さゆえに周りの男に恋愛対象として求められない。根っこは違うけれど、中身を求められないのは同じかも知れない。

次第に私は夢中で文字を追っていた。

『×月×日
屋敷での何度目かのパーティーで、初対面の人と空虚《くうきょ》な会話を交わすことに疲れて、化粧室へ行くと言って会場を抜け出した。そこで、ゲイリーと出会った。彼は伯爵家の次男坊で、確か騎士団《きしだん》に勤《つと》めていた。廊下に突っ立って、壁に掛けられていた絵を眺めて、ただ彼は泣いていた。

(ゲイリー様……大旦那様との出会いだわ)

そんなところで何をしてらっしゃるの？　と聞いたら壁を見たまま、この絵を見ていたら何だか感動して涙が出て来たという。少しドキリとした私は、この絵のどこが良いか聞いてみた。すると「綺麗な花瓶にたった一本の薔薇《ばら》が、途方《とほう》もない寂しさと絶望を、でもどこか希望と温かみも感じさせる」と。「……それ、私が描《か》いたのよ」恥ずかしさで聞いていられなくなり打ち明けたら、初めて私を見たゲイリーは、「素晴《すば》らしい才能だね」と笑顔を見せた。私の容姿を称《たた》えることもなく、「やあ、すっかり腹が減ってしまった。せっかくパーティーに来たのだから美味《おい》しいものを食べないとね」とさっさと会場へ戻って行った。私は父様に、結婚するならゲイリーがいい、と初めて自分の意思を伝えた』

『×月×日
ゲイリーと婚約後、何度かデートを重ねたが、私の絵の話や、何が許せて何が許せないのか、人間として好ましい相手とは、どんな本が好きか、話した内容はそんなたわいもないものだった。たわいもない、だが私がたまらなく求めていた会話だった。そして、彼は婚約してもなお、私の顔やスタイルを褒める台詞《せりふ》を言うことはなかった』

『×月×日
愛する男に言われなければそれはそれで気になるものだ。自分の売りである美貌も彼には何の価値もないのか。私の気持ちばかりが勝手に高まっているようで不安になり、ある日思わず尋《たず》ねた。「ねえ、私は綺麗《き》じゃないかしら?」彼はびっくりしたように「何だいいきなり」と笑った。「僕は友人にも気が利かない男って言われてるんだ。すまないね。興味がないっていうかさ、顔の美醜《びしゅう》ってよく分からないんだ。多分ヒルダは周りの言葉を聞いていると綺麗なのだと思うけど……実はね、あの心を動かされるような絵を描いたのが君だって言われて、ああこの人と結婚したいなと思っていた。別に君がおデブちゃんでもうーんと年上の未亡人だったとしても、同じだっただろうね。それほどまでにあの絵は僕の胸に響いた。光り輝いていたんだよ。あの絵が描けるならきっと、素晴らしく心が純粋で尊敬出来る人だろうなって」私は泣いてしまい、彼をオロオロさせてしまった。何の努力もせず両親から受け継いだ、年を取れば衰《おとろ》えて影も形もなくなる美貌よりも、私が時間をかけて、試行錯誤《しこうさくご》しながら仕上げた絵の方を褒めてもらったことで、初めて自分自身を必要とされた、という安堵《あんど》に包まれたからだ』

読んでいる私も思わずもらい泣きしてしまい、ハンカチで目元を押さえた。美しければ美しいなりに悩みもあり苦労もある。私は女としては不幸なのではないかと思っていたけれど、容貌の変化や衰えを想像して一喜一憂《いっきいちゆう》したことはない。これは実は幸せなことではないか。

そんなことを考えながら読み進めていると、レオン様が生まれた後のことに話は移っていた。クッキーを食べ過ぎて虫歯になりそうだとか健康が心配だ、などと書いてある。やはり幼い頃からお菓子が好きなのね、と微笑《ほほえ》ましく読んでいると、ヒルダ様が心を痛めていることを感じる文章になった。

『×月×日
レオンは頭も良く心の優しい素晴らしい息子。でも、残念ながら顔が私にとても良く似《に》てしまった。ゲイリーのような男らしい顔であれば良かった。過ぎた美貌はとかくトラブルを招《まね》きやすいものだから』

『×月×日
今日、レオンが泣きながら部屋に駆《か》け込んで来た。マギーが突然服を脱ぎ、胸を触れと言われ、断ったら無理やりキスをされ舌を入れられたという。マギーは親戚《しんせき》の娘で十六歳になったばかりだ。以前からうちのパーティーに来るとレオンにまとわりついていたが、ただの親戚というつもりではなかったようだ。十二歳になったばかりの子になんてことを、と怒《いか》りに目がくらんだが、非難しようにもマギーは外面《そとづら》が良いというのか、周りを取り込むのが上手《うま》い。下手したら被害者はこちらだなどと言い出して、責任を取らせようとするかも知れない。腹立たしいがことを荒立《あらだ》てるのは得策ではない。私はレオンに次のパーティーから彼女に一切近づくな、挨拶《あいさつ》したら部屋に戻って一歩も出なくていいから、と言い聞かせた。可愛《かわい》いレオンが成長し、年々美貌を増すごとに、こんなことになるのではないかとの不安が的中《てきちゅう》した。今後はより一層の注意をせねばと決めた』

『×月×日
レオンもあの後一時は不眠を訴《うった》えたり急に泣き出したり、ということがあって私の不安は尽きなかったが、マギーが遠方《えんぽう》に嫁ぐことになって屋敷に現れなくなってから、次第に元気を取り戻した。ただあの忌《い》まわしい事件以来、香水の匂いを嗅ぐと頭痛がするから嫌だ、と言うようになった。周囲に広がるほどの香水をつけていたマギーのことを思い出してしまうのか。私の香水も全部廃棄《はき》しなくては。ただでさえ花粉アレルギーを持っているというのに可哀想《かわいそう》な子……つくづくマギーの所業《しょぎょう》を恨《うら》むばかりだ。浮気《うわき》されるか離縁されてしまえ、という醜《みにく》い感情まで芽生えてしまったが、これればかりは反省するつもりはない』

そこまで読んで、私はため息をついて目を伏《ふ》せた。

――これ以上は絶対に私が知っていてはいけないことだ。家族内に秘めておくべき内容であり、ただの使用人が読むものではない。

私は続きを読まずにそのまま日記を閉じた。

安易に読み進めてしまったことを激しく後悔する。

見つけた時には、これはお母様の日記だからレオン様が戻られたら是非お渡しせねばと思ったが、これは自然にレオン様が見つけて下さるまで書庫の本棚にしまっておくべきかも知れない。思い出したくもない嫌な記憶が一緒に蘇《よみがえ》ってしまうかも知れないし。

日記は明日早々にでも書庫に戻しておかなくては。

私も浅《あさ》はかだった。小さな頃のレオン様が知れるのではないか、などと興味本位で読んでしまったことを深く後悔した。

でも読んでしまった事実はもう無かったことには出来ない。

もちろんこの日記の内容については決して口外《こうがい》するつもりはない。

……ただ、レオン様が気の毒でならない。

私は胸が締め付けられるような思いで、深夜まで眠れずに何度も寝返りを打っていた。

「……パトリシア、あなたすごい顔色よ？　風邪でも引いたの？」

「え？　そうかしら？　ちょっと食欲がないだけよ」

結局ほぼ一睡《いっすい》も出来ないまま、私は翌日仕事をしていた。


昼食時にエマリアから気遣うような言葉をもらい、ジョアンナには「無理して、やらなくていいところまで仕事するからよ」などと責めるように言われた。ジョアンナは口調《くちょう》こそ少し乱暴だったりするが、実はいつも心配してくれる子なのだ。

申し訳ないと思いつつも、私は適当に誤魔化《ごまか》して仕事に戻る。

雑巾《ぞうきん》で埃をせっせと拭き取りながら、他にやり残しはないかとあちこちを行ったり来たり。何かをしていないと落ち着かない。

そして、もうやることは何もないと気づいてため息をついた。

（……人の道に外れることをしてしまった）

昨夜から思うのはそのことばかりだ。

いくらレオン様から好きに何でも読んでいいと言われたとしても、ご家族の私物である日記を盗み見た私の罪が消える訳ではない。

普段の私であれば、たとえ出来るとしても決して中身を見るということはしなかったと誓える。

ただその常識外れの行動に至った原因は、夜中眠れぬ間に考えて、自分でもある程度理解はしていた。

——私の中に生まれてしまっていたレオン様への好意である。

こんな私でも必要として下さっているレオン様の手助けがしたい、レオン様をもっと知りたい、自分が役立つためにどんな情報でも欲しい、そんな考えが、通常なら思いもしない独りよがりな行動に私を駆り立ててしまった。

人のプライバシーを土足《どそく》で踏みにじるような行いは、決して許されるべきではない。

更に卑怯《ひきょう》なことに私はその事実を隠蔽《いんぺい》しようとまでしている。

自分は華やかでも目立つ存在でもないが、これまで良心に恥《は》じぬよう、人として正しい振る舞いと言動を心がけて来たつもりだった。なのに、昨夜の愚《おろ》かな行動で、自分を形作る土台が崩《くず》れていくようなこの状況に心が耐えきれなくなっていた。

「自業自得《じごうじとく》よパトリシア……どうにもならないわ」

独り言を呟いて、また深くため息をついた。

——いえ、まだやるべきことがある。たとえ職《しょく》を辞《じ》することになったとしても、嫌われたとしても、私は正直にレオン様に謝罪しなくてはならない。

言わなければ気づかれないかも知れない。だが、それはいつ崩れるかも分からない偽《いつわ》りの平穏《へいおん》だ。

私はこれ以上自分を嫌いになりたくはなかった。十八歳、もうれっきとした成人だ。自分の不始《ふし》末《まつ》の尻ぬぐいを自分で出来なくてどうする。

レオン様に嫌われるのは……悲しいことだが、それも私の行いゆえだ。

そう覚悟を決めると、少しだけ気が楽になった。

あとはレオン様が視察から戻られるのを待つだけだ。


二日後、レオン様がワイナリーの視察から戻られた。

書斎の椅子に座って愚痴《ぐち》をこぼすレオン様に、私は紅茶を淹《い》れて静かにお疲れ様でした、と応えた。

「パトリシアただいま！　いやあ、向こうでは雨ばかりで道が泥でぬかるんでて馬車の車輪がはまったりと本当に散々だったよ」

いつものように引き出しからクッキーを取り出し、シャリシャリと美味しそうに食べながら、やっぱり屋敷は落ち着くね、と言った。

「パトリシア……何か元気がないね。どうかした？」

私がうつむいたままで黙っているのを見て、レオン様は心配そうに声を掛ける。

「……実は、レオン様にお詫《わ》びをしたいことがございます」

私は膝を折って床に座り、頭を下げる。

「え？　え？　何、どうしたんだい？」

私はご不在の時に書庫の掃除を行ったこと、その際ヒルダ様の日記を見つけてしまい、レオン様が香水嫌いになった件の辺りまで見てしまい、他人が読むべき内容ではないと遅まきながら気づいたことを告白した。

その先は読んでいないが、途中までご家族の日記を盗み見てしまった事実は変わらない。解雇《かいこ》されてもお叱《しか》りを受けても構わない、処分は受けるが家族には迷惑を掛けたくないので、出来れば私一人の処分で済ませて頂けないか、と一気に伝え、再び深く頭を下げた。

「——ああ、あれ読んだんだね。そう……別に構わないよ」

「……は？」

私は驚いて顔を上げた。

レオン様は苦笑したような顔をしているが、私は何が何やら分からない。

「あの、ご理解頂けなかったでしょうか？　お母様の日記を私が……」

「途中まで読んだんだろ？　聞いていたよ。私は、あそこにあるものは何でも読んで構わないよ、と以前言ったが覚えてなかったかい？」

「いえ、覚えておりますが……で、ですが亡くなられたお母様の日記ですよ？」

「うん。——君はさ、その日記の内容、どう思った？」

レオン様が真顔になり尋ねて来る。

「え？　それは息子さんを思う、大変いいお母様だと……」

「そっか……私はさ、母が怖《おそ》ろしかったよ」

「——怖ろしい、ですか？」

私は混乱した頭の中で、聞き返した。

「私も母の日記は読んだことがあるよ。書庫に放り込んだのも私だしね。……パトリシアがあの香水の件辺りまでしか読んでないなら、単なる子供思いのいい母親って印象なんだろうけどね。続きを読んでたら鳥肌《とりはだ》が立ってたんじゃないかな」

レオン様が語るお母様の話は、私の想像を絶《ぜっ》するものだった。

あのマギー様との一件以来、お母様はレオン様と異性との接触を病的なまでに排除し、友人同士の付き合いまで制限するようになったのだという。

「昔ね、学校に行っていた頃なんだけど、本当に私とは気の合う友人の一人で、お互いに恋愛感情なんか一切ないし、そもそも卒業したら婚約者との結婚が決まっている女の子がいてね。もちろん変な誤解されないよう二人きりでなんか会わなかった。でもあの一件から母は、私に近づいて来る女は全員財力と顔だけが目当てで、可愛い息子を傷つけるふしだらな女だ、って思うようになっていてね。誰に対しても罵詈雑言《ばりぞうごん》を浴びせ、他の貴族にあることないこと言いふらすようなひどい人になっていた」

「まあ……」

「それは多分マギーのことが発端《ほったん》ではあったかも知れない。だから私にも責任はあるんだけどね。でも、私が強く止めても母は『あなたは騙《だま》されているのよ』と笑っていた。その後、治まったと思っていたんだけど、母は止めてなかったんだ」

レオン様は少し顔を歪《ゆが》め、ぬるくなった紅茶を飲んだ。

軽く息を吐《は》くと言葉を続ける。

「あの人は年を取っても美しかったから、パーティーには引っぱりだこでね。ここだけの話、とかご婦人方にないことないこと触れ回っていた。それで、その友人の女性の件も、婚約しているのに息子にも色目を使ってくるだの、二人きりで会おうとして困っているだの言っていたそうなんだ。信じた周囲の大人から、状況も分からないまま一方的に責められ罵《ののし》られ、その子は精神に変調《へんちょう》をきたしてしまった。……で、婚約も破棄《はき》になり、彼女は遠く離れた地方の別宅で今も療養《りょうよう》中だと聞いている。気づかずに母を止められなかった私の責任だ。そして婚約者だった親友から、母のしていたことを初めて聞いたんだ。彼女から相談を受けていたそうだ。彼は『お前のせいでないのは分かっているけれど、それでも平気な顔をして友人付き合いは続けられない』と言われてそのまま縁を切られた。まあ当然のことだよね」

何と言葉を返していいか分からず、私は黙って聞いていた。

「息子の女性関係以外は良き妻であり良き母だったんだけどね。……だから、正直亡くなった時には、悲しくもあったけどホッとしたことも事実なんだよ。ひどいものだろう？　母の日記はね、君の読んでいない後半の方は私に近づいた女性への罵りとかどんな対応をした、こんなこと言ってやった、みたいなのばかりでね。正直胸糞《むなくそ》悪くなるからむしろ読まない方が良かったよ。私も捨てられないけど二度と読みたくなくて、書庫に埃が溜《た》まるまま放置していたんだから。女性は何がきっかけでおかしくなるか分からない、と母を見てずっと思っていた。パトリシアみたいな気遣いの出来る人もいるんだなと知ってから、母も全部が全部悪い人ではなかったと考えられるようにはなったけど、それでもやはり女性に対してはどこか恐怖心が拭えないんだ。今後、私が本当に好きになって結婚したい人が現れたとしてもさ、その人が母のように豹変《ひょうへん》するんじゃないか、心の内側に何か隠しているんじゃないかと思うと、情けないんだけど少し怖くてね」

「レオン様……」

「ああ、話がそれちゃったね。……うん、だからね、いつかはパトリシアにも話そうかと思っていたし、別に見つかって読まれたって構わなかったんだよ。だから本当に気にしないでいい」

ただ、そういうお母様だったからといって、私がおかした罪はなくならない。私がそう言って、解雇でも何でもして欲しいとお願いすると、レオン様は突っぱねた。

「パトリシアは素直《すなお》に打ち明け謝《あやま》った。私は気にしないと伝えた。これでおしまいじゃないか。これは当事者同士の話し合いだろう？」

「ですが、私が一般的に悪いことをしたのは事実ですし……」

「あのねパトリシア、一般的って何だい？　それはこの件と何の関わりもない赤の他人で第三者のことだよ？　そんな無関係のその他大勢の人の倫理観《りんりかん》や道徳観念《どうとくかんねん》って、それこそ私たちとは一切関係がないことじゃないか。その他大勢が『恥を知れ』とか『人としてあり得ない』とか言ったところで、謝罪された相手が『何にも気にしてないし謝らなくていい』と言ってるんだよ。それをグチグチ言うのって、逆に自分の正義を押し付けているだけじゃないかな。君は若いからまだ分からないだろうけどね」

「そうは仰いますが……」

レオン様はまた新しいクッキーを取り出してかじりながら少し考えるそぶりを見せた。

「そうだなあ。……パトリシアに聞きたいんだけど、例えばさ、毎年救済院に多額の寄付金を出している紳士《しんし》が、家では妻を肉体的精神的に虐待《ぎゃくたい》している場合、正義はどっちにあると思う？」

「え？　それは当然被害を受けている奥様ですよね？」

「それも一つの正義だよね。でもさ、救済院の子からしてみれば、食べる物が満足に提供されるのはその紳士のお陰であって、その子たちにとっては紳士が感謝すべき良い人であり、絶対的な正義になるんじゃないかな。奥さんがそんなことされてるなんて知りようがないし。自分たちに見えている部分だけで判断するしかないだろう？」

「それは……」

「どんな物事にもした方、された方それぞれの言い分があって、それぞれの正義がある。紳士にも、妻をつい責めてしまうのは、跡取《あとと》りである子供を産んでくれないし、散財して財産を食いつぶすのがストレスになって、という自分なりの正義を持っているかも知れない。もちろん理由はどうあれ暴力は良くないけれど。まあこれは想像した一例に過ぎないよ。だから正義っていうのはね、立ち位置が変わればコロコロと変わるような、不安定で曖昧《あいまい》なものなんだ。そして人間というのは皆身勝手なんだよ。客観的にとか言いつつ、結局は自分主観でしか考えられなくなるのさ。そういうものなんだと私は思ってるよ」

はい、とクッキーを一枚渡されて、そのまま受け取ったものの、レオン様が何を伝えたいのかよく分からない。

私をじっと見ていたレオン様が、また少し笑った。

「……パトリシアは罪悪感が拭えないんだろう？　でもさ、私が怒ってもおらず気にもしていないことに対して、ずっと抱える罪悪感って無意味なものじゃないかな？　私はパトリシアが働きに来てくれてとても助かっているし、正直、以前よりずっと屋敷での居心地《いごこち》も良い。お菓子も買って来てもらえるし、たまにお手製の焼き菓子もくれる。私の居心地の良さを乱すことなく、話し相手にもなってくれている。私にとってパトリシアを辞めさせるなんてデメリットしかないし、ずっと居て欲しいぐらいだ。必要なんだよ。だから解雇してくれなんて言われてもこちらが困ってしまう。私も身勝手なんだ」

ポロポロと抑えられない涙がこぼれ落ちる。

「――こんな私でも、まだ必要として頂けるのでしょうか」

「とっても必要だよ。……ああ、いいこと思いついた！」

「……？」

「そんなに気になるなら罰《ばつ》を与えるよ。これから働いている間は定期的に私にお菓子を作ること。君の作るお菓子は優しい味がして、食べていてホッとするんだ」

「……そんなことでよろしければ喜んで」

「はい、それじゃこれで今の話はおしまい。……言っておくけどね、どんな人も決して間違いをしない訳じゃない。それでもやり直せるのが人なんだよ。私が何度いいと言っても君が悪いことをしたと考えるなら、次はやらないようにすればいいだけだ。私なんて何度やり直したか分からないよ。今後もやらない保証だってないしさ」

クスクスと笑うレオン様に、私も少し救われるような気持ちになった。

罰という形で私がここに居てもいい理由を与えてくれる。

私はレオン様の優しさにただひたすら感謝を捧《ささ》げた。この御恩《ごおん》は生涯《しょうがい》忘れずに生きて行こう。

そう思った。

第六章　モニカとのトラブル

ギルモアとモニカが別れたらしいと聞いたのは、私が休みで自宅に戻って来た日の昼食後のことだった。

ルーファスが、ちょっと伝えておきたい話があるんだけど……と言うので二人で庭でお茶を飲むことにしたら、いきなりそんな話をされたので驚いた。

「こないだギルモア兄さんに会った時にさ、パトリシアはいつ頃勤《つと》めを辞めて戻ってくる予定なんだい？　って僕に聞いて来たんだ」

「……私が仕事を辞めることが、彼に何の関係があるのかしら？」

私は本気で首を捻《ひね》った。

辞める予定どころか現在、レオン様に少しでも信頼回復をして頂くべく、メイドの仕事に精進しているところだ。

早めに書斎などの掃除を終えてから庭の草木の刈り込みの仕事や、罰という名目でありがたく職務にもなった、厨房《ちゆうぼう》でのいつものクッキーなどの焼き菓子作り。ついでに、コック長のホッジスから、私の知らなかったガレットやミルフィーユなどのお菓子の作り方を習っていたり（もちろんクッキーはメイドのみんなのため、新たなお菓子の指南は家族孝行などと説明済み）、マルタからは接客時のメイド心得《こころえ》、効率的な作業方法などを教わったりしている。正直毎日忙しいし色々と知らなかった知識も得られて嬉《うれ》しいしで、今は教えられたことを吸収することで精一杯だ。

「何かね、ギルモアはごにょごにょと姉さんのありがたみとか重要性？　みたいなものが分かったとか、自分の考え方が間違っていたとか言っていたけど。もしかして姉さんにプロポーズするつもりだったりして？」

「はい？　ご冗談を。派手な美人と上手《うま》く行かなくなったからって、じゃあ幼馴染《おさななじ》みの地味な私に乗り換えるって、人をバカにするにも程があるでしょう？」

……そういえば先日モニカの屋敷のパーティーで、恋人であるモニカの愚痴《ぐち》をこぼしていたわね。あの頃から上手く行ってなかったのかしら？　とも考えたが、正直言えば本当に興味がない。もうギルモアに淡い思いを抱いていた昔の私はとうに消えてしまった。

──消えた、というよりも私が思っていたギルモアの完璧《かんぺき》さが、自分の単なる妄想だったということに気がついてしまった。

「だけどさ……姉さんは前からギルモア兄さんのこと好きだったんでしょう？　例の件はその、謝罪もされたって聞いたけど……」

「──そうね。本音を言えば、以前は好きだった。というかそれも好きだと思い込んでいただけなんだけれど……私とは合わない人なんだと気がついたのよ。今はもう本当に何とも思ってないのよ。あなたはギルモアのことを慕《した》っていたから申し訳ないとは思うけど」

「そっか。――ううん、それなら別にいいんだ。もしまだ姉さんがギルモア兄さんのことを好きだったのなら朗報《ろうほう》なのかな、と思っただけで」

「始めたきっかけはどうあれ、私は今の仕事が好きなのよ。以前から家のことをこまごまするのは好きだったし、天職じゃないかと思っているの。もしギルモアと話をする機会があったら、仕事を辞めるつもりもないし、あなたと友人付き合いを再開するつもりもない、って伝えておいてくれる？　私はもう話もしたくないのよ」

「分かったよ。ごめんね、姉さんの気持ちも考えずに、僕がキューピッドになれるかもなんて考えたりして」

しょんぼりするルーファスの頭を軽く撫《な》でる。

「姉思いの弟がいて嬉しいわ。でもルーファス、あなただってあと一年ちょっとで成人するのよ？　そろそろ姉さんに気になる女性の一人や二人教えて欲しいのだけど」

「え？　いやあ、女の子なんてまだ興味ないし、畑仕事をして収穫したり、たまに友人とウサギ狩りに行ったり、騎士団に入るための鍛錬をしたりする、そういう生活が楽しいんだ」

「ふふっ。今はそれでも良いけど、今後お嫁さんにしたいような女の子が現れたら、絶対に大切にしてあげなさいね。妻を守るのは夫の役目なのよ？」

「もちろんさ！」

可愛《かわい》い弟から恋愛相談を受けるのはまだまだ先かも知れないわ。

しかし、モニカとギルモアが別れたとなると、不穏《ふおん》なのはモニカだ。

彼女はレオン様に好意を寄せているように思える。もしかすると、レオン様と出会ったからギルモアへの好意が薄れてしまったということすらあるかも知れない。

まあレオン様は常に外では不機嫌そうにしているけれど、誰がどう見ても見目麗《みめうるわ》しい美丈夫だし、財力も有り余るほどお持ちだ。独身だし、色んなご事情で結婚なんか考えてもいないと言っていたぐらいなので、特定の女性も現在はいないように思う。

婚約者も交際相手もいないような女性には、飛びつきたくなるような好条件の男性であるのは違いない。

そして、モニカはと言えば、伯爵《はくしやく》令嬢であり、商売上手な父親のお陰で財力を急速に伸ばしていることに加えて本人もあの美貌である。少々気位が高いとかワガママだという元恋人ギルモアの証言はあったが、それでもあれだけの華《はな》やかな美人だ。男性は美人に目がないというし、引く手あまたといったところだろう。

（……ただ、私はあの常に人を見下すような態度や、人を貶《おとし》めるような発言が平気で出来る性格のキツさが、どうにも好きになれないのだけれど）

確実に、あのレオン様とモニカ、二人が並ぶと絵になる。それは認める。

でも私のレオン様への一方的な好意を抜きにしても、彼女がもし屋敷の女主人となった場合、メイドへの当たりがかなりキツくなるのではないかと邪推《じやすい》してしまうのだ。

（私は所詮《しよせん》貧乏な男爵《だんしやく》令嬢で家格も釣り合わないし、レオン様とどうこうなるなんて期待すら持たないけれど、モニカを奥様として迎えつつレオン様にお仕えするのは、相当骨かも知れないわ……あの人、私を友人とか言っていたけど、実際は興味もないどころか嫌っているようだもの。気に入らないとかいって難癖《なんくせ》つけられて、平気でクビを切られそうよね)

そんなことを考えていたら、あっという間にロンダルド家へ帰る時間になっていた。

帰り道、カスタードクリームが美味《おい》しいと評判の菓子店を訪れる。

町にある菓子店は、どの店も大抵は白壁に赤い屋根だったりログハウスのような壁に丸太材を使った可愛らしい建物であることが多い。

オープンテラスがあるところには周囲に花が植えられていたり、木の丸テーブルには白いレースの縁取りのテーブルクロスが掛けられていたりする。お客も世代こそ違えど女性が圧倒的に多い。

今まで意識したこともなかったが、レオン様が一人で買い物するのはかなり勇気がいるんだ、と言っていたのも分かる気がした。甘い物が大好きでも確かにこれは男性には訪れにくいわよね。

レオン様へお届けするお菓子を選びつつ、またモニカのことを思う。

いや、フリーになったモニカがどう行動しようと私は何も言えないんだけど……とモヤモヤする気分になってしまう。

「パトリシア！」

会計を済ませて菓子店を出ると、少し離れたところから私を呼ぶ声がした。

私が声のした方へ振り返ると、私のモヤモヤの元凶であるモニカが笑顔で近づいてくるところだった。午後のまだ日差しのある空の下で、燃え立つような長い赤毛を後ろでポニーテールにしており、レモンイエローのワンピースが活発な彼女のイメージをより際立《きわだ》たせている。

……私は、会いたくない人と会いたくないタイミングで出会ってしまうような呪いでも掛けられているのかも知れない。

「……まあモニカ様。こんな人の多い町中で、こんな目立たない私を毎回よく見つけて頂きましてありがとうございます」

たとえ好きではない相手でも、男爵令嬢の私よりも格上の伯爵令嬢だ。私は笑顔を作り挨拶《あいさつ》をする。少々嫌味が出てしまうのはご愛敬だ。

「バカね、あなたみたいな風景のかけらみたいな人、見つけられる訳ないでしょう。今日だって、あなたが屋敷を出てからずっと後を追っていたメイドが教えてくれなかったらスルーしてたわよ。ほんと、相変わらず地味よねえ」

レオン様の前で友人とか言っていた割には結構な言われようである。

……でも私をメイドが追っていた？　何故《なぜ》？　疑問は浮かぶがモニカがそのまま話を続けるので黙って聞いていた。

「——私ね、あなたの幼馴染みのギルモアと別れたのよ」

「……まあ、そうですか。そのことと私に何の関係がございますの？」

「だから、今ならチャンスよってことよ。パトリシアみたいに男性を惹《ひ》きつける魅力に乏《とぼ》しい子は、幼馴染みのように長い付き合いの男性の方が上手く行きそうじゃない」

お古をあげるわよ、とでも言いたくてメイドに後まで尾《つ》けさせたのだろうか。だが、彼女が親切心でそれを言っているとも思えない。

「あの、そのようなことを仰《おつしや》るためにわざわざ？」

「……私は、絶対にレオン様と結婚するつもりなのよ。父様も彼を好ましく思っているようだわ」

「——さようでございますか。ですが、私にそのようなことを仰られましても……」

モニカはイライラした様子で睨《にら》むように私を見た。

「ほんっと物分かりの悪い子ね。この間のパーティーでも、レオン様はあなたを信頼しているようだったし、何かにつけてパトリシアがああ言ってた、そう言えばパトリシアが、とかうるさいったらありゃしなかったわ。——ねえ、メイドの仕事なんてどこにだってあるんだから、ロンダルド家を辞めてどこか別のところに勤めてくれないかしら？　本音を言えば、あなたみたいに存在感もなく、ただ真面目なだけで特筆すべき何かがある訳でもないのに、レオン様の信頼を得ている女がいるのは、私が嫁《とつ》いだ場合に邪魔でしかないのよ。変に発言力を持って、旦那様がパトリシアの意見を優先して、私の意向を無視しかねないじゃない？」

まだ結婚が決まった訳でもないのに、私へのマウント取りですか。

そんなことをせずとも、モニカの方が見た目だって家柄だって確実に私より上位にいるでしょうに。

——しかしだからと言って、私がはいはいと簡単に言いなりになると思ってもらっても困るのだ。

「……大変申し訳ございませんが、私はレオン様の所を辞める訳にはいかない事情もございまして。お話は以上でしょうか？　私も屋敷に戻らねばなりませんので、時間もありませんしこれで失礼致しますわ」

「ちょっと！　事情って何よ？」

「それこそ個人的なことですので、お話しする訳には参りません。では」

待ちなさいよパトリシア！　という声を無視して私はその場を後にする。

早足で通りを抜け、少し横道にそれたところで立ち止まり、私はそっと息を吐いた。

(……ふううっ、緊張したわあ)

モニカに対してあんなはっきりした物言いをしたのは初めてだ。

……いや、親しい友人にもないかも知れない。

私は自分の意思を押し通すよりも、揉《も》めたくないからと概《おおむ》ね相手の意見に従う傾向がある。こういうと聞こえはいいが、要は押し通して相手に不快な思いをさせたくない、ひいては自分がしたくないと思ってしまう。精神的に弱いのだろう。

(でも、自分の思っていることを臆《おく》することなく伝えるのって、時にはすごく気持ちが良いものだわ……)

相手がモニカだから、ということかも知れないけれど。

しかし不安は的中したようだ。どうやらレオン様へのモニカの気持ちは本物らしい。

少し考えて、あ、いけない屋敷に戻らないと、とまた歩き出した。

「レオン様が結婚……」

考えただけで顔から血の気が引き、心臓がドキドキと激しく脈打ち、目眩《めまい》がしそうだ。

もしもレオン様とモニカとの結婚が現実になった場合、私がいくら残って働きたいと思っても、あの感じでは難しそうだ。

——もし、私がせめて子爵《ししゃく》令嬢だったならば、レオン様と、ほんの少しぐらいは可能性はあったのかしらね……と思いつつ苦笑した。

(たらればの話をしていてもしょうがないわよね。現実は平民と大した違いもない男爵令嬢だし、今はただの雇われメイドだもの)

彼女とレオン様がどうなるかは私には分からないし、彼女ではなく別のご令嬢との縁談が持ち上がるかも知れない。

その時に、レオン様から「今までありがとう」と言われるのか、「これからも引き続きよろしく」となるのかも分からない。

ただ、引き続き勤めて欲しいと言われた際に、レオン様が奥様になる方と仲良くしている姿に、私がどこまで耐えられるのか。

「大事なのはそこなのよね……」

迷惑にしかならないこの胸の奥の感情が、きちんと整理出来なくては、私はメイドとして一生一人前にはなれない。

せめてモニカではないご令嬢であればまだマシかも知れないが、それを決めるのはレオン様だ。

とにかく、モニカとレオン様がこれ以上関わり合いになりませんように。

徐々に曇《くも》ってきた今日の空のように、私の気持ちもどんよりと暗くなるばかりだった。

◇◇◇

「……ねえパトリシア、もし良ければなんだけど、来週のパーティーにまたパートナーとして付き合ってもらえないかな？」

お菓子を運んだ際にお礼として行われる夜の書斎での恒例のティータイムで、レオン様が少し言いにくそうに切り出した。

「パーティーですか？　それは構いませんが……」

「実はさ、スタンレー伯爵家で行われるデザートワインの発表会を兼ねたものなんだ。私も出資者の一人だから参加しない訳にもいかないけれど、一人で参加すると、生花《せいか》を髪に飾った香水まみれの女性たちが周りを囲んで来るもので、いくら薬を飲んでいても不安で心が落ち着かないというか。……あとほら、君の自称友人のモニカという子が、親し気に人目を顧《かえり》みずベタベタと体に触って来るので、気分が悪いんだよ。恋人もいる未婚の女性だというのに、少しは自重して欲しいものだよね。まあスタンレー伯爵自体は、とても気持ち良い性格の御方で仕事をしていく上で文句のないところなんだけど。伯爵の娘さんだし、面と向かって不快だとも言いにくくてさ」

「あ、そう言えば、モニカ様はギルモアと別れたそうでございます」

「へえ、そうなんだ？　まあ僕には関係ないしどうでも良いけど……パトリシアはどうなの？　まだギルモアの件、気になるかい？」

「率直に申し上げてしまいますと、もう全く興味が持てない自分に驚いております」

「ハハハッ、もうすっかり失恋の痛手は癒《い》えたのかな？」

おかしそうに笑うレオン様に、私も苦《にが》く笑った。

「そうですね……少し前までは痛手を受けたと自分でも思っていたのですが、理想みたいなものを彼に見ていただけでした。結局、その理想と違ったからと、私が勝手に幻滅してしまっただけのようです。彼も知らないうちに理想を押し付けられて、いい迷惑だったことでしょう」

「誰でも理想ぐらいあるだろうし、別に心の中で思うことぐらい許されるだろう？　ま、パトリシアが元気なのなら私はそれでいいんだ。――じゃあ申し訳ないけど、パーティーの件よろしく頼むよ。マルタにも支度の件は伝えておくから」

「かしこまりました」

防波堤のような役割としてでも、レオン様に私を必要とされていることが嬉しい。

それに、先日のモニカの言動から、彼女は自分の目的を達するためにはなりふり構わず動きそうな不安もある。

また私に汚いものでも見るような眼差《まなざ》しを向けるのだろうと思い憂鬱《ゆううつ》にはなるが、モニカ以外にも、他の女性たちの身にまとう香水や生花でレオン様が体調を崩さないとも限らない。心配は尽きないのだ。

……私が出来る限りレオン様をお守りせねば。

◇◇◇

「――マルタ様、あまりその、あちこちから肉を寄せて来られると、胸が目立つと言いますかですね」

「パトリシアの胸が普段のあなた以上に目立たずささやかだから、気合を入れて目立たせるようにしているのです。すとーんとした胸では、パーティーで女性としてのアピールが弱くなるでしょう？　レオン様にまとわりつく面倒な女性を回避するには、少しでも相手に『負けた』と思わせられる点があること、マウントを取れることが重要なのですよ、っと」

「ぐふっ、苦しいです……いえ仰ることは分かりますが、さり気なく私の胸を否定するのはお止《や》め下さい。これでも存在はあるのです」

「存在は『主張』することで存在足り得るのです。パトリシアは小石が道に転がっていても、ああ小石だと存在を認識しますか？」

「ひどいですマルタ様、私の胸を小石同様に扱うなんて……悲しまないで大丈夫よ、私だけはあなたの存在を認識しているわよ」

「そりゃあなたが認識しなければ存在意義すらありませんからね。――よし、あとはメイクを済ませれば完成ですね」

鏡を見ていると、手早くパウダーをはたいたりラインを引いたりして、みるみるうちに見映《みば》えのする可愛い女性に変身させて頂ける。手品のようだ。

「私も少しはメイクが上手くなれたら良いなと、あれから時々部屋で試してみるのですが、マルタ様のようには出来ません」

「きっと、無意識のうちに目立たないように最低限にしか整えないからでしょう。でもやっているうちにいずれ慣れます。……さ、出来ましたよ」

レオン様に用意して頂いたくすんだ感じの落ち着いたピンク色のシルクのドレスに合わせて、薄いピンク色の口紅。目元をハッキリさせるアイライン。でもキツイ印象を与えないようにピンク系のアイシャドウにラメが軽く乗っている。どんよりしていると思っていた暗い緑の瞳も心なしか色鮮やかに感じられた。

仕事では邪魔にならないように三つ編みを後ろでくるりと巻いてピンで留《と》めているだけの髪も、本日は真《ま》っ直《す》ぐ下ろしてカーラーで巻き、造花を飾ってもらったため、華やかで動きのある可愛らしい感じになっていた。

鏡を見ると、目を引く可愛いご令嬢が出来上がっている。前回も思ったが、マルタの万能さには頭が下がる。

「マルタ様のお陰で、このような私でもあまり引け目を感じずにレオン様の横を歩けますね。本当に感謝しかありません。奇跡です」

私がニコニコとお礼を言うと、少しため息をつかれた。

「パトリシア……レオン様は別に好きで整った顔立ちになられた訳ではないのですよ。大奥様の血筋、つまりはたまたまです。顔に一目惚《ひとめぼ》れして近寄ってくる女性は多いですが、レオン様の内面も知っているあなたが、自分と並ぶことに引け目を感じていると思っていたら、レオン様が悲しいと思われるのではありませんか？」

「――そうですね。申し訳ありません」

「パトリシアが自身のことを良く言えば凡人、悪く言えばそこらの道端に生えている雑草レベルと考えていることは分かります」

「いえそこまでは思ってません」

「でも、レオン様が身近にいることを許しているメイドはあなただけです。自信を持ちなさい。目を見張るほどの美人ではなかろうと、とびきりスタイルが良い訳ではなかろうと、レオン様はあなたが良いのです。認めているのですから自信を持ちなさい」

「マルタ様のお言葉は良くも悪くも鋭く心に刺さります。治癒した途端に満身創痍《まんしんそうい》ですが、ありがとうございます」

確かに私はレオン様に、美人だから、スタイルが良いからお仕えするのを認められている訳ではなかった。仕事がきちんと出来て、存在感を主張せず、彼のプライベートエリアを波立たせない、ついでにお菓子を買って来たり作ったりして提供出来たりする、そんな一つ一つは細かいことだが、彼の生活を快適に過ごせるためのパーツとして有能だと考えて頂いているのだ。

そうだわ、見た目は気に病《や》むところではなかったのよ。バカね私も。

「私はこれからも有能なメイドとして、レオン様のお役に立てるよう、精一杯お仕えしたいと思います！　では、行ってまいります！」

ぴしり、と姿勢を正し深々とお辞儀をしてマルタの部屋を後にすると、裏口に向かって足を早める。

そんな私の言葉を聞いて、マルタが更に深くため息をついていたが、私が気づくことはなかった。

◇◇◇

「レオン様ようこそ！　……まあ、パトリシアも一緒なのね、どうぞお入りになって」

レオン様と私に対する声の温度差が真夏と真冬のように激しいが、レオン様の前なのでモニカは一応私も笑顔で迎え入れてくれた。レオン様の招待状には同席者二名まで可となっているので、別に私が来たところで問題はないのだけれど。

モニカは、その美貌を引き立てるように大きく胸元が開いた斬新《ざんしん》なカットのドレスを着て、やはり周りを圧倒するような華やかさを醸《かも》し出している。編み込んだ髪の毛にはいくつも生花が刺してあり、それを見たレオン様の顔が少し引きつっていた。

「先ほどからお父様がお待ちかねですの。さあ、レオン様はこちらにいらして下さいな。パトリシアは飲み物でも飲んでそちらでお待ち頂けるかしら？」

「お気遣いありがとうございます、モニカ様」

「パトリシア、挨拶と仕事の話が済んだらすぐ戻るからね」

モニカが近づくことで香水の薔薇《ばら》の香りと生花が自分の顔に近寄るため、顔を少し背《そむ》けるようにしてレオン様が私に声を掛けた。眉間《みけん》のシワが少し深くなっているが、仕事のパートナーであるスタンレー伯爵の家族にあまり不快な表情は見せられない、と必死で堪《こら》えているのが窺《うかが》える。

「かしこまりました」

お気の毒な……と心から同情してしまうが、私に何が出来る訳でもない。ただ早く解放されますように、症状が出ませんようにと祈るばかりだ。

辺りを見回すが、モニカと別れたのだから当然ギルモアはいないだろう。

私と同世代の女性がいるにはいたが、皆モニカの友人だ。彼女たちは、基本的にお洒落《しゃれ》の話と男性の話と人の陰口しか言わないので、一緒にいても気疲れしてしまう。ぼっちのようになってしまうが一時的なことだ。

食事のテーブルへ行きサラダとマッシュポテト、シュリンプフライを皿に乗せる。前にまともに食べられなかった心残りが消えず、今回は真っ先に食べようと決めていた。あらこのシュリンプフライ、最高に美味しいわ。タルタルソースもピクルスが多めで私好みね。お代わりしようっと、ふふふっ。あとはスイーツのテーブルで何か美味しそうなお菓子も取って来ようかしら。

私が椅子から立ち上がり、自分の皿を持ってシュリンプフライの山に向かおうと歩き出すと、

「——君は一体どういうつもりなんだ？」

という低く小さいながらも抑《おさ》えた怒りが感じられる声がして、びくりと体が揺れた。

振り返ると、ハンカチで目を押さえているモニカと、その横で驚いたように目を丸くしているレ

オン様、そしてモニカの父であるスタンレー伯爵がレオン様を腹立たしそうな顔で睨んでいるという異様な光景が展開されていた。

周囲には、お喋《しゃべ》りや生演奏の音でかき消されて話の内容まで聞こえてなかったようだったが、ただならぬ雰囲気に何事かと視線を向けている人たちもいる。私はお皿をテーブルに置くと素早くスタンレー伯爵たちのいる場所へ移動した。

「レオン様、それにスタンレー家の皆さま。ここにはパーティーで楽しまれている方々がいらっしゃいます。また後々尾ひれをつけてあることないこと噂《うわさ》になりかねませんわ。男爵家の人間が口を出すのは恐縮ではございますが、あらぬ誤解を受けないためにも、別のお部屋で改めて話し合いをされては如何《いかが》でしょうか？」

小声で話し掛けると、スタンレー伯爵もハッと周囲の状況を把握したのか、咳払いをすると執事を呼び、別室を用意させる。

「大声を出してすまなかったね。ええと君は――」

「パトリシア・ケイロン男爵令嬢、私の連れです。今はマナーと教養を向上させるため、私の所で秘書兼メイドとして働いております」

レオン様が私の横に立ち説明してくれる。実際はお金のために働いているのだけど、私が恥をかかないように気遣って下さっている。

「ではケイロン男爵令嬢、君も一緒に来てくれないか？　少し込み入った話をするので時間がかかるかも知れないんだ」

「はい」

一体何が起きているのか分からないままだが、レオン様が責められている状況なのは間違いない。泣いているモニカの様子を見ると彼女絡みなのかも知れないが、泣かせるほど失礼な言動でもしたのだろうか？

……いえ、レオン様は頭が良くて世慣れているお方だもの、苦手だという彼女に対してだって、適当にあしらうことなどお手の物のはず。

では何故、というところでまた話が最初に戻るの繰り返しで、私は混乱したままだった。

執事に案内されるまま応接室の一つに通される。

メイドがお茶を運んで下がってから、ようやくスタンレー伯爵が穏やかに話を始めた。

「先ほどは冷静になれず、ついカッとなってしまって申し訳なかった。ケイロン男爵令嬢も怖がらせてしまってすまないね」

「いえ、そんなことは……」

「――それで、レオン君。私は今か今かと君からの話を待っていたのだが、そんな気配もなく、仕事の話をしたと思ったら早々に離れようとしたので、思わず声を荒らげて引き止めてしまった」

「スタンレー伯爵、私からの話を待っていた、というのは一体どういうことでしょうか？　特に仕事の話で何か問題が起きているということも聞いていないですし、ワイナリーで何かトラブルがあったという話も受けておりません。……それにお嬢さんは急に泣き出すし、私の方こそ何が何やら……」

レオン様が戸惑ったような顔でスタンレー伯爵を見つめた。

伯爵はレオン様の目をチラリと見た後、話しにくそうに続ける。

「……娘と先日のパーティーの後、その、関係を持ったそうだね」

「――は？」

「モニカが打ち明けてくれたよ。以前から好ましく思っていたとか、責任は取るからと言って体の関係を迫られたと。結婚してからでないとダメだと断ったけれど、どうせ結婚したら私が初めてになるのだからと押し切られたと」

私は頭の中が真っ白になった。

レオン様がモニカに関係を？　いやいやまさか。だけど、彼女がお酒を飲ませて無理やりというパターンはあるかも知れない。だってあんなにモニカを嫌がっていたレオン様が、自分からそんな真似《まね》をするはずがないんだもの。

「失礼ですが、私はモニカ嬢に何もしておりませんし、そんな約束も誓ってしておりません。そもそも彼女に異性としての興味がありません」

思った通り、きっぱりとレオン様は即答した。

それを聞いたスタンレー伯爵は気色《けしき》ばむ。

「君は娘が嘘《うそ》をついているとでも？」

「ひどいわレオン様、私はあなたを信じて……」

またうううと涙を押さえるモニカをレオン様はひんやりとした眼差しで見やる。

「……疑いを晴らすためスタンレー伯爵には恥を忍んで申し上げますが、私は花粉アレルギーを持っておりまして。今は薬を服用しているので症状もあまり出ずマシなのですが、生花を身に着けている女性には近づきたくもないですし、更に申せば香水の人工的な匂いも大嫌いです。体調が悪い時などは頭痛や吐き気に見舞われるので、正直パーティーなどは仕事の関係でもなければ一切出席したくないほどなのです」

モニカを目の端で見たレオン様は続ける。

「スタンレー伯爵のお嬢様は、恐らく周囲の男性から賞賛されるような美貌の女性なんでしょうし、華やかなお方だと思いますが、失礼を承知で申せば、いつも香水はむせそうなほど大量にご使用されていますし、生花はこれでもかと髪に飾っていらっしゃる、私には一番近づきたくないタイプの女性なのです。これは、その場しのぎの嘘でも何でもなく、子供の頃からです。屋敷で一番長く勤めているメイド長に聞いて頂いても構いません」

「そ、そんなの嘘よっ！」

モニカが必死で抵抗するが、スタンレー伯爵はこれは何かおかしいなと感じたようで、「モニカ、どういうことかな？」と娘の顔に視線を向けた。

「嘘をつかないでレオン様！　だったらいつも近くにいるパトリシアはどうなのよ？　彼女だって香水や生花ぐらい使うでしょう？」

「私はレオン様の執務室や図書室などを掃除する関係で、匂いを残さぬよう香水は一切利用しておりませんし、生花も使いません。この花は造花ですわ」

頭につけた飾りを指さす。

「レオン様は、花粉のアレルギーが出ると、目のかゆみがひどくなったり、鼻水やくしゃみが止まらなくなり、大変お辛《つら》い状態になります。そういった事情でロンダルド家には一切生花は飾られておりません。——従いまして、明らかに体調不良に襲われることが分かっていて、モニカ様とその……近い距離でムードの必要な関係になる、というお話自体、大変申し訳ないのですが現実味がないのです」

「なっっ！」

モニカは、先ほどまでしおらしく泣いていたのに、今は顔を真っ赤にして体を震わせている。

なるほど、何度アタックしても、レオン様から思うような反応が得られなかったから、とうとう実力行使……というか事実の捏造《ねつぞう》までしてきたのね。

か弱い女性が結婚を盾にして無理やり関係を強要されたと言えば、わざわざそんな自分が不利になるような嘘をつくとは思われにくい。親にしてみれば、嫁入り前の娘を傷モノにされた怒りもあるし、ちゃんと責任を取らせたくもなるだろう。

私も恋する女ではあるから、好きな男性を手に入れたいというモニカの気持ちは痛いほど理解出来る。だが、そんな力業《ちからわざ》で結婚したところで、虚《むな》しくならないのだろうか。

「モニカ、お前とは後でゆっくり話し合う必要がありそうだね。——レオン君すまない、今回は私の勝手な思い込みで、君を公衆の面前で非難するところだった。娘可愛さのあまり、全部真実だと受け止めてしまったことを改めて謝罪させて欲しい。君に対して、仕事では大変頭も切れるし、誠意ある対応もする有能な男だと思っていたのに、その美貌を盾にしてやはり女性関係はだらしがないのかと失望してしまったところがあるのかも知れない。……娘以前に、君を色眼鏡で見てしまっていた私を許して欲しい」

深々と頭を下げたスタンレー伯爵は、お前も謝罪しなさい、とモニカを睨んだ。

「……パトリシアなんかより私の方がよほど美人じゃないの！」

おっと私に飛び火したわ。

「誰が見たってこの子より私の方が美人でスタイルもいいし、家格だってロンダルド家と遜色《そんしょく》ないじゃない！　私の何がこの子に劣るって言うのよ？」

叱《しか》られることに我慢出来なくなったのか、言いたい放題だわ。まあ事実なんだけれど。

レオン様は一瞬ぽかんとした顔をしたが、少し笑って答えた。

「確か君はパトリシアのことを友人と言ってなかったかい？　君は嘘もつけば平気で友人を見下すような発言もする女性なんだね。家柄がどうのとか劣る劣らないとか言うよりも、もっと人間性を磨《みが》くべきだと思うけれどね。——あと一つ、私は君のことを美人だと思ったことは一度もないよ。美醜《びしゅう》なんて人それぞれ好みが違うものなのだから、価値観の押し売りをしないでくれないかな。第一パトリシアに失礼極まりない」

「……」

「それに私は一生結婚をする予定もないんだ。お父上と仕事の付き合いは継続させて頂くつもりだが、私に近づいたり、パトリシアを傷つけるような真似は二度としないで欲しい。笑って許せるの

も限度があるからね。……ともあれ、スタンレー伯爵の誤解が解けたのなら何よりです」

じゃあ失礼させて頂こうかパトリシア？　と私に笑顔を見せてレオン様がスッと席を立った。スタンレー伯爵に一礼すると、私の手を取りそのまま屋敷を出る。


待っていた御者《ぎょしゃ》に合図をしてさっさと馬車に乗り込むと、レオン様はロンダルド家へ戻るよう指示を出した。

走り出す馬車の外を黙って見つめているレオン様は、声を掛けるのを躊躇《ちゅうちょ》してしまうほどに厳しい顔をされていた。

（結婚する予定はない、と仰っていたけれど……やはり、以前の件で女性に対する不信感が拭《ぬぐ》えないのかも知れないわ）

そう思うと、痛ましい気持ちと同じぐらい、ホッとするような浅ましい気持ちも湧《わ》き上がる。自分をまた少し嫌いになってしまいそうだった。

◇◇◇

【マルタの日記】
×月×日
新たに三人のメイドが入った。エマリアとジョアンナとパトリシア。エマリアとジョアンナは貴族の令嬢として何もせず育って来たようで、最初は手際も悪く、指示を与えるために軽く肩を叩《たた》いただけで、筋肉痛なのかぎゃうとかぐふっという女性にあるまじき声を上げて悶《もだ》えていたが、ここ数日で戦力の末席に加えてもいいくらいには仕事が出来るようになった。まあ行儀見習いだろうし、婚約でも調《ととの》えば退職するであろうが、どうせならば早く使い物になってくれた方がこちらとしてはありがたい。

エマリアには恋人がいるようだし、ジョアンナも胸が大きいせいで男性からいやらしい視線を向けられる、とむしろ男性を苦手にしているようだ。観察している限り含むものもないようだし、こちらは安心して良いかと思う。

パトリシアについてだが、こちらは正直貴族令嬢とは思えないほど仕事が出来る。手際も良い。聞けば家族で家のことは回しているとのこと。ほぼ平民のようなものです、と気取りなく笑うところに大変好感が持てる。

ただ、この子の陰の薄さ、存在感のなさというか気配の消しようは同じ女性として心配だ。十八歳という若さで既に達観して枯れかけたご老人のようではないか。

これから結婚も考えようかという年頃で、顔を活かすようなメイクすらしない。私には夫も子供もいないが、自分の娘がこのように「私、昔から空気みたいだと言われてまして」とひょうひょうとしていたら不安でしかない。男性からも意識されにくいと自覚しているのか結婚願望もないようで、「マルタ様、一生懸命働きますのでビシビシ鍛えて下さい！」と子犬のような曇《くも》りのない目で見つめられる。えらく懐かれたものだが鍛えがいはありそうだ。

×月×日

不覚にも仕事中に足を滑らせて骨折してしまった。しばらくベッドから動けそうにない。これも年のせいかと思うと情けなくなる。

だが問題は、レオン様の居住エリアの清掃だ。

レオン様は神経質なところもお持ちなので、ご自身のプライベートエリアに他の人間の気配が漂うのを大変嫌がる。私ですら長い付き合いではあるものの、役職に伴《ともな》う威圧感があるのか、居心地が悪そうである。

すぐに思い浮かんだのはパトリシアだ。大変控えめな見た目で、存在感は本人も言う通り薄い。私ですら背後に立たれていたことに声を掛けられるまで気がつかなかったことが幾度もある。

そして明らかにレオン様に対する邪《よこしま》な感情がゼロだ。

そんな緊張するような場所は嫌だと逃げようとするパトリシアを、未来のメイド長を考えているなどと上手く転がして配置した。もちろん先々パトリシアがずっと勤めるつもりであれば、本気で何年か後にはメイド長への昇進を検討してもいいとすら考え始めていた。彼女が悪いことのように言う「存在感がない」というのは、裏返せばメイド仲間たちの手伝いをしようが仕事の采配《さいはい》をしようが、誰にも不快感を抱かせないし違和感も与えず、さり気ない気遣いが出来ていることの表れである。これは年齢や人生経験の長さで必ず得られるというものではない。彼女の性格的なものでありギフトとも言える。こういう摩擦《まさつ》を起こさない人間は、上に立つことで円滑に場を回せるタイプなのだと私は思っている。

どうでも良いが石膏《せっこう》で固められたふくらはぎの部分がかゆい。

×月×日
時々レオン様に、いることを気づかれなくてよく固まられておりますー、と言いながらもパトリシアは真面目に働いているようで、レオン様からは他のメイドに変えてくれという話は来ない。人の気配に敏感《びんかん》なレオン様に気づかれないというのも一種の才能だろう。

つい先ほど、私の部屋にレオン様が来られて、

「彼女なら私もストレスを感じずとても助かるので、引き続きパトリシアを担当にして欲しい」

と頼まれた。よほど仕事ぶりとあの控えめな存在感がお気に召したのだろう。彼女なら問題ないと思っていたが私の読みは間違いではなかった。

足の石膏も外れたので久しぶりにゆっくり風呂に入り足も丁寧《ていねい》に洗えた。もう編み棒を足と固められた石膏の隙間《すきま》に突っ込んで、かゆいところを掻《か》くなどという情けなくもはしたない真似は卒業出来ると思うと嬉しくて仕方がない。

私は誓おう。二度と足の骨折はしないと。

×月×日
パトリシアの友人の父親と仕事をすることになりそうだから、パーティーに参加するためパトリ

シアを磨いてくれとレオン様に頼まれる。以前話があった幼馴染みも出席するそうで、パトリシアを見下す人間を見返してやりたいのだそうだ。大変興味深いお話で私も腕が鳴る。

明らかにパーティーなど好きではなさそうなパトリシアを遠慮なくドレスアップし、髪を結い、渾身《こんしん》のメイクを施《ほどこ》す。

元が良いのは分かっていたが、出来上がってみればそこらのご令嬢よりよほど気品もあって美しい。派手ではないけれど、静謐《せいひつ》な美貌とでも言えばいいだろうか。パトリシアは「このいつも眠たい顔がマルタ様のお陰で別人のように！」と浮かれていたが、彼女はメイクにわざと手を抜いているのではないかという疑いすらある。

パトリシアはきっとメイクに力を入れたり着飾らないことで、自分の内面を好きになってくれる人を無意識に求めているのではないだろうか。有り得そうな話ではある。

×月×日
レオン様が大の甘党であることがパトリシアにバレたらしく、パトリシアは休暇で家に戻った際にお菓子の購入を請け負っているようだ。
「毎回、女性への贈り物だとか家族への土産《みやげ》とか言い訳して買わなくても、彼女が評判のお菓子を買って来てくれるんだ。本当にパトリシアには頭が上がらないよ」
書類を運んで行くと、レオン様はそう言いながらご機嫌でマドレーヌをかじっていたが、女性そのものへの不信感がパトリシアには向けられていないことを、一体レオン様はいつ気づくのだろうか。

　聞けば花粉アレルギーについて試薬をパトリシアの友人（薬剤の研究者らしい）から譲り受けて現在服用しているとのこと。症状が抑えられて最近では噴水広場の花壇《かだん》の辺りを歩いても、パーティーで生花が活けられていても少しくしゃみが出る程度で収まっているとか。

　ただ、これだけレオン様が様々なことを任せ、頼りきっているパトリシアが辞めたら一体どうなることだろうか、と他人事《ひとごと》ながら心配せずにはいられない。

×月×日
最近、仕事の合間に気をつけて見ていると、レオン様はせっせと掃除をしているパトリシアを離れたところから笑顔で見つめていたりするし、お菓子を買って来てくれているお礼ということで、ご自身でお茶まで淹《い》れてティータイムをしているようだ。

　今までのレオン様からは少々考えにくいほどの変化である。

　何故そんなことまで知っているのかと言えば、パトリシアがバカ正直に「これは決してやましい気持ちではありません。仕事の報酬《ほうしゅう》としてめったに食べられないようなお菓子を頂いているだけなのです」と報告に来たからだ。

　よくよく考えたらあの子も色恋に関しては致命的に疎《うと》かった。

　私から見ればどちらも憎からず思っているのは明らかだが、パトリシアはクビにされたご令嬢の話を初日に聞いて怯《おび》えていたから、絶対に踏み込むことはないだろうし、レオン様は以前ご友人が心を病まれた件以来、女性に深入りすることを拒絶している。

私は、レオン様が純粋に好きな方と幸せになって頂きたいだけなので、それがパトリシアなのであれば個人的に応援するつもりはある。

別に格下の男爵令嬢だからといってロンダルド家との結婚の障害になるようなものでもないし、今時は望めば平民でも貴族に嫁げる時代だ。

大旦那様は息子のことよりも、亡くなられた大奥様の思い出にしか興味がなくなっているような状態で、別荘で引きこもって大奥様の絵を眺《なが》めたりしながら静かに暮らしている。息子が誰と結婚しようがどうでもいいと思っていることは想像に難《かた》くない。

家族なのに関係がどこまでも希薄《きはく》で、両親揃《そろ》って愛情を歪《ゆが》んだ形でしか注《そそ》げなかった可哀想《かわいそう》な方々である。レオン様もさぞ精神的にお辛かったことだろう。

……しかし、そのためには乗り越えなければならない、とても大きな問題が一つ残っている。これは、レオン様が解決するべき問題であり、私が立ち入ることの出来る問題ではない。

ただひたすら解決の時を待つのみである。

第七章　深まる関係

あの不愉快なパーティーの後ここ数日、レオン様が考え事をしている姿を見ることが増えていた。

モニカの嘘《うそ》がその場でバレたから良かったものの、下手すればしてもいないことで責任を取る羽《は》目《め》になったのかも知れないのだし、結果言わなくてもいいアレルギーのことなども話さなければならなくなった。

正直、まさかモニカがそこまで卑怯《ひきょう》な真似《まね》をするとは思わなかったが、娘に対するスタンレー伯爵《はくしゃく》のお怒りも相当だったらしい。

「どんな言い訳をしようと、無実の人間に冤罪《えんざい》をなすりつけて平気な顔をしていられるお前は、人として何かがおかしい」

と地方の親族の家に謹慎措置《きんしんそち》となったようだ。

そこはかなりの田舎らしく、周囲は大きな畑と牧場しかなく、当たり前だが大きな町も近くにはない。そこで毎日朝から農業の手伝いをさせられており、勝手に逃げ出したら無一文で実家から放り出すから覚悟しろと宣言したとか。そして、レオン様には改めて奥様と共に直々に屋敷まで謝罪に来られた。

「娘を甘やかし過ぎた結果、あんな自分本位の人間に育ててしまった。私も妻も、一人娘だからと、ワガママを大目に見ていた責任がある。本当に重ね重ね申し訳なかった」

と何度も頭を下げていた。

レオン様も、あれが大勢の客の前であれば自分の信頼は一気に地に落ちていたこと、その際には名誉回復のためにモニカ嬢を正式に訴《うった》えていたであろうことも包み隠さず説明した。その上で、若輩者《じゃくはいもの》に言われるのも心外だろうが、お子様の軽率《けいそつ》な振《ふ》る舞《ま》いを深く反省させて頂きたいと告げた。

その後、もうこれ以上の謝罪は不要だと伝え、ワイナリーの件はこれまで通りパートナーとして継続しての仕事付き合いをすることになったようだ。

ただしモニカに関しては関わりたくないので、今後一切近づかせないこと、というのを必須条件にしていたが。

「一応私も領地経営をしつつ、使用人たちを養う責任があるからね。ビジネスに自分の好き嫌いを持ち込む訳にもいかないさ」

そんな話をして頂いてからも、やはりお顔に陰があるというか、悩みを抱えているようで、私がいることにも気づかずにため息をついたりしていることが増えた。私も心から謝罪をした。

「私のせいでモニカと関わることになったために、大変なご迷惑をお掛けしてしまい、本当に申し訳ございませんでした」

その言葉を聞くと、レオン様は意外そうに首を傾《かし》げ、

「別にパトリシアが何かした訳でもないだろう？　自称友人に迷惑を掛けられたのは君も一緒じゃないか」

そう言い笑顔を向けられるが、やはりそのお顔には憂《うれ》いがある。心配だけが心に溜《た》まるような状況で、私は居たたまれない気持ちで日々を過ごしていた。

◇◇◇

そんなある日のこと。

販売の始まったデザートワインの売り上げも好調ということで、レオン様の暗い表情は影をひそめ、笑顔が見られるようになって来ていた。

「最近は仕事を詰め過ぎていたから、明日から四日ほど休暇を取ることにしたよ」

と聞いたのは、もう何度目か分からない夜のティータイムの時間であった。

「それは素敵ですね！　レオン様は少々働き過ぎかと存じます。気分転換でもして精神的にもリフレッシュされるのはとても良いことだと思いますわ」

「まあ自分でも結構頑張ったなと思っているんだ。――それでね、休みの間パトリシアにも協力して欲しいと思っていたことがあるんだけどどうかな？」

「協力、ですか？　ええと、私で出来ることでしたら喜んで」

「それは助かる。……いや実はね――」

レオン様が説明を始める。

この頃では事業を広げたりする関係で、苦手なパーティーに出席しなければならない機会も増えてしまった。

それはもう仕事をする上で仕方のないことなので諦めているが、先日のモニカの件といい、ますます女性への不信感が増してしまい、パーティーなどでも仕事相手のパートナーや娘への対応、若い女性たちのアプローチなどが上手《うま》くあしらえなくて悩んでいる。

「以前はむすーっとしてれば避《さ》けてくれたりするからそれでも良かったんだけどね。流石《さすが》に大人の対応も学ばないとまずいだろう？　今の不愛想《ぶあいそう》な態度のままでは先々仕事に差し支えるだろうし」

「まあそれはあまり良くはありませんわね」

「君は母の日記でマギーの話を読んだから分かるだろうけど、私には根本的に女性全般に対して何というかその、警戒心や恐怖心、不信感みたいな負の感情があるからね。でも、アレルギーも含めて色んなことがパトリシアにはバレてしまっているからなのか、全く気負わずに接することが出来るんだ。ほら、もう取り繕《つくろ》う必要もないって言うか……どう頑張ったところで格好もつけられないだろう？」

クスクス笑うレオン様に私も笑みを浮かべる。

「加えて甘い物にも目がございませんしね、ふふふっ」

「ハハハッ、だよねえ。──それでさ、何とかこの苦手意識を早めに克服したいと思ってさ。でもそれには相手がいないといけないだろう？　私にとってパトリシアは格好の相手役だと思うんだ」

「……はあ。それで、私は何をすればよろしいのでしょうか」

レオン様が女性不信を克服したいと考えているのは分かるし、今のままで良いとは私にも思えない。だけど、私が何の役に立てるのだろうか？

「私はスマートに女性をあしらうには経験値が圧倒的に足りていない。要はデートの相手をして欲しいんだ。芝居を観《み》に行くとかどうだろうか。あと、とりあえず何とかお互いに耐えられそうな香水を探したい。一緒に町に出掛けよう」

「ええ？　だ、大丈夫ですかレオン様？　お芝居はともかく、ロゼッタ姉様の薬でカバー出来るのは生花の花粉だけでは……？」

「パーティーで女性が香水を使わないってことはまずあり得ないんだ。ここ数カ月のパーティーへの出席で嫌と言うほど痛感したんだよ。それに頭痛薬は常備しているから安心してくれ。体調不良になるからと逃げていたって解決にはならないんだ。私だって変わりたいんだよ」

「レオン様……」

私も香水は苦手でほぼ付けたこともないが、まあ数滴程度なら何とかなるだろう。

少なくともトラウマにまでなっているレオン様よりは何倍もましだ。

それに変わろうと努力をしているレオン様のお力になれるなら何よりではないか。

「かしこまりました。頑張って少しでも改善出来るよう精一杯お力添え致します」

「本当かい？　ありがとう！　もうパトリシアには頭が上がらないよ。マルタと同じぐらいだね。……ああ、メイドの仕事はその間はしなくていいからね。サボっていると誤解されないように、マルタにはもう頼んであるから心配しないで。彼女も全力でサポートしてくれるって」

「え？　マルタ様が全力で、ですか？　それはちょっとアレな気が」

またあっちこっちの肉を胸に集められるのだろうか。アレは胸元が豊満《ほうまん》になって少し嬉《うれ》しかったのだけど、ほんの一時だけの夢みたいなものなのだ。戻って着替えると下着で必死に集めた肉が元の場所に戻ってしまうから、物悲しいというか切ない気持ちになるのよね。毎日地道に続けていれば、寄せたところが自分の居場所だといつか定着してくれないものかしらねえ。

「じゃあ早速明日からよろしく頼むよパトリシア！」

私の手を取りぶんぶんと上下に振るレオン様を見ていると、私のくだらない悩みも消えてしまう。これだけ前向きになっているレオン様を支えなくてどうするのだ。

(私は一流のメイドになるんだもの！　ご主人様のサポートを上手くこなせることが一流への足掛かりになるのだわ)

「はい、頑張ります！」

私も笑顔でぶんぶんと手を振り返した。

◇◇◇

「……あのうマルタ様、今日は私の体に放牧されているぜい肉は集めて来ないのでしょうか？　私の胸、見慣れた大きさのままなのですけれど」

翌朝、レオン様と外出するための支度でマルタが現れたが、今日はパーティーではなくごく普通の外出着仕様。胸元に縦に並んだ丸いボタンがとても可愛《かわい》らしい、淡いサーモンピンクのAラインのくるぶし丈のワンピースだったためか、マルタは例の寄せチチ作業はしなかった。

また、サラリと下ろした私のいつものくすんだ金髪も特にカールさせるでもなく、軽く両サイドの髪を少々ねじって後ろにまとめ、私の瞳に合わせた緑のリボンを結んであるだけである。……いや、だけと言っても普段の自分は髪の毛にこんな手間暇を掛けたりはしないのだけど。

「本日は舞台のマチネーだとレオン様に伺ったので、テーマを深窓《しんそう》のご令嬢にしてみました。胸元を見せるようなドレスならいくらでもグイグイ集めますが、品のある襟付きのワンピースならば、むしろ普段の胸のままの方が良いでしょう。ほら、メイクも控えめでピンク主体にしたので清楚《せいそ》さが際立つでしょう？」

「……まあ確かにいいところのお嬢様といった感じですよね。マルタ様も毎度毎度、よくもこんなにバリエーション豊かに変身させて下さると感心致します」

「パトリシア、あなたもれっきとした男爵《だんしやく》令嬢なのですよ。しばらくメイド仕事をしているうちに忘れてしまいましたか？」

「いえまあ、男爵令嬢であることは事実ではあるのですが、裕福とは言えない実家では農作業で土にまみれて毎日鍬《くわ》を振るったりしておりましたもので、元から貴族意識が希薄でございまして。こまめに社交をしている時間もないですし、自身でも華《はな》やかな世界に関わりたくなかったのでなるべく避けてたせいで、更に貴族感覚が失《う》せております。家の仕事以外は家事をしていたり自室で読書してる方が楽しいという生活を送っていたので、財力含めてもハッキリ言って平民と何ら変わらないのです。もちろん両親には大切に育ててもらっておりましたが、別に名家でも良家でもないですし、このように私を良家のご令嬢に見せかけるのはどう考えてもやり過ぎではないかと」

私は鏡の中の自分の姿を見ながら申し訳ない気持ちでいっぱいになる。こんな上品そうでティーカップより重たいものは持った覚えがないような儚《はかな》げなお嬢様になった記憶は今まで一度もないのよ私。

「見た目詐欺《さぎ》だろうとだまし絵だろうと構いません。レオン様の隣を歩くのにふさわしい格好であることが大事なのです」

「見た目詐欺やだまし絵とまで言われると流石に割と傷つきますね」

「何を言っているんですか。自分がメイクやお洒落《しゃれ》を怠《おこた》っていることでより地味に、より存在感を希薄にしているのですよ？　こうやって色々手を加えることで、地の良いところが出せるということは、本来のパトリシアは胸以外はどこもかしこも捨てたものではないということなのです」

「女性としてかなり重要性の高い胸はサラっと捨てられているようですが」

「捨てているのではありません。寄せて来る以外にどうにも手を入れようがないので、今のところ棚上げしているのです。戦略的撤《てっ》退《たい》です」

「で、いつ頃棚から下ろして頂けるのでしょうか」

「ああいけないこんな話をしている時間はありませんでした。そろそろ時間ですよ。ゆっくり楽しんでおいでなさい。聞いた話ではなかなか人気の舞台のようですからね」

「あ、はい。行って参ります」

相変わらずマルタは強敵である。いつか口で巻き返しを図りたい。

◇◇◇

レオン様と二人きりで町に出たのは、花粉の薬を飲み始めてすぐの頃だったからもう数カ月前のことだ。あれから短期間に色々あった。

今日のレオン様は仕事じゃないため、ゆったりした感じの白いシャツにベージュのパンツ姿という見慣れない姿だ。町を歩く他の青年と変わらない。

だが誰もが振り返るような整った顔立ちに、高身長で体力を付けるためのトレーニングもお屋敷で欠かさず見事な体格。艶《つや》のあるサラサラしたダークブラウンの髪が風になびく様子はオーラのようなものがあり、どう控えめに言っても一枚の絵のようだし、かなり目立つ存在だ。これから観に行く舞台の主役より華やかではないだろうか。

（マルタ様に綺麗《きれい》にして頂いたとは言っても、本質は目立たない存在だものねえ私は）

レオン様に全力支援すると大口を叩《たた》いたものの、どんな美人よりも美しいレオン様の横に、メイド服でない状態、つまりはプライベートな感じで並んで歩くというのは、私にはかなり精神的に来るものがある。

周囲の女性に呪いでも掛けられそうなほど憎々《にくにく》し気《げ》な眼差《まなざ》しを注がれるのもそうだが、自分のレベルの低さを無理やり実感させられてしまうんだものね。

まあレオン様のためだもの。ここは耐えるしかない。

「今日は良い天気で良かったねえ。思っていたより暑くもないし、体調も悪くならないみたいだ」

ご機嫌なレオン様に相槌《あいづち》を打ちながら、ふと今日の舞台の演目を聞いていなかったことを思い出した。

「――レオン様、本日はどういった内容の舞台なのでしょうか？」

「ん？　ええとね、確か心に傷を持つ女性が、一人の男性と出会って恋に落ちる話らしいよ」

「なるほど。ラブストーリーなのですね。悪くない選択ですわ」

レオン様は今後のため、揉《も》めるような危機を回避するために、まずは女性が好むものを色々と知るべきと考えたらしい。

何でもダメ出しをしてくれて構わない、自分の考え方も修正点はあるだろうからと言われているので、私の立場としてはアドバイザーである。

「そうだろう？　喜劇とかも楽しめるかと思ったんで迷ったんだけど、女性は恋愛ものに弱いって前に友人から聞いたのを思い出してさ」

輝くような笑顔で褒《ほ》めて欲しそうに見つめるレオン様が眩《まぶ》しくて困る。抑え込んでいる好意がまた顔を出してしまうじゃないの。

「……そろそろ劇場に着くけど、ほら」

レオン様が腕を出す。

「……？」

「一応カップルって設定だから、腕ぐらい組まないと。私の練習にもならないしね」

「あ、ええ、そうですわね」

私は動揺を悟られないように軽く腕を絡《から》めると、

(ここは平常心、平常心よパトリシア)

と必死に気持ちを落ち着けるのだった。


「レオン様……デートに悲恋は絶対ダメです。涙でメイクが落ちてしまうじゃありませんか。まぶたも腫《は》れてしまいますし……」

「ご、ごめんよパトリシア！　まさかこういう内容だったとは思わなかったんだ」

ハンカチでなるべくメイクを落とさないよう涙を押さえながら、私は劇場を出て早々にレオン様にダメ出しをしていた。

会場に入ってから、カップルらしき人が殆《ほとん》ど見当たらず、年配者や友人同士のような同性のグループが多いのが気になっていたが、始まった舞台を見て納得した。

確かに恋愛が絡んだお話ではあったのだけど、恋人とは戦争で死に別れてしまうし、それでも立ち直り、頑張って一人で暮らしていくヒロインに再び愛する男性が出て来たと思ったら、その人も馬車に轢《ひ》かれて亡くなってしまうのだ。

自分は不幸を呼ぶ女なのだ、と絶望から自死を選ぼうとした時に、自分の体に新しい命が宿っていることに気づいて、再び前を向いて歩き出すというエンディングだった。

物語としては演じている俳優の力もあって確かに面白かったのだが、ヒロインがあまりにも不憫《ふびん》過ぎるのだ。これは若いカップルが好んで観たい内容ではなかろう。

「話自体は大変良かったのですが、良かったからこそ悲しさが心に響き過ぎて……。これを若い男女が観た後で一体どんな会話をすれば良いのですか」

「そうだよね。私も普段芝居を観たりすることがないもので、恋愛ものって聞いただけでチケット取ってしまって。もっと新聞で詳細な内容を調べておけば良かったね」

悲し気な眼差しで私を慰めるレオン様も見目麗しいが、この美の集大成みたいなお顔をしていても、本当に女性との距離感も接し方も分かっていないのだろう。非常にもったいない。

（……まあ体質的なものに加えて女性への苦手意識が強ければ無理もないわよね）

実際この体《てい》たらくでは、仕事のパートナーや家族の女性へ非礼を働き得るどころか、今後現れるかも知れない恋人候補に対しての振る舞いも心配になるレベルだ。

「大丈夫ですわ、これから学んでいけば良いのですから。私もこれから遠慮なく感じたことはお伝え致しますので、今後の参考にして下さいまし」

「すまないねパトリシア、本当に情けない主人で……」

ガックリと肩を落としているレオン様を励ましつつ、劇場から離れる。

更にこの次に行くところは私の体力も削《けず》られるところなのだ。レオン様には失敗に落ち込んだままでいられては困るのである。

「……そろそろ覚悟を決めて入店しましょうか」

「申し訳ない、ちょっと心の準備がまだ……」

私とレオン様は、五分も前からとある店の入り口を目前にして、一歩を踏み出す勇気が持てないでいる状態である。

そこは町では誰もが知っている有名な高級フレグランス専門店だ。

真っ白い円柱が建物を囲むように立っており、分厚い木製の彫刻が施された大きな扉から出入りしているのは明らかに貴族、それも富裕層のマダムやレディーが殆どである。

私たちは決して気おくれしている訳ではない。

既に店の外にまで漂っている濃厚な香りに尻込みしているのだ。

「パトリシア、どうしよう……店の外でも結構な匂いがしているのに、店の中がこれ以下ってことはないだろう？」

「そりゃあ香水を扱っているんですもの。お試ししないと購入も出来ませんし」

「だよね……」

レオン様の顔色が白っぽくなっている。頭痛薬を持参していても不安にはなるのだろう。

だからと言ってこのままずーっと店の前に突っ立っていては、ただの変質者二人組だ。

ふと実家での出来事を思い出し、レオン様に提案した。

「レオン様、私は実家で家事をしているとお話ししたと思いますが」

「うん、聞いてるよ。偉いよね」

「いえ、そういう話ではなくて、夏場に少し残ったシチューを廃棄しようとして忘れて腐らせたことがありますの。それも普段使ってない鍋だったもので気づかず三日ほど経《た》っておりました」

「――へえ、それは大変なことになったのじゃない？」

「ええ。カビは生えまくってるし刺激臭は強烈だし、蓋《ふた》を開けた下水のような臭気《しゅうき》で顔を背《そむ》けたんですけれど、でも私が中の処分をして鍋を綺麗に洗わなければなりません。鍋ごと捨てるなどという選択肢は我が家にはありませんので」

「……それで？」

レオン様は何故《なぜ》そんな話を始めたのかと言いたげな不思議そうな顔をしている。

「顔を覆《おお》って何とか耐えようとしたんですが、流石にスカーフ一枚二枚では辛《つら》くて。そこで母が言ったのです。『鼻で呼吸しようとするな。口で息をしろ』と。それでその通りにしたら普通に処分出来ました。ですからレオン様も私も、店を出るまで口で呼吸すれば良いのでは？　と思いまして」

「――ああ、そうか」

口で息をするよう意識すれば、呼吸していても香水の匂いを意識せずに済むのではないかと気がついたようだ。

「私も少し前から試しているのですが、全然気にならない状態ですわ」

「……私も今意識して口で呼吸しているが、本当だ……これならちっとも香水の匂いは気にならないね。今まで考えたことなかったよ。パーティーでも香水がきつい人の前では口で呼吸すれば良いのか！」

「まあそんなに大した話でもありませんが、普段そんなこと考えて呼吸している訳ではありませんものね」

「よし、これならイケる。行くよ、パトリシア」

微妙に口元を開けたままの私たちは、それでもゆっくりと店内に足を踏み入れた。


店内は吹き抜け部分も多く、空気の入れ替えのためか天窓も全開になっていたので、思ったよりも匂いは充満していない。ただレオン様も私も香水の香りが好きではないし、長時間嗅《か》いでいると頭痛が出る体質なので、このまま口呼吸で乗り切ることにした。

ソファーに通されてお茶を出される。

こちらは長居したくはないのだが、高級な店というのはゆったりと客をもてなすところが多い。高い物を購入されるお客様には良い気分で買い物を、ということなのだろう。

向かいのソファーに細身の黒いロングドレスの女性が優雅に腰を下ろした。母より若い年頃にも見えるしもっと年上にも見える。年齢不詳だが、妖艶な美女であることは間違いない。

「いらっしゃいませ、私がオーナーのロエルでございます——まあとても可愛らしいお嬢様ですわね。そちらの素敵な恋人からのプレゼントでしょうか？」

「いえ、あ、はい、そうですの」

やってみると分かるが、口で呼吸をしながら会話をするのは結構難易度が高い。短い会話を積み重ねる状態でないと息が出来なくなる。

「私も彼女も、フローラルな香りは、好きではないので、フルーティーな、爽やかなものを頼む」

レオン様も一言一言を区切るような形で伝えている。

「それでしたら、今かなり人気の商品がございますわ。少々お待ち下さいませ」

マダムロエルが席を立つと、少しして二つの綺麗なガラスの小瓶をトレイに乗せて運んで来た。

「こちらの低い瓶が新作のアプリコットに似た爽やかな香りと評判の『ジャージー』、細身の瓶の方は定番商品の『ベリンダ』ですわ。こちらはラズベリーのような甘酸っぱい香りと高く評価して頂いております。どちらも若い女性に人気でございます。是非お試し下さいませ」

マダムロエルが小瓶の蓋を開こうとしたところをレオン様が遮《さえぎ》った。

「ああマダム、申し訳ないが少々時間がなくてね。両方とも頂くから包んでくれないか」

「――好みに合うかどうか試されないのですか？　お嬢様もよろしいのですか？」

「はい。定番商品ならば、安心ですし、新作のも、マダムお薦め、ですよね？　私は、かえって、二つあると、迷って選べないタイプ、ですの」

「さようでございますか。私どもの店ではお試しののちに購入をして頂いているので、後からの返品は受け付けておりませんが、それでもよろしいでしょうか？」

「ああ、問題ない」

会計を済ませたレオン様が、綺麗にラッピングされた箱の入った紙袋を受け取り立ち上がった。

足元がふらついたように思うが気のせいだろうか。

「ありがとうございました。またのご利用をお待ちしております」

マダムロエルや店員が頭を下げる中、私たちは店を出た。

無言のまま早足になるレオン様に必死で付いて行くが、履き慣れない踵《かかと》が高めの靴なのでかなり歩きにくく足がつりそうになった。

パン屋の角を曲がったところでようやく立ち止まったレオン様にホッとしたものの、急な動きに困惑したので尋ねてみる。

「レオン様、口での呼吸ではダメだったでしょうか？」

「いや大丈夫だったよ。――途中までは」

「途中まで？」

「マダムが香水を二つ持って来ただろう？　そこであぁ、どちらか選ばないといけないよな、と思って無意識に鼻呼吸に戻ったんだ。そうしたら店の中の香水の匂いを一気に吸い込んでしまって。いても立ってもいられない状態になってしまったんだ……更に試すために匂いが追加されるのかと思ったらもう無理で。ごめんよパトリシア。君が付けるのだから好みとか耐えられるかどうかとかチェックしたかったよね」

「いえ、私はレオン様の練習のために付けるだけなので、それは構わないのですが……ただ、二つも購入されるのはもったいないですわ。安いものではないのですから」

「私の都合なんだし、これは勉強代だ。別に大したことはないよ。使わない方は君のお母様や友人にでもあげれば良いだろう？」

　とりあえず、どちらの香水がレオン様がより我慢出来るか蓋を開けて確認せねば、と花が植えられてない近くの小さな公園に向かうことになったが、足元をよく見ていなかった私は段差につまずいた。

「っっ」

　いけない、このままでは無様《ぶざま》に転んでしまう、ワンピースが汚れてしまったらどうしよう、と頭の中によぎる。

「おっとパトリシア、大丈夫かい？」

　だが、私が転びそうになったところでレオン様がさっと腕を伸ばして抱き止めてくれ、間一髪大失態は免《まぬが》れた。

「も、申し訳ありませんでした！　こういう靴は慣れないもので、大変お恥ずかしいところを」

　そう話しつつも、触れられた腰が熱を持ったように感じる。

　……だが、何やら不思議そうな顔をしたレオン様は、私を支えた腕もそのままで、ただ黙って首を傾げている。

　——考え事するのは自由なのですが、解放して下さらないと頭に血が上りそうなのですレオン様。

「あのう、レオン様。もう大丈夫ですので……」

　私がそっと声を掛けると、レオン様はハッとした顔になり、慌てて腕を離す。

「ああごめんよ、その……急に今の仕事の打開策を思いついたものでね」

「まあ、それはよろしかったですね」

「うん、良かった。いつもと違う行動をすると色々思いつくものだねえ」

じゃあ公園に行こうか、とのんびり歩き出すレオン様に従い歩きつつも、気分転換になっているのならば嬉しいし、少しでもお役に立てているなら良かった……。ほっとして笑みがこぼれた。

◆◆◆

子供の頃に親戚のマギーにされたことを、深く考えもせず母に打ち明けたために、母の行動が少々おかしな状態に歪《ゆが》んでしまった。

これは母の精神が元々が不安定であったことも一因ではないかと思われる。

この一件から私は母を含めた女性全般に対して不信感や、何を考えているのか分からない存在という恐怖心が根付いてしまっている。

母が若い頃から美貌を称賛されているのは知っていたし、そんな母が自慢だったこともあった。だけど自分がその母の血のせいで、年々綺麗な顔立ちだとか将来が楽しみだと言われるようになる機会が増えたことが嬉しかったかと言うと嘘になる。

自分は読書をして色んなことを知ることができるのが楽しかったし、外に出て遊ぶよりも家の中で過ごすことが大好きだったのに、この顔のせいで何かと外に引っ張り出される機会が増えていた。

男性の友人はともかく特に女性の友人から二人きりでの外出を求められることも多くなっていた。

小さな頃は意識したこともなかったが、女性というのは友人であっても自分以外の女性と親し気に話すのを不快に思うらしいことも分かった。

別に愛とか恋という感情がないにもかかわらず、だ。

その辺りの感情が私にはよく理解出来なかったこともあり、女友だちからのどこかに遊びに行こうという誘いは断るようになっていた。大抵は自分の話ばかりで退屈だったし。

母がパーティーの際最初の挨拶を済ませたら部屋に引っ込んでいて構わないと言うようになって、助かったと思っていたのも事実だった。

でも、まさか母がそれから自分に対して、必要以上の庇護《ひご》意識を高めていたとは考えもしていなかったのだ。

「レオン、あなたは私の血を引いてしまったせいで、女性絡みの面倒なことに巻き込まれやすいのよ。ごめんなさいね。でも安心して。母様が絶対に守ってあげるから」

母の言葉も、単に親が心配してくれているな、程度に考えていた。

しかし引きこもった生活を送っていても、私は伯爵《はくしやく》家の跡取りだ。いずれ領地経営をする身として一般教養や社会的な知識、円滑な人間関係の構築が必要で、そのためにも家から出て学校には通わなければならないことは理解していた。

家庭教師が対応出来る学問を修了し、十六歳になった私が通った学院は教師の指導レベルが高いと評判の名門で、この国の貴族の子女が多数入学している男女共学の学校だった。

母はかなり渋ってはいたが、近隣でこの学院以上のところはないことは認めざるを得なかったようで、入学を許してもらえた。

父は……息子に対する父の考えは、全て母に丸投げというか、多分「興味がない」というのが正しいと今では思っている。

母の描く絵が大好きで、更に母が大好きで。

母と結婚し、天職とまで思っていたという騎士団の仕事を辞してまで苦手な領地経営を学んだのは全て母といる時間を得るためであって、子供の私はどうでも良い存在なのだ。

夫婦仲が円満で相思相愛の両親を羨《うらや》ましいし誇りにも思っていたが、成長するにつれて、父には妻である母だけが家族であり、私はそのオマケに過ぎないということを実感するようになった。

「あとで後悔しないように、お前の好きにするのが一番だ」

と相談事があるたびに父は、そう応《こた》えていたが母が何か口出しをするところりとそちらへ考えを変えてしまう。そこに父の意見はなく、母のイエスマンでしかなかった。


学校に入学してからは友人も出来、楽しく過ごしていたが、母の思い込みから大切な女性の友人の精神を壊したことで全てが変わってしまった。尻軽女というありもしない噂《うわさ》に耐えられなかった彼女の心を病ませ、婚約破棄と地方療養に至らしめたことで、母の心の闇が自分の思っていたよりも深かったことを痛感した。もちろん、彼女の夫となるはずだった大切な親友も失った。

だが社交界の華と呼ばれ、どこのパーティーにも引っ張りだこの母は、目を見張る美貌とそれに反して振る舞いは控えめで儚《はかな》げな淑女《しゅくじょ》という強力な武器を備えているため、私が大人に母の精神的な面について悩みを相談しても、案《あん》の定《じょう》誰一人信じてはくれなかった。

「まさか。お母上がそんなことをする訳がない。君の考え過ぎだ」

「耳にした世間話を悪意もなく話題にしただけではないか」

「子供のことを心配しない母親などいないわ」

——結局、大人というのは見た目で判断してしまう人がいかに多いか、というのを学んだ私は、自分が女性と接しないことで母が相手に被害を与えないようにするしか方法はないと悟った。


その後母が病気で亡くなり、魂が抜けたようになった父も私に後を継がせてさっさと別荘に引っ込んでからは、少しだけ屋敷の中の息苦しさが緩和《かんわ》したような気がしていた。

元々両親はおしどり夫婦と呼ばれ、実際大きなケンカ一つしないような睦まじさだったし、そこまでお互いが愛情を持てるのは単純に尊敬出来た。

でも母が私に過保護になる以外は夫婦で一緒にいることが多く、子供の私が常に疎外感《そがいかん》を感じていたのも間違いない。

まあ変なトラウマのせいで、私が女性と親しい関係になることもないだろうし、恐怖すら感じるぐらいだから、結婚なんて考えることも出来ない。

ロンダルド家も私の代で終わるのだろうと思うが、伯爵家は他にいくらでもあるのだ。知ったことではない。今はただ少しでも領民や屋敷で働いてくれている人間に感謝し、誠実に仕事をこなしていけばいい。

山もなければ谷もない、そんな日々を送っていたある日。

頼りにしているメイド長のマルタが掃除中に踏み台から落ちて足を骨折してしまった。聞けば二週間ほどは安静にしていないと骨がくっつかないと医者に言われたとのことで、もちろん彼女には無理はしないよう伝えた。

が、問題は私の書斎や寝室、図書室などプライベートな空間の清掃などを誰がするのか、ということだ。

もちろん他にもベテランのメイドはいる。ただ彼女たちは仕事は出来るが、長くいる分良くも悪くも強い存在感があるし、香水なども普段から付けている者が多いため問題だ。

若いメイドは過去に私の寝室のベッドに侵入しネグリジェで出迎えようとしたり、お背中流しますと自分もほぼ裸で入って来ようとしたりなど、香水以外にも特に要注意なことが多くて絶対に頼めない。

「レオン様、実は最近入った若いメイドの中で、男爵令嬢なのですが見どころのある子がいるのです。自身が苦手だということで香水も全く使わず、仕事も手際が良くて周囲へのさり気ないサポートも出来る子なのですが、何よりも、本当にびっくりするほど存在感がないのです。地味、と表現出来るかも知れませんが、彼女ならばレオン様のお部屋を掃除しても、要らぬ気配を残して苛立《いらだ》たせるようなこともないかと思われるのです。――しかも何と、レオン様に毛ほどのやましい感情を持ってないことが分かる安心仕様でございます」

「……本当かい？」

いやここで本当かと言うのも我ながら傲慢《ごうまん》だとは思うが、実際に自分の顔のせいでアタックをかけられたことや実際襲われそうになったことも数知れずなのだ。マルタの話とは言え簡単に信じられることではないのである。

「どちらにせよ、申し訳ないことに私は身動き出来ませんし、治るまでは彼女……パトリシアに頼むしかございません。多分本人は粗相をして職を失う羽目になるのが嫌だからと平気で断って来そうですが、何とか丸め込みますので、しばらく様子を見て頂けないでしょうか？」

「マルタがそこまで言うなら構わないけど、嫌がる子を無理に働かせるのはどうかな」

「私が次のメイド長に、とまで考えている子ですから、このぐらいこなしてもらわねば困りますわ。大丈夫です、一度頷《うなず》かせれば仕事は真面目にやる子なので、まあゴネるようなら更に気持ちお手当を弾《はず》めばよろしいでしょう」

うっすらと笑みを浮かべるマルタに少しだけ不安を感じながらも、そこまで見込んだ子ならば、と私も覚悟を決めた。

パトリシアという子が了承して（させたのかも知れないが）私の部屋の担当となった初日。私は納得はしていても少々気が重い、という気分で朝食を済ませた。

（……そうだ、こういう時には気分を上げるため、チョコレートでも食べて気持ちを切り替えよう）

子供の頃から甘い物が好きだったが、物心がつく頃になると、「男の子なのに甘い物食べるの？」と言われたりすることが増えて、人目を避けて食べるようになった。

とはいえ甘い物はいい大人になっても大好きなままだったので、なおさら人前で食べることが難しくなってしまった。領地の視察や業者との会合でもクッキーやチョコレートなどを食べる男はおらず、そんな場でパクついたら子供扱いされて舐《な》められてしまう。

ただでさえまだ父が引退する年齢でもないのに隠居《いんきょ》して、自分は若くして爵位を継いでしまったので、若造扱いをされがちなのだ。これ以上子供扱いされる要素を提供する訳にもいかない。結果的に現在は自分のプライベートエリアでしかお菓子は食べられなくなってしまっていた。

自分で領地の外に出ることがあれば、出先で土産《みやげ》だとか誤魔化《ごまか》して買うことも出来るが、仕事相手も一緒にいることが多くなかなかそんなに良い機会は恵まれない。

地元では身元がバレているので、変に噂になってもいけないと菓子店に入ることも出来ない。業者が「お屋敷の皆さまにどうぞ」などと持って来る菓子を隠匿《いんとく》して、少しずつ消費したり、めったに訪れないような場所でコソコソ買ったりと菓子の調達自体も容易ではないのだ。

(そうと決まれば彼女が掃除をする前に……)

口の中がチョコレートを求めている。

いそいそと書斎に向かい、引き出しからチョコレートの包装を剝《は》がす。

先日気まぐれに放り投げたチョコを口でキャッチしたのを思い出し、今日も出来るかとチャレンジしたら成功したもので、思わず「よし」と呟《つぶや》きくるりと回って決めポーズをしようとしたら、床の掃除をしていたメイドが目を丸くしていた。

この子がパトリシアだろう。全く気配に気づかなかった。

それにしても、気づかなかったとは言え何て恥ずかしいところを見られたのだろう。

彼女は初日のため仕事の手際が悪く遅くなったことを詫《わ》びて出て行ったが、自分がその時どんな対応をしたのか少しも思い出せない。

マルタが言った通り、控えめ過ぎて存在を感じさせない女性だった。

危ない、今後は身を引き締めておかねば。


そう反省しつつも、気がつけばお菓子を食べて心の栄養を補給していたりする時に限ってパトリシアがいたりするのだ。

ちゃんと声を掛けたり物音を立てるようにしているのですが……と彼女は申し訳なさそうにするが、気づかない自分がどうかしている。

他人が近づけば分かる警戒センサーのようなものが、少し離れた場所からも毎回反応するはずなのだが、パトリシアに限ってはほぼ無反応なのである。

それだけ気を遣われてしまっているのか、元々の彼女が影が薄いとか圧のようなものがないのか、などと考えてはみたが分からない。

まあ色々みっともないところは見せてしまっていたが、自分の周囲の空気をかき乱さない貴重な人材であることははっきりしていた。

正直言えば長い付き合いで気心も知れたマルタでも、メイド長という役職から来る圧倒的な存在感は抑えきれない。ほぼ家族のような付き合いだから我慢出来るが、どうしても部屋に残るような気配に地味にストレスを感じてしまうこともある。

だがパトリシアにはそういった鬱陶《うっとう》しさを全く感じない。

これは彼女の本来の資質なのだろう。更に自分に色仕掛けをするなどの邪《よこしま》な気配も感じられない。私はマルタに彼女を継続して自室の担当にしてくれと頼んだ。


しばらく部屋の清掃をこなしていくことで、気安い会話も交わせるようになり、どうせバレてしまっているのだからと彼女にお菓子の調達も頼めることになった。

これで私のスイーツ生活は安泰《あんたい》だ。

……だが、私に変な媚《こ》びを売らない、仕事に生きると決めている彼女に話を聞くと、彼女も自分の存在感のなさに心を痛めていることもあるようだ。

パトリシアの恋心を抱いていた幼馴染《おさななじ》みとの話は胸が痛くなった。

「まあ友人にもよく影が薄いとか存在感が希薄と言われておりましたので、そこまで深く傷ついた訳ではないのですが、やはり陰口を言っていたのが多少なりとも恋心があった男性だったので、そこが少し辛かったのですね」

パトリシアはそう言って笑い話にしていたが、彼女は自身の素質を悪いもののように考えているようだ。私はそんな彼女に、君の控えめなところは自分にとっては得がたいものだと思っている、という意味合いのことを言って慰めた。ただ、女性に対して存在感が希薄なのを褒めるというのはむしろ失礼ではないか、と後日反省した。

そのことを詫びようかと考えていたのだが、本人は全く気にしておらず、むしろ自分が残念に思っている部分を長所であると仰《おつしや》って頂けたことが、私としては何よりも嬉しい、と笑顔で感謝された。

彼女の存在感は確かにかなり控えめなのだけど、笑顔も可愛らしいし、実直なところや女性にしては落ち着いたアルトボイスも話していて耳に心地良い。

パトリシアはかなり自己評価が低いような気がする。

その後突然母の日記を読んだとパトリシアに謝罪され、家の者に迷惑を掛けたくないので解雇して欲しいなどと懇願《こんがん》された。しかし私と同じく読書好きなパトリシアには、本は何を読んでも構わないと私が言ったのである。彼女が別に悪い訳ではないのだ。

まあまさか留守の間に埃《ほこり》まみれの小部屋の掃除をして日記を見つけるとは思わなかったが。逆に私の不在時にもサボりもせず、新たな清掃箇所を見つけて仕事をするパトリシアにかえって感心してしまったほどだ。普通なら少しぐらい羽を伸ばして楽をしようと思っても不思議はないのに。

パトリシアが途中で読むのを止《や》めてしまった母の日記の続きを話してしまったのも、自分の考えを整理するためだったのかも知れない。

少なくとも彼女に話したことで、区切りみたいなものがついた気がする。

——私もいつまでも過去に囚《とら》われていてはいけないのではないか。

もう少し女性というものをひとくくりに苦手だと思わずに、見つめ直す良い機会を得られたのではないだろうか。

パトリシアと知り合って話をするうちに、少しずつそんな考えが芽生《めば》えて来た。

ロゼッタというパトリシアの友人から花粉アレルギーの試薬をもらい、ある程度症状を抑えられるようになったことも一因かも知れない。


パトリシアにはパーティーに付き合ってもらったりもした。

マルタにメイクを施され、ドレスを着つけてもらったパトリシアは大変に可愛らしく、私より頭一つ分ぐらい小柄なところも庇護《ひご》欲がかきたてられる。

おそらく本人は全く自覚していないのだろうが、地味だ地味だと言う顔立ちも整っているし、メイクや服装で自分から目立たないようにしていただけなのだと思う。

私としては、パーティー仕様にしているパトリシアも可愛らしいと思うが、飾りっけのない普段のメイド服を着た彼女もとても魅力的に感じる。

これも、気心が知れて友人のような付き合いになったせいなのだろうか。

一方、香水を浴びたように体からプンプンと匂わせているモニカというあの女性は、パトリシアの友人だと偽《いつわ》って私に近づこうとしていたが、傲慢《ごうまん》で私が一番苦手とするタイプの女性であった。

私が素《そ》っ気《け》なく接していたため、体の関係があるなどと偽証《ぎしょう》をされたりとえらい目にも遭ったが、パトリシアの援護もあって、スタンレー伯爵にも誤解は解けたし、モニカ自身も田舎の親戚の家に軟禁状態と聞いている。

昔の自分ならば、平気で嘘をつく女性への恐怖心が己を委縮《いしゅく》させ、窮地《きゅうち》の場で毅然《きぜん》とした態度は取れなかっただろうし、プライドが邪魔をして花粉アレルギーのことを打ち明けるなんてとても出来なかった。パトリシアがいたから、落ち着いて対処できたのだろう。

パトリシアは私の心の安定剤になりつつあるのかも知れない。


忙しかった仕事も落ち着いた頃、少しまとめて休みを取って休養しようと思った。

そして、本気で女性への苦手意識を払拭《ふっしょく》したいとも考えていた。

パトリシアに協力してもらえば、疑似デートみたいなことも出来るだろうし、苦手な香水も付き合いのパーティーの頻度《ひんど》を思えば少しでも慣れておく必要がある。

幸いパトリシアには快諾《かいだく》してもらい、休みの初日には芝居も観に行った。内容自体は最悪のチョイスをしてしまったが、一つ一つ自身の行動の勉強になる。

香水の購入もかなりの勇気がいったが、口で息をするというパトリシアのアドバイスで何とかフレグランスの店も乗り切った。

購入した二つの香水をパトリシアと二人で慎重に一つずつ嗅いでみたが、アプリコットの香りのジャージーも、ラズベリーの香りのベリンダも、薔薇《ばら》などを使った花の香水の持つ濃厚さみたいなものはなく、あっさりとした感じで、これなら私でも耐えられそうだと思った。

パトリシアもホッとしたようで、

「これなら少し付ける程度なら問題ありませんね」

と安心していた。明日から早速付けてみます、とのことで、

「気分が悪くなるようならすぐに落としますので、遠慮なく仰って下さいね」

と言われ頷いた。短時間なら平気でも、長時間だとやはり頭痛がしてくるかも知れないと心配しているのだろう。だが私も出来るだけ自分を変えたいと思っているのだ。多少は我慢せねば。

しかし、帰る途中でパトリシアが何かにつまずきよろめいた。

慌てて腕を出して支えるが、自然にそんな真似が出来た自分にまず驚いた。

いくら信頼しているとは言えパトリシアは私の苦手とする女性、それも若い女性だ。

危険回避のためとはいえども体を密着させるようなことを己がするとは。

しかも不快感がない。

んんん？　もしや気がつかないうちに私の女性不信は治っていたのか？

だが、これがモニカだったら……と考えて寒気がした。

なるほど、人によるのか。

しかし、パトリシアとは腕を組んでも別に嫌じゃないし、今のように密着しても気分は悪くない。

むしろもっと密着していても良いぐらいだ。

……？

私はパトリシアをそこまで信頼していたのだろうか。

まさか好意を抱《いだ》いてるなんてことはないだろう。

だってずっと女性なんて苦手この上ない存在だったのだから。

――いやいや、まさかそんな。


翌日も午前中から町でショッピングをした。しきりに遠慮するパトリシアへ無理に付き合わせている特別手当だから、とワンピースやバッグを購入し、本屋でも興味のある本を尋ねてまとめて買い込んだ。

ほんの少しだけ香水を使ってくれていたパトリシアに頭痛を感じることもなかった。

そしてカフェでお茶を飲んでいる頃に、ふとこんなに女性と二人きりで長時間いたことも初めてではないか、いやそもそも退屈にもならず、不快にもならず、むしろ快《こころよ》い空気感で過ごせることなどかつてなかったのではないか、と感じた。

これは自分でも薄々認めざるを得ないだろう。

――私は、パトリシアのことが好きなのではないか、と。

◇◇◇

「楽しかった連休も明日でおしまいか。……大分リフレッシュ出来たと思うんだけど、実はさ、もう一つやってみたかったことがあってね」

「やってみたかったこと、ですか？」

恒例のようになった書斎での夜のティータイム。

多忙の頃にはなかなか見られなかった楽しそうな顔をして、レオン様が頷いた。

「そう。少し郊外の方にはなるんだけど、とても見晴らしのいい丘があってね。近くには綺麗な川もあって、魚なんかも結構釣れる。ほら、最近天気の良い日が多いだろう？　だから、そこで釣りをしたりピクニックでもしたいなと思って。子供の頃には誰かとそういうことをした経験がなかったから。一人ではたまに行って釣りをしたりはしてたんだけどね」

常に過保護なお母様がいては、友人と一緒にどこかへ遊びに行くという気軽なことも出来なかったのだろう。私は少し悲しい気持ちになった。

「良い気分転換になりそうですね。これからひと月もすればまた雨期になりますもの。今が丁度いい時期ですわ。釣りはご友人とでしょうか？」

「いや、パトリシアと二人で行きたいんだよ」

「私と、でございますか？」

休暇が始まってからずっとこれでは完全に恋人同士のデートのようではないか。

……いえ待つのよ。私は使用人なのだ。

そして、レオン様はリラックスして休養をしたいのだし、ガヤガヤと複数の友人とピクニックというのも気が休まらないのかも知れない。考えてみれば、いい年をした大人の男性同士でピクニックというのも不自然だものね。女性を入れたらややこしいでしょうし。

それに、ここ数日私とあちこち外出したり、買って頂いた香水も言われて付けるようにしたら少しなら我慢出来るようになったみたいだし、女性への苦手意識も少し薄まって来たと仰っていたもの。

私ならば、レオン様の事情も把握《はあく》している。

私には気疲れするほどの存在感もないし、荷物持ちも出来る。

のんびりするところに居ても、邪魔にもならないと考えたのだろう。

休みの日をずっとご一緒してしまっているのは申し訳ないような気持ちではあるが……うん、それならば納得だわ。

「私でよろしければ喜んでお供《とも》させて頂きます」

「ありがとう。……出来れば、ランチボックスとおやつはパトリシアのお手製がいいな。一度お菓子以外も食べてみたかったんだ」

「ランチでございますか？　私は家庭で食べるような料理は作れますが、コック長のような手の込んだものはあいにく……」

「ああそんなことは良いんだ。パトリシアが普段実家で作っているようなものがいい」

「それでしたら何とかご用意出来るかと……」

「楽しみにしているよ」

「かしこまりました。お菓子も作りますのでお口に合わなかったらそちらでお口直し願います」

「色々とありがとう。よし、それじゃ急ぎの書類だけ片付けとくかな」

私に笑顔を見せると、書類に目を落とした。

もっとレオン様が元気になってくれますように。

私は一礼をして居室へ戻りつつ、頭の中で作れる料理を思い浮かべ、明日のメニューをあれこれ考えるのだった。

◇◇◇

幸いなことに次の日も朝から雲一つない良い天気だった。

私は明け方から厨房《ちゅうぼう》にこもり、アップルパイとレオン様が気に入っていたアーモンドを砕いて混ぜたクッキーを焼き、フライドチキンとソーセージを焼いたものを用意し、薄切りした牛肉を塩コショウして炒《いた》めたものをレタスで包みパンに挟んだ。

これでは野菜が足りないかもと思い、輪切りにしたゆで卵に薄く切ったトマトやキュウリをマヨネーズを塗ったパンに挟む、我が家定番のヘルシーサンドも作った。

(……こんなシンプルで庶民的なランチで本当に良いのだろうか)

バスケットに飲み物と一緒にそれらを詰め込むと、ぼんやりと眺《なが》めつつ私は不安を覚えていた。

だが、家庭的なもので構わないとレオン様は言っていたのだし、たとえお口に合わなくてもお菓子で挽回《ばんかい》出来るはずだわ。

ここで悩んでも仕方ないわね。私はすっぱり考えるのを止めた。

朝食の時間が済み、私がメイド服のままバスケットを抱えて裏門へ向かうと、レオン様が既に立っており、バスケットを受け取ると、私の体をまたくるりと屋敷に向けられた。

「あの……レオン様？」

「気分転換をしたいと言っているのにメイド服のままじゃ、私は屋敷にいる感覚と変わらないよ。さ、私服に着替えておいで」

……失態であった。いくら私に存在感がないとは言ってもゼロではない。視界に入るのがメイド服の私では、外出してもリフレッシュという気分には程遠いのだろう。

私は頭を下げると急ぎ着替えに戻る。実家から持って来ている数着の普段使いの中から、少しは上品そうに見えるであろう紺のワンピースに着替えた。

先日レオン様に買って頂いた服は、とっておきの日に着るような高級品で、ピクニックで着るには畏《おそ》れ多い。申し訳ないがとても袖《そで》を通せなかった。

メイクは……まあピクニックに行くだけなので直す必要もないわよね。いつものピンクの口紅だけ軽く塗り直すだけにした。

「お待たせ致しました。気が利《き》かず申し訳ございませんでした」

「相変わらず固いねえパトリシアは。ほらこんなに良い天気だよ？　一緒に気分転換するつもりで楽しもうよ」

レオン様は笑みを浮かべて、今日はこっちだよ、と御者台《ぎょしゃだい》に案内される。

たまには景色を見ながらのんびり行くのも良いよね、と言うので私は驚いた。

「レオン様、まさか馬車を扱えるのですか？」

「私を一体いくつだと思っているんだい。二十六歳だよ？　そりゃ乗馬だってするし、馬車を扱うのもお手の物だよ。馬のご機嫌を伺いながら、どうぞ運んで下さいとお願いしていれば何とかなるもんだよ。それに、ただ休暇を楽しむだけのことで、何時間も御者を待たせてしまうのも悪いだろう？」

ゆっくりと馬を歩かせながらそんなことを言うレオン様には、裕福な貴族の多くが無意識に持っている「使用人はこき使って当たり前」という感覚はない。

だから屋敷に今勤めている者は皆レオン様を敬っているし、長く働いている人間も多いのだろう。


一時間ほど景色を楽しみながら到着した丘は、レオン様が言うように遠くの森まで見渡せ、緑が広がり心地良い風も吹く、とても気持ちの良い場所だった。流れる川も太陽の光がキラキラと反射して美しい。

この辺りもロンダルド家の領地だそうだが、周囲には殆《ほとん》ど民家もない。定期的に周囲の自然災害の被害の確認をする者が利用しているという、可愛らしい赤い屋根の小さな管理小屋が見えるだけだ。

今はたまに家族連れが川遊びに来たり、釣り人がやって来る程度らしいが、せっかくこんな美しい景色が広がる丘なので、避暑地《ひしょち》としてこぢんまりとしたホテルやレストランを建てようかと考えているそうだ。

「ホテルやレストランで領民の方々の雇用《こよう》も増えますし、お金を持っている方は美しい景色を見られる素敵なホテルで休めて、のんびりと日頃のストレスを癒《い》やして頂けますものね。素敵な考えだと思います」

「だろう？　父に相談したんだけど、お前の好きにしろ、と言われるだけでね。自分は悪くない考えじゃないかと思ったんだけど、誰かに賛成してもらえないとやはり不安でね。パトリシアがそう言うなら問題なさそうだ」

「まあ、いちメイドの意見なんて参考にしてはいけませんわ」

「パトリシアはうちで働いているけれど、私には理解ある大切な友人でもあると思っている。違うかい？」

――友人。畏れ多い言葉だ。とてもありがたい。嬉しい。なのに、胸にチクリと深く刺さるトゲは、きっと私の恋心を封印する戒《いまし》めだ。

「――そう思って頂けて感謝しかありませんわ。あ！　そういえば釣りをすると仰っていましたが、私にも出来ますでしょうか？　もしマスでも釣れたら家族にお土産にして自慢したいと思いまして……」

自然に話を逸《そ》らせただろうか。

「大丈夫じゃないかな。ここは割と穴場で魚が多いんだ。以前は一人で釣りに来たりもしていたんだけど、仕事が忙しくなってからは何年もご無沙汰《ぶさた》でね。でも竿《さお》も予備を持って来ているし、教えられる程度には経験もあるからね。よし、それじゃ準備しようか」

腕まくりをしたレオン様は、馬車の中から釣り竿や魚籠《びく》、餌などをいそいそと取り出し始めた。

きっと今でもお好きなのだろう。

仕事中のレオン様は、眉間《みけん》にシワを寄せて書類を睨《にら》んでいたり、細かい計算式などを書きながら軽くため息をついてサインをしていたりと、仕事だから当然と言えばそれまでだが毎日お疲れのご様子で、だからこそ好きなお菓子を食べて少しでもストレスが緩和されればと思っていた。

でも、甘い物ばかりでは体に良いとは言えない。趣味で気持ち良く発散出来ればそれが一番ではないかとも思う。

「ビギナーズラックとも申しますし、私と釣り勝負でも致しますか？」

私は腰に手を当てると、レオン様に笑い掛けた。

◆◆◆

パトリシアへの好意を自覚してしまうと、深まる気持ちはどうにもならなかった。

私は、ずっと思い違いをしていた。

私が女性を好きになるとか、愛情を抱くなどという現実離れした話がある訳がないと思っていた。

女性とは、自分のことしか考えておらず人に感情を押し付けておいて、思い通りの反応がなければ勝手に裏切られたと騒ぐ生き物であり、加えて私の顔が女性受けするから、装飾品の一つとして連れ歩き、周囲に自慢したいのだ、と思っていた。

少なくとも、そう思っていても仕方がないくらい、女性に対して良い記憶はなかった。

パトリシアに対しても最初は物静かで気配を消すのが上手で、自分のパーソナルスペースを侵害もせず、掃除も手早く丁寧で、つまり使用人として自分に合った、大変気楽な存在としか思っていなかったのだ。

今振り返ってみても、彼女の存在感のなさと言ったら、私が何度も隠し持っていたチョコレートやクッキーを食べたり、鼻歌を歌いながら体操をしたりしていた時に、小声で「パトリシア、現在掃除中でございますー……」と言われて初めてそこにいたことを知ったほどである。

何度もそんな失態を晒《さら》しているうちに、パトリシアも清掃する前には必ず何度も声を掛けてくれるようにはなったが、それでもお茶を頼んでいたのに、手紙を書いている途中だったので少し待っててくれと言い、その間にころっと待たせていることを忘れてしまい、十分以上放置してしまったこともある。

「私は昔から影が薄いと言われておりましたので……でも、人の気配に敏感なレオン様が気にならないほどであれば、私が掃除をしていてもさほどは気になりませんよね？　ご迷惑にならずに済んで、この特性も役に立つこともあるんだとホッと致しました。マルタ様が私なら大丈夫だろうと仰っていたのはこういうことだったのですね」

私が謝ってもニコニコとして、気にする素振りすら見せない。

いつの間にか、いて驚くこともなくなり、むしろいて当たり前のようになっていた。

だが、これは彼女がメイドとして有能だという証明のようなもので、ここに私のふしだらな思いは一切なかった、はずだった。

お菓子を色々と買って来てくれ、お茶を飲みながら話をするようになって、だんだんと彼女の内面を知るにつれ心が揺れ動くのを感じたが、所詮彼女も今まで出会って来た女性と同じではないか、という疑いは消えなかった。というより疑っていなければ好きになってしまうではないか。そして、また別の側面を知り心を痛めてしまうのが怖かった。

私は二十六、もうすぐ二十七歳だ。いい年にもなって何て情けない。

しかし、母のこと、マギーのこと、心を病んだ友人のこと、他にもいくつもあった様々な出来事のせいで、どうしても女性に対して本心から信じる気持ちになれなかったのだ。


だが、ある日郵便物を運んで来たマルタから、

「パトリシアに随分信頼を置かれているのですね」

と言われ呆然《ぼうぜん》となった。

言われてみれば、甘い物が好きなことも、花粉アレルギーも、男として、ロンダルド家当主としては表沙汰にはしたくない部分であったが、パトリシアにならば知られても気にならなくなっていた。

先日の母の日記の件も、ひたすら身の置き所がないような表情で必死に詫びていたが、怒りも湧《わ》かなかったし、自分でなかなか話しにくかったことを話すきっかけにもなったので、感謝しているとも言える。

何というか、パトリシアは馬鹿にすることなく、ふわっと何でも受け止めてくれるような、そん

な安心感があったのかも知れない。

でも、そこにある好意をまだ認めたくはなかった。

マルタはしらばっくれる私をじっと見つめて、

「パトリシアに、結婚するので辞めると言われたらどうなさいますか？」

と呟いた。

その途端、私の額から汗が滲《にじ》み、心臓が締め付けられるような気持ちになり息が出来なくなった。

「そ、それはもう決まったことなのかい？」

「いいえ、もしもの話ですわ」

「やだなマルタ、脅かさないでくれよもう！」

私はぎこちなく笑って茶化すように言った。マルタは笑わなかった。

「……今はもしもの話ですが、彼女も年頃の女性です。幼馴染みの男性には女性扱いもされてなかったようですが、実際顔立ちも可愛らしいですし、性格も極めて穏やか。争いごとが嫌いで、いさかいになる位なら自分が引くという自己制御の出来るタイプです。さり気ない気遣いも出来、更に炊事洗濯何でもござれの男爵令嬢です。若い男性は、女性に対してパッと見の華やかさや目立つ容貌などに気を取られがちで、一見地味で目立たなく思える彼女の良さはなかなか理解出来ないかも知れません。ですが、ある程度人生経験を積んだ男性ならば、生涯のパートナーとしてこれほど素晴らしい女性はいないと気づくはずなのです。遅かれ早かれ熱烈に望まれて嫁ぐルートしか見えません。……レオン様はそれでもよろしいのですか？」

「よろしいかって、そりゃあ……」

「パトリシアが居なくなっても、よろしいのですか？」

「……良くないよ。そんなの良くないに決まってるだろう！」

思わず叫んでしまい、グッと口を閉じた。

「……私はパトリシアが、ただ部下が可愛くて申し上げている訳ではありません。レオン様に女性に対する拭《ぬぐ》いきれない不信感、恐怖心、そういうものがあることは長い年月お勤めして来て存じ上げております。ただパトリシアが魅力的な女性であることは、レオン様もお分かりなのでしょう？いつまでもどっちつかずのままでは、パトリシアを逃して泣きますわよ、とけしかけているのです」

「――マルタ、君は確か以前、私に邪な感情を持つメイドは不要だ、と言っていたんじゃなかったかい？」

「それはレオン様のお気持ちが伴《ともな》っていなかったからですわ。別にレオン様がまんざらでもないようならいくらでも放置致しましたけれど。まあ物は言いようですわね」

ほほほ、と笑ったマルタがすぐに真顔になった。

「素直に認めておしまいになったらいかがですか？　パトリシアに好意をお持ちなのは明らかなのですから」

「わ、分かるのかい？　……え、まさかパトリシアにまで？」

「あの幼馴染みの一件で自分にすっかり自信を無くして、結婚どころか恋愛まで諦めてしまっているような子に、そんな細やかな恋愛の機微《きび》が分かると思いますか？　あの子もレオン様も、正直恋愛に関してはお話にならないぐらいお子様です」

「……結構な言われようだな」

「彼女が聞いたら本当に消え入るんじゃないかと思いますが、パトリシアもレオン様に主従以上の感情があると思います」

「――そんなのマルタの思い込みだろう」

「いいえ、人生経験に裏付けされた確信ですわ」

パトリシアが私のことを？　……いや、そんな都合のいい話はないだろう。マルタが私の尻を叩くつもりで盛っているだけかも知れない。

――でも、万が一パトリシアが本当に、私に少しでも好意を抱いてくれていたとしても。

「だが、私は――」

「……存じ上げております」

マルタは小さな声で続ける。

「パトリシアは、どんな秘密も守れる女性ですわ。私は、打ち明けてみるべきだ、と考えております」

「……そう簡単に言わないでくれ」

「そう、ですね。確かに簡単なお話ではありません。ですが、レオン様が思っているよりもパトリシアは単純……いえ打たれ強い？　何か違うわね……能天気？　ボケている――前向き、そう！

前向きな子なのです」

「間に挟まっていた言葉の方が本音じゃないのかい」

「あの子は内気でか弱そうに見えて、実際はとても芯が頑丈で心が柔軟ですわ。レオン様の苦しみを知らない方が、傍《そば》にいる彼女にとってはよっぽど辛いことではないかと思えますわ」

「……」

「私が決めることではございませんので、後はレオン様のご決断にお任せします。うじうじ悩んで結局何も出来ず、よその男にポイっと攫《さら》われて後悔するということになっても私は同情致しませんよ。ここにある可能性を摑《つか》むも摑まないも、レオン様次第です。それでは失礼致します」

マルタは優雅にお辞儀をすると、書斎を後にした。

子供の頃からマルタには世話になっているし、母親代わりのような存在で、時折悩んでいる時にふっと私を後押しするような助言を与えてくれたりするのだが、愛とか恋というものすらよく分かってない私に、正しい道筋など分かろうはずもない。

だが唯一、パトリシアを失うことはとても考えられなくなっている、という事実だけが私の心をざわつかせている。

（……話すべきか、話すべきではないのか……）

いや、ここで悩んでいても、マルタの言う通り、パトリシアの価値を理解した別の男にホイホイと奪われてしまうかも知れない。

——彼女を外に連れ出し、お互いにリラックスした状態ならば。

いや自分も覚悟を決めなくてはならないのだ。

何とかさりげなくパトリシアをピクニックと称して外に連れ出す手はずが整った。

少し遠出をすることで何かを感じるかも知れない。……いや、彼女は多分使用人としての付き添いのつもりに違いない。私が変に浮かれてしまうのもいけない。

打ち明けた時の彼女の反応で、恐らく私の今後が決まるのだろう。

私は緊張した心がほどけないまま、ピクニックの当日を迎えていた。

パトリシアと一緒に過ごす時間は、魂が洗われるような幸せな時間だった。

昔は母の束縛《そくばく》から逃れたくて、乗馬のついでに魚を釣りに行くという名目であれば怒られないことを知り、一人になりたい時は時々ここに来て、何も釣れなくても竿を垂らしてじっと流れてゆく川面を見つめていた。お気に入りの場所だった。

……でも、一人じゃない方が心が穏やかで、寂しくないと知った。多分それは、パトリシアだからなのだろう。


初めて釣りをするというパトリシアに練り餌の付け方から、浮きがちょこちょこ動いても我慢すること、などの注意点を説明して一緒に釣りを始める。先に一匹マスを釣り上げたら、ほんの少し悔しそうな顔をしたのが可愛くて、でもそんな顔をさせたくなくて、その後は餌を付けている振りをしてパトリシアが釣れるのだけを待っていた。

「まあっ！　これは引いても良いのではありませんかレオン様？」

浮きがグイっと引き込まれて焦ったパトリシアが私を見る。

「うん、ゆっくりね」

「はい！」

釣り上げたマスはなかなか良いサイズだった。川の水を汲《く》んであるバケツに放すと、ほうっと息をついたパトリシアは、安心したように微笑《ほほえ》んだ。

「そちらの魚籠に入っているレオン様のマスより、少しだけ大きいと思いませんか？」

ふふふ、と自慢げに笑うパトリシアが可愛い。

「そうだねえ。でも次は負けないよ」

まあ餌も付けてないから釣れる訳はないんだけど、私はそう言っておいた。

その後も大小とりまぜ五匹のマスを釣り上げたパトリシアはとてもご機嫌だった。

「レオン様、もしかしたら私には才能があるのではないでしょうか？　もう家族全員食べられる分を釣ってしまいました」

興奮したように告げるパトリシアは抱きしめたいほどに愛らしい。

「どうしたのかなあ今日はボロ負けだ。もう白旗を上げるよ。――お腹《なか》が空いたね。そろそろランチにしないかい？」

「あっ！　申し訳ありません。すぐ支度致しますね」

敷き布の上で広げたサンドイッチやポテト、フライドチキンはとても美味しくて、温《ぬる》くなった紅茶もほんのりした甘みが丁度良かった。アップルパイやナッツのクッキーも堪能《たんのう》し、ごろりとシートに横になって雑談をしながら空を見ているると、自分がこんな幸福な時間を過ごしているのが信じられなくて、何だか涙が出そうになった。

だが、さあ言え、今言えと心の中で叫んでいるのに、どうしてもこの時間を失いたくなくて、私はパトリシアに肝心の話が出来ない。

そうこうしているうちに、急速に空に雨雲が広がって来た。

「通り雨があるかも知れない。残念だけど早めに撤退しようか」

「そうですね」

持って来た荷物やバケツで泳いでいる六匹（私の一匹も譲った）のマスを馬車の幌《ほろ》のついた方に乗せていると、ポツリ、と顔に雨粒が当たる。

御者席には雨を避ける幌はついていない。だが、パトリシアを後ろに乗せたくても、荷運びするための小さな馬車を借りて来たので椅子など付いてない。乗り心地は最悪だろう。雨足が強くなりこれはマズいと思った。パトリシアが風邪でも引いたら大変だ。

「多分すぐ止むと思うから、管理小屋で雨宿りしようか」

急いで馬車に乗り込み、少し走らせ管理小屋に到着すると、扉を開けて入った。

鍵は元から付けていない。以前よそから来た浮浪者が立て込もってしまい苦労したので、鍵自体取り外していた。お陰で今回は助かった。

数分もしないうちにザーーっと大きな音を立ててひどい降りになった。この辺りはこういう激しい通り雨というのが時々起こる。まあ一、二時間もすればまた晴れ間が出るだろう。

「レオン様、よろしければこちらを」

パトリシアがハンカチを出してくるので、苦笑して自分に使いなさいと応えた。激しくなる前だったとはいえ、私も彼女も少々濡《ぬ》れてしまっていた。幸いにも薪《まき》ストーブに使えそうな薪がかなり残っていたので、戸棚に置いてあったマッチを使い火を点《つ》ける。

「ずぶ濡れになる前で良かったね。もう少しすれば暖かくなると思うから、服もすぐに乾くだろう」

「はい。まさかあんなに良いお天気が一瞬でこんな雨に変わるとは……」

パトリシアは驚いたように窓から外を眺めていた。

とりあえず雨が止むまでは表には出られない。馬には悪いが水浴びだと思って我慢してもらうしかない。


……二人でストーブで燃えている火を見ていたら、ざわついている心が落ち着きを取り戻し、今なら言えると思った。

「――パトリシア、ちょっと聞いて欲しいことがあるんだ」

テーブルを挟んで向かいの椅子に座っていたパトリシアが、はい、と私を見る。

「正直に言ってくれて構わないよ。――パトリシアは、私のことをその、どう思っているだろうか？」

「とても頭が良くてお優しくて、尊敬できる方だと思っておりますが」

「いや、そういう主人に対する模範的回答ではなくて、異性として、というか、恋愛対象や結婚相手としてどう思うかなー、と」

「……は？」

目を見開き、ぽかんと口を開けたパトリシアが、そのまま顔を赤くした。

「えっと、申し訳ありません、私そういった冗談に慣れておりませんので、上手い返し方が分からないのです。からかうのは止めて下さいレオン様」

「冗談じゃないよ。私は、パトリシアが好きなんだ。出来ればこれからもずっと一緒に居たいと思っている」

一気に言い切ると、自分も恥ずかしくなりうつむいてしまった。

パトリシアが絞り出すような声で答えを口にする。

「……私は男爵家の娘です。そして現在使用人として働いている身です」

「それは、遠回しに振られてしまったということなのかな？」

「いえ！　家柄が釣り合わないと申し上げたいだけで、私はっ……」

「私は……？」

「……レオン様が……好きです……」

小さく答えるパトリシアの手をそっと包み込むように握る。

マルタ！　マルタの人生経験はすごいな！

思わず叫び出したいような興奮にかられたが、大事な話はこれからだ。

「……ただね、以前私が誰とも結婚をする気がないと言っていたのを覚えているかい？」

「……はい」

「女性不信なのもあるのだけど、正確には、結婚をする気がない、というよりも結婚をしてもらえると思えないのでそう言っているだけだ」

「……それは、一体どういう……？」

「私はね、役に立たないんだ」

「役に立たない、とは？」

ああ言ってしまった。もう後戻りは出来ないぞレオン。

「夜の生活が出来ない、と言えばいいのかな。女性とそういうことになりそうな状況になっても一切、その、反応しないんだ。パトリシアが来る前のことだけど隣の町の娼館にも何度か足を運んで試してみたが、状況は変わらなかった」

「――それは、レオン様のお命に危険はないのでしょうか？」

「それはないよ。医者には恐らく精神的なものだと言われた。色々あったから、それが原因なのかも知れないけれど、実際に何が影響しているのかは分からない。……でも、ストレスを溜めないようにすれば治ると言われたが、薬もないし、具体的な方法もいつ治るかという話もなかった。先が見えない話なんだ。だから、子供も授かれるか分からない。でも、いきなり治る可能性もない訳じゃない。……ただ、この症状が長引いてさ、子供が作れない年頃になってはい治りましたとか言われてもさ、今さら私にどうしろと？　って感じじゃないかい？　そんな一方的な我慢を相手に強いるなんて、いくら好きだったとしてもしてはいけないことだ。――だからパトリシアにプロポーズをしたいと思っても、これを事前に話さないのはフェアじゃないだろ？　本音を言えば、男として好きな女性の前でこんな話を打ち明けるのは、言葉で言い表せないほど情けないし、穴があったら入ってしまいたいほどだ。だけど、君に伝えなければと思う。これが私なりの誠意なんだ」

　一息にまくし立てるように話す私を、パトリシアは黙ったまま見つめている。

　沈黙に耐え切れなくなった時、パトリシアが少し首を傾げて私に問い掛けた。

「……ええと、私の認識に誤りがなければ、別にレオン様がお菓子を食べられなくなる訳でも、私とお茶を飲んで話せなくなる訳でもなく、明日をも知れぬ病、という訳でもないのですよね？」

「あ、うん、それは全く関係なくて──」

「その上堂々と、家族として一緒に食事も出来て、たまに釣りに行ったりピクニックしたり、一緒のベッドで眠れたりする訳ですよね？　手を繋《つな》いでお買い物に行ったりなんかも出来たり」

「──ああ、まあそういうこと、かな」

　パトリシアは頷くと、ゆっくりと今までで一番美しい微笑みを見せた。

「それならば、私にはご褒美しかないじゃありませんか」

「……私と、結婚して、くれるのかい？」

「はい。……こんな存在感のない地味な私を必要として下さって、本当にありがとうございます。私こそ、一生お傍に置いて頂けますか？」

「でも、でも冷静に考えて？　子供が出来ないかも知れないし、いつになったら治るかも分からないんだよ？」

「正直に申しますと、現在の仕事のことや、実家に何と言えば良いのかなど、不安が全くないと言えば嘘になります。……ですが、お子様に恵まれないご夫婦もいらっしゃいますし、子供がいなければ夫婦で仲良く暮らして行けば良いだけですよね？　浮気の心配もしなくて良いですし、年を取って跡取りがいなくて困ったら、それはその時考えましょう。私は、レオン様がこんな私のことを好きになって下さって、一緒にいたいと思って頂けただけで幸せで死にそうなのに、これまで以上のことも一緒に出来るなんて、一体この喜びをどう伝えれば分かって頂けるのでしょうか」

「パトリシア……」

私は安堵《あんど》の涙がこぼれるのを見せたくなくて、彼女に近づくとぎゅうっと抱き締めた。

「……あの、レオン様、ただ一つだけお願いが」

「何でも言ってくれ」

「レオン様の口に入れるお菓子は、よほどの事情がない限り、私に作らせて頂きたいのです。新しいお菓子も学んで、プロレベルになるまで頑張りますので」

「——どうして？」

「……レオン様がニコニコと幸せそうに食べるお菓子は、私が作ったものだけでありたいからですわ。正直に白状しますと私は以前から、分不相応にも購入していた店のパティシエに嫉妬《しっと》しておりました。……申し訳ありません」

「……」

何だろうか、この可愛い生き物は。

「あと、この際ですから、私もお詫びと言いますか、打ち明けたいことがございます」

「何だい？」

「……マルタ様がいつも苦労して贅肉《ぜいにく》を寄せて下さいましたので、それなりに見えたでしょうが、実はマルタ様のお話では、私の胸はすとーんで私の存在よりもなお大変控えめだそうです。当分ご利用はないかと思いますが、ご不便を先にお詫びしておきます」

「ぶほっっっ」

耐えられずに吹き出した。

「何で笑うんですかもう！　正直に話したのにひどいではありませんか」

「いや、ごめん、本当にごめんよ。不便かどうかは分からないけど、そんなことお詫びしなくていいよ」

パトリシアと出会えて本当に良かった。

この存在が可愛くて仕方がない。そっとパトリシアの頬に手を添える。

パトリシアも何かを察したのか、そっと目を閉じてくれた。震えるパトリシアのまつ毛の一本一本が、神々しくさえ感じられる。愛《いと》おしくてたまらない感情が溢れ出し、自然に唇を重ねる。柔らかくて温かい唇を重ねたまま、そっと私のこの気持ちが上手く伝わるようにと祈る。

唇を離して、そのままパトリシアを腕に閉じ込めるように抱きしめると、パトリシアはその華奢《きゃしゃ》な体をゆったりと私に預けてくる。パトリシアからじわりと体温が私の体にしみこんでくる。

雨音が収まり、光が射《さ》し出した空を眺めながら、私は腕の中の小さな存在を心から大切に感じていた。

◇◇◇

……何と、思いもよらないことが起きた。

この私が、この地味で存在自体が空気のような影の薄い私のことを好きだと、結婚して欲しいと望んでくれる男性が現れたのである。

それだけでも奇跡なのに、相手はずっと思いを寄せていたレオン様だ。正直言って有り得ない、いやどう考えてもおかしい。

でも、レオン様から人生初めてのキスをされた時の感触は今も思い出せてしまうのだ。

あれは雨宿りの際の一時的な気の迷いではないか。そもそも私の願望から来る幻覚だったかも知れない。冷静になって改めて私がそんな考えに至っても仕方がないのではないかと思う。

だが、ピクニックから戻った翌日も休みにしたレオン様は、早々に私の実家に連絡して、婚約の許しをもらいに行くと言って、掃除中の私を連れ出して馬車に押し込んだ。

「レオン様……本当に本心なのですか？」

「――え？　昨日崖から飛び降りるような気持ちで真剣に告白したのに、何そのとぼけた質問は。パトリシア……もしかして私を弄《もてあそ》んだのかい？」

「いえ、その前に弄ぶような関係ではございませんでしたよね？」

「そういえばそうだね」

「……私は男女関係に疎《うと》いのですが、いきなり婚約というお話ではなく、ここは普通、お付き合いから始めるものではありませんか？」

「うん。パトリシアの言いたいことは分かるよ。でもね、良く考えてごらん。私は君を生涯必要としている。君も私のことを好きだと言ってくれて、傍に置いて頂けますかとも言ったよね。これは結婚を承諾してくれたものだと私は判断したのだが違うのかい？」

「あの、ですが結婚というのは人生でも大きなイベントですわ。私とまだ知り合ってそんなに経っておりませんし、婚約してから嫌なところが目に入って破棄に至る、という可能性も慎重に考えて頂きませんと」

「私はパトリシア以外と結婚するつもりはないし、そのまま今日にでも結婚してしまったって良いくらいだが、それはご両親に顔向け出来ないと思ったから、ひとまず婚約という手順を踏んでいるだけだ。私の父は私に興味もないし、結婚したい相手が出来たと伝えても、当主はお前なのだから好きにしなさいと言われただけだ。むしろ私のような出来損ないの男であることが分かっても、好意を抱いてくれたパトリシアには感謝こそすれ、嫌いになるなどあるはずもない」

「出来損ないなどと仰らないで下さい。レオン様は素敵な方です！　それに私にだって沢山ダメなところはありますわ」

「……」

「レオン様？」

「――いや、すまない、昨日のすと－んを思い出してしまって」

顔を背けて肩を震わせているレオン様をぺしぺし叩いた。

「そんな恥ずかしい話を思い出さないで下さい！」

「パトリシアと話した一つ一つの会話を忘れるはずがないだろう。君は私の暗く荒野のような心を照らす唯一の光なんだよ」

レオン様自身が眩しい太陽のような輝きを放っているのに、こんな小さな光で本当に良いのだろうか。

無自覚な殺し文句も私にとっては毎度心を撃ち抜かれるほどのものなのに。

「……本当に、知りませんからね」

私はそう返すことしか出来なかった。でも、そう思ってくれているという事実が、たまらなく私の胸を満たしていた。

◇◇◇

実家に戻ってからの私とレオン様の報告に、両親も弟もいきなりの急展開に呆然としていた。本人ですら唖然《あぜん》呆然だったのだから推して知るべしである。

「ロンダルド家に娘を……ですか？」

「はい。大切なお嬢様を、八歳も年の離れた男に嫁がせる不安は重々承知しておりますが、パトリシアを私の妻にしたいと願っております。是非お許し頂きたいのです」

「――ご存じかと思いますが、私どもは裕福でもない男爵家です。本人さえ承知なら願ってもない良縁かと思いますが、決してお仕事のプラスになるという関係でもございません。……パトリシア、お前はレオン様と人生を共にしたいのかい？」

父の言葉に私は頷いた。

「はい。妻としてこの先支えていければ、と考えています」

黙って聞いていた母がレオン様を見た。

「……あの、レオン様、パトリシアは大切な可愛い私の娘です。ですから親ゆえに率直に申し上げますが、この子は平民だった私と似ていて能天気ですし、マナーに関してもそれなりです。炊事洗濯については恥ずかしくないものは教え込んだと思いますが、我が家と違って伯爵家では役に立つとも思えませんし……おそらく周囲の女性に比べても、かなり地味で目立たないタイプかと思いますわ。レオン様の方がよほど目立つ華やかなお顔立ちをされていると思いますし……一体娘のどこが良かったのでしょうか？」

実の娘だからといって、母もかなり言いたい放題だが、まあそれは私も常々思っていることである。

「時間を共有するのが心地良いと申しますか、自然で落ち着くのです。一緒に過ごすのが当たり前のような感じで、逆にそばにいないと目が追ってしまうと言いますか……あと、彼女のその能天気なところに私はとても……とても救われているんです」

　好きな女性を褒めるべき部分が少し、いやかなり間違っているような気がしなくもないが、曇りのない笑顔に両親も弟も眩しいのか目を細めつつも満足気に頷いた。

「……ほらあなた！　だから言ったじゃないの。周囲がパトリシアのことを『後妻向け』だの『目立たな過ぎて嫁《い》き遅れそう』だの散々言っていたけど、ちゃんと分かってくれる方はきっといらっしゃるって！」

「心配だったけど、これであいつらの言ってることが的外れだって言い返してやれるな！」

「そうだよ！　姉さんは料理も上手いし優しいし気はつくし、レオン様みたいな立派な方は見た目で判断なんてしないんだ！」

　思った以上に周囲の評判を両親も弟も気にしていたようだ。

　当事者である私は、なるほど後妻向けとは的確な評価だなあ、などと思って感心していたのだけれど。

　家族でのいつものやり取りの後、母は改めてレオン様に頭を下げた。

「他の方に何と言われようとも、パトリシアは良く出来た私の自慢の娘です。――レオン様、どうぞ娘をよろしくお願い致します」

「こちらこそお許し下さり感謝致します。きっと幸せにします」

「よし！　こんな良き日には秘蔵のワインコレクションを出さなくてはな！　レオン様、是非お付き合い下さい！」

「はい、喜んで」

「レオン兄さんと呼んでも構いませんか？」

「ああもちろん！　かなり年上で悪いけどね」

何やらすっかり家族と打ち解けてしまったレオン様を眺めながら、

(私を放置してワイワイ盛り上がっているけれど、これでも私、一応メインなのではないのかしらね？)

と少し呆《あき》れていた。……まあこれも私らしいのかしらね。

それよりもレオン様の屈託のない笑顔を見ていると私も嬉しい。

私は何かおつまみになるようなものでも、と母とキッチンへ向かうのだった。

第八章　結婚

四カ月という短い婚約期間の後に、私たちは町の小さな教会で式を挙《あ》げた。

ただ、隠居《いんきょ》しているレオン様のお父様は体調不良という理由で欠席、友人と私の家族、付き合いの深い親族のみというささやかな挙式《きょしき》の様子に、私の両親はかえって申し訳ないとレオン様に謝罪していたが、当のレオン様は全く気にしていなかった。

「私も基本的にあまり人が大勢いる状況が好きではないですし、本当に祝ってくれる人たちさえいれば十分ではないですか？」

と笑って取り合わなかった。

ウェディングドレスについては私の希望通りにさせてもらえた。

あまり大きく肌を露出したくなかったので、胸元から足のくるぶしまでは刺繍《ししゅう》が細かく入った、しっとりとした生地の白のロングドレス。首元から長袖の裾の部分はヴェールと合わせてレース仕立てにした。大人しすぎたかと思ったが、仕上がりは思った以上に上品にまとまっていて、とても嬉《うれ》しかった。

レオン様も「素晴らしく綺麗《きれい》だ」と何度も頷《うなず》いていた。どう考えても、タキシード姿のレオン様の方がよっぽど見目麗しいのだけど。

両親も式の間じゅう何度もハンカチで目元を押さえてるし、弟や友人はひたすら嬉しそうでニコニコとしていて、みんなの顔を見ているうち、私は何だか胸が温かくなった。

あの婚約披露パーティから間もなく結婚式を挙げたロゼッタも妊娠中であるにもかかわらず参加してくれた。

「パトリシアが結婚すると伝えた時の愕然《がくぜん》としたギルモアの顔、パトリシアにも見せてあげたかったわあ」

花粉アレルギーの薬も臨床《りんしょう》が済んでようやく販売が決まったそうで、旦那様にもお世話になったから、と改めて薬を持って来てくれた。

「ロゼッタ姉様ったら、ちゃんと販売されたら購入しますから、こんな高価なものを気軽にポイポイ渡してはダメですわ」

「良いのよー。これから他にも病気で苦しむ人のための薬をいっぱい研究してどかーんと大儲《おおもう》けするんだもの私。これは大切な友だちでもある、これからの顧客《こきゃく》に対するサービスよ」

相変《あいか》わらず小柄《こがら》で少女のような愛らしいロゼッタは、そう言って笑うと小声で囁《ささや》く。

「それにしてもレオン様って、出来る男よね。伴侶《はんりょ》にパトリシアを選んだ時点で私の中では評価が高止まりだわ」

「はい、私もそう思います」

和《なご》やかな雰囲気《ふんいき》で式もその後の会食も終え、私たちはロンダルド家に戻った。

婚約することが決まった際、別宅に住むレオン様のお父様にもご挨拶《あいさつ》に伺ったが、厳《いか》つい顔と体格で威圧感があり、流石《さすが》に元騎士団員《きしだんいん》といった感じのお方であった。

ずっと亡《な》き母のことのみを考えて生きているとは聞いていたが、口調《くちょう》は優し気《げ》で息子をよろしく頼む、と頭を下げた後は、用事は済んだだろといった感じでやんわりと追い返された。

正直、レオン様をないがしろにして、現在も亡き妻の思い出に浸《ひた》るばかりの義父には腹立たしさを覚えるが、そこまで愛されていた義母にも少しばかり羨望を覚える。


エマリアやジョアンナ、そして他のメイド仲間は、最初びっくりしていたものの、皆祝福をしてくれた。

「パトリシアって何というか、一緒にいるだけで癒《い》やされるのよね」

「そうそう。目立たないけど、色々気遣ってくれていたりね。そういうところを旦那様が見ていて下さったのね。旦那様も見る目があるわ」

「本当よねえ」

こんな地味で影の薄い女が玉《たま》の輿《こし》に乗って、と陰口《かげぐち》を叩《たた》かれるのではないかと戦々恐々《せんせんきょうきょう》としていたが、思わぬ歓迎《かんげい》ムードに逆に驚いてしまったほどである。

一番びくびくと報告したマルタ様まで、良くやったと言わんばかりにぎゅうっと抱き締められた。

「おめでとう。将来のメイド長候補がいなくなるのは大変残念ですが、これからはこの屋敷の女主人として、あの恋愛には臆病《おくびょう》なヘタレ、もといレオン様を支えておあげなさい。上司としての対応はこれが最後です。式を終えたら雇用主の配偶者です。もう私をマルタ様と呼ぶのも止《や》めなさい。私も奥様として誠心誠意お仕えします」

「でもマルタ様そんな寂しいこと――」

「お黙りなさい。伯爵《はくしゃく》夫人としてマナーも完璧、気高《けだか》く風格のある立派な女性になるまではこれからもビシビシ鍛えます」

「……まあ、それじゃ今までと変わらないですね。安心しました。ロンダルド家では内心で母とも思って頼りにしておりましたもので」

「まだ嫁《とつ》ぐ可能性がチリほどですが残っている独り身女性ですよ。勝手に母にしないで下さい。それに安心してる場合ではないでしょうパトリシア？　あなたにはまだ足りないものが多々あるのですよ、多々」

「ええ、ごもっともでございます」

◇◇◇

まあそんなこんなで初夜を迎えた訳だけれども、レオン様は諸事情がおありなので、単に一緒のベッドで眠るだけだ。それでも大緊張なのだけど。

「これから、何卒《なにとぞ》よろしくお願い致します」

「こちらこそよろしくね」

軽くついばむようなキスをされて、寝室のベッドで横になる。

レオン様が気持ちよさそうに私の胸に顔をうずめて眠ろうとするので、恥ずかしさのあまり、

「レオン様。私の胸ではクッションにもならないと思います」

と言ったら反論された。ついでに説教もされてしまった。

「パトリシアの匂いは私の癒やしだよ。クッション性があろうがなかろうが関係ないんだ。――あと、いい加減《かげん》にレオン様って言うの止めてくれないかな？　君は私の妻なんだから呼び捨てにしてくれないと悲しいだろう？」

「ええと、すみません、ずっと呼び慣れておりましてつい……頑張ります」

「うん。だから呼んでみて」

「……レオン」

ぱあぁ、と花が咲くような眩《まぶ》しい笑顔を見せるので、その後また私のささやかな胸に顔をうずめるレオン様に何も言えなくなってしまう。


そして翌日から伯爵夫人として暮らせ、と言われても困ってしまい、朝食後メイド服に着替えて、図書室の清掃をしようと用具を取りに行ったらマルタに見つかりこんこんと説教された。

「パトリシア様、清掃は我々メイドの仕事でございます。パトリシア様が担当していた場所も私が

戻りますので、メイド服を返却して下さいませ」

「でもマルタさ——マルタ、いつもしていた作業をこなさないと気持ちが落ち着かないというか、手持ち無沙汰《ぶさた》なのよ」

「それこそ図書室に溢《あふ》れんばかりの蔵書があるのですから、読書で教養を深めたりする時間に充《あ》てればよろしいではありませんか」

「……！」

思わずぽん、と手を叩いた。

そうだわ。私は伯爵夫人としてどこに出ても恥ずかしくない人間にならなくてはいけないのだった。不安からつい慣れた作業に手を出そうとしている場合ではないのよ。

レオン様のためにも早く気品だか風格があるマダムにならなくては。

「ありがとうマルタ、私頑張るわ！」

マルタの手を握ってぶんぶんと振ると、私は大急ぎで図書室に向かう。

さて、教養、教養ね、と本棚のタイトルを眺《なが》めていると、『はじめての閨指南《ねやしなん》』というものが見つかり目が泳ぐ。その右隣には『来客《らいきゃく》もてなし基本集』が並んでいた。何故《なぜ》隣り合わせでこのような並びなのかしら。

(——ここは、当然右の書物を問答無用《もんどうむよう》で取るべきだわ)

分かっている。心では分かっているのだ。

だが、迷った末に抜いた本は『はじめての閨指南』だった。

ぱらりと開くと初《しょ》っ端《ぱな》から裸の男女の絵があり、ぱたりと本を閉じた。

いえ、違うのよ。これも仕入れておかなくてはならない重要な知識なの。今後レオン様が夜の生活が行えるようになった場合、知らないでは済まされないことだわ。

大義名分《たいぎめいぶん》という言い訳を盾《たて》にして、私は改めて本を開く。

（……え？　まあ、これは大きな胸でないと出来な……えっこんな恥ずかしい体勢を？　詰《つ》んだわ。私もう詰んだのね）

絶望を覚えながら先を読み終えると、周囲の本をくまなく調べ始めた。

『いつまでも魅力的であるために～美容とスタイル保持《ほじ》～』という本を見つけて引っ張り出す。目次で『バストアップ』とありこれだ！　と期待を込めて読むと、垂《た》れてしまった胸を筋力トレーニングで引っ張り上げるというような内容で、ガックリして膝《ひざ》をつきそうになった。

胸が貧相《ひんそう》、ということがこんな大問題になるなんて。

（……この本を書いた人は、世の中には胸が垂れることを心配する女性しかいないと思っているんだわ。いいえ私が特殊《とくしゅ》なの？　そんなことはないはずよ。諦《あきら》めないわ私！）

すっかりマナーだの教養だのを深めるという当初の目的を忘れて、必死で胸関連の書物を探し回っているうちに、レオン様がお茶にしようと図書室に現れた。

「……どうしたのパトリシア？　何か探し物かい？　大体どういうのが欲しいか言ってくれたら私も探すよ」

「あ、いいえ、ただ色んな書物を読みたいなあと思って眺めていただけなので、気にしないで下さい」

「うん、君がそう言うなら。じゃあ書斎においで。とびきり香りの良い紅茶を手に入れたんだ。一緒に飲みたいなと思って」

極上《ごくじょう》の笑顔に私もひきつった笑顔で応《こた》えた。

◇◇◇

「いらっしゃいパトリシア。さあ入って入って」

私がロゼッタのもとを訪れたのは図書室で例の本を見つけてから四日後のことだった。

彼女は研究の仕事を心から愛しているため、出産ギリギリまで仕事を休まないと断言《だんげん》しており、忙しくてなかなか時間が取れなかったのだ。

旦那様もそんな彼女に理解を示しており、病《やまい》の根絶《こんぜつ》という信念を持って働くロゼッタを心から尊《そん》敬《けい》しているそうだ。出産後も早く復帰出来るよう家事育児を分担すると張り切ってるとかで、夫婦仲はすこぶる良いらしい。

「ロゼッタ姉様、ごめんなさい無理やりお時間作って頂いて」

「やあね、何を言っているのよ。大好きなパトリシアのためならいつでも時間を作るに決まっているじゃない。……あら深刻そうね？　レオン様と喧嘩《けんか》でもしたの？」

「いいえ、今のところ特に喧嘩らしい喧嘩はしておりませんわ」

客間に通され、お茶を運んでくれたメイドに礼を言うと、私は改めてロゼッタに向き直った。

「――ロゼッタ姉様、ここでの話は絶対に口外《こうがい》しないと約束頂けますか？」

「え？　当たり前よ。友だちの真剣な相談を周りに話すなんて考えたこともないわ。それに私は研究以外の、いわゆる社交で時間を取るのは無駄だと思っていたから、パトリシア以外に親しいとまで言える友人はいないし、仕事場以外はほぼ家にいるんですもの。口だって堅《かた》いと思っているし、それはあなただって分かっているでしょう？」

「はい、もちろん信用しておりますし、理解してはいるのですが……あまりにもプライベートな話になりますもので」

ロゼッタは真顔になり、私の手首を摑《つか》んで視線を走らせる。

「――レオン様が実はムチを使ったりとかロープで縛《しば》るのが好きだったとか、そういう話なの？　パトリシアに傷一つでも負わせてたら何があろうと許さないわよあの男。徹底的《てっていてき》に争うわ」

「ロープ？　あ、いえ！　そういうお話ではないのです」

ムチとかロープでどんな遊びがあるのか分からなかったが、何かレオン様が悪者みたいに思われているようなので慌てて否定する。

「恥ずかしながら、問題は私なのです」

「……パトリシアに問題なんてある訳が――」

「あの！　ロゼッタ姉様……早急に胸が大きくなるような薬はございませんでしょうか？」

「え？　胸？」

「はい。……こちらを見て頂けますか？」

私は図書室から隠し持って来た例の『はじめての閨指南』をそっとバッグから取り出した。

「先日、たまたま、そう、たまったま図書室で発見したのですが、私のようなすとーんな胸では、このような働きはどう足掻《あが》いても物理的に無理なのです。ですから何とかこう、せめてぽよーん、とまではいかなくてもせめてたふん、ぐらいに成り上がるような栄養剤ですとか、そんなものがないかと」

私の差し出した本をふんふんと眺めていたロゼッタは、私の胸元と図解《ずかい》の絵を見比べて、「それはちょっと無理ね」と本を閉じた。

「流石に素材がこれだとダメでしょうか……？」

「いいえ、素材がどうこうって言うかね、ホルモンとか遺伝《いでん》とか様々な要素があって……まあ子供が出来れば勝手に大きくなるわよ。おっぱいあげなきゃいけないもの」

「それでは遅いのです。閨なんて子供が出来る前段階ではないですか」

「だって、はしたない話だけれど初夜なんてとうに済んでいるでしょう？　こんな本の内容なんて千差万別《せんさばんべつ》なんだし。……まさかレオン様が何か文句でも言ったの？　もっとでかくなれとか。暴言《ぼうげん》極まりないわ、やっぱり私がぶん殴《なぐ》ってあの綺麗な顔をボコボコにしてや――」

「違います！　まだ見せたこともないのです。レオン様を悪く言わないで下さい姉様！」

……あ、いけない。

咄嗟《とっさ》に口を押さえたがもう遅い。ロゼッタの眉《まゆ》がみるみる吊《つ》り上がった。

「あの男……仮面《かめん》夫婦だったの？　まさか別に愛人でも囲ってるんじゃないでしょうね？　新婚早々で正妻《せいさい》のパトリシアを蔑《ないがし》ろにするなんて何て卑怯《ひきょう》な男なの！　そんな男さっさと別れなさい！　あなたが不幸になるのなんて見ていられないわ！」

「落ち着いて下さいロゼッタ姉様、お腹《なか》の赤ちゃんに障《さわ》ります。——違うのです。レオン様はそんな方ではありません」

レオン様に対する誤解を早急に解《と》かねばならない。でも……ロゼッタのことは信頼しているが、彼のトラウマにも関わる秘密だ。

私が言いあぐねていると、私の様子を見ていたロゼッタが、腑《ふ》に落ちたような顔で、

「——間違ってたらごめんなさいね。もしかして、やらない、ではなく出来ない、なのかしら？」

ロゼッタは薬の開発をしているだけあって、色んな症状や病気にも詳しかった。私が必死に隠そうとしても無駄なことだったのだ。

妻として私は夫の秘密一つ守れないのか。堪《こら》え切れず涙がこぼれ落ちる。

「パトリシア、大丈夫よ。私は医学を学んでいる人間だし、秘密は決して口外しないわ。それにね、あなたが思っている以上にそういう男性はいるの。心因的《しんいんてき》なものだったり、長年患《わずら》っている病気の弊害《へいがい》だったり、原因は違うのだけど。……私を信じて、話してくれないかしら？」

「ロゼッタ姉様……」

どちらにせよ賢いロゼッタにはバレてしまっているのだ。

私はとうとう観念《かんねん》して内容を大分はしょりはしたが、レオン様の病状を伝えることにした。

「……確実にトラウマ、心因性のものでしょうねえ……難しい問題ね」

話を聞くと、ほう、と息をついたロゼッタは、私に笑い掛けた。

「言いにくい話を無理やり聞き出して悪かったわね。パトリシアもレオン様もお互いにそれを納得して結婚したのだから、それについては何も言うつもりはないの。権利もないし。……ただね、新婚の間はそれでも良いと思うの。でもレオン様にも男性としてのプライドだってある。パトリシアが気遣って何も言わないことで、なおさら心の底では責められているように思わないかしら？　男性は……まあ私の夫もだけど、思ったよりも繊細《せんさい》なのよ。私はそれが心配なのよ」

「……でも、それならどうすれば良いのでしょう？　私には……」

「──分かった。レオン様には悪いけど、もう一度私の仕事、臨床の手助けをお願い出来ないかしら？　花粉アレルギーについては結果的に私の薬が大いに役立ったでしょう？　またお願いしたいと言えば、引き受けて頂けないかしら？　……ああ、パトリシアから聞いた話については一切聞いてないことにするわ。んーそうね……レオン様には私が『現在、即効性の疲労回復《ひろうかいふく》と滋養《じよう》強壮《きようそう》の薬を研究中だが、どうも精力増強《せいりよくぞうきよう》の効能が強過ぎるため、若い男性の協力者を探している』とか何とか言って」

「まあロゼッタ姉様、そんなお薬も研究されているのですか？」

「……え？　ええ、まあね。私みたいな仕事は何でも屋なのよ、病気や症状は無数にあるんだもの。ただ、試験薬《しけん》だし効果は人それぞれだから、花粉アレルギーみたいに効果が出るかは分からないけれど」

ちょっと待ってて、と席を立ったロゼッタは、数分もしないうちに薄いオレンジ色の錠剤《じょうざい》が入った瓶を持って来た。

職場以外にも屋敷の離れに研究室を建てており、そこで個別に新たな研究なども行っていると聞いた。これもその研究の成果の一つなのだろうか。

「これは希少《きしょう》な薬草も入っていて、正直開発費用が高くついているの。だからこの一瓶しか渡せないわ。でも、試してみる価値はあるんじゃないかしら？　ダメ元だもの」

「ロゼッタ姉様！　ですがよろしいのですかこんな貴重なものを？」

「レオン様だっていつまでもそのままでいたいとは思ってないはずよ。これが効くか効かないかは分からないけど、やれることは試すべきだと私は思うの。それでダメなら、のんびり次の手を探しましょう。急《せ》かすのは彼にとっても良くないものね」

「はい！　ロゼッタ姉様、私……本当に姉様と友人で良かったです。こんなに嬉しいことはありません」

「私もあなたという理解者がいることで、人生が豊かになっているわ。お互い様じゃない？」

ロゼッタと抱き合いながら、私はただただこの薬がレオン様の悩みを改善し、憂《うれ》いを払ってくれることを祈っていた。

◇◇◇

屋敷に戻り、夕食後のいつものお茶の時間を過ごしながら、私はレオン様に持ち帰った薬の説明をした。

「ええ、希少な薬草を使っているのでかなりお値段が張るらしいのと、先ほど話した事情で多くの方にも頼めないのと、特に年配《ねんぱい》の方にはお願いしにくいそうなのです」

「……へえ、ロゼッタが？」

「決してレオン様に使ってみたらどうかと聞いちゃダメよ。どなたかレオン様のご友人でそういう試薬などに興味がある方がいないだろうか、と委託されたと伝えなさい。あくまでも雑談中の世間話の一つとしてね。彼が今の状況をそこまで気にしていなければ本当に友人に当たってくれるでしょうし、何とかしたいと思っていたら絶対に自分が使いたいと言うはずよ。……前者なら探して来た友人とやらに薬を渡して構わないわ。パトリシアも気楽にのんびり構えていればいいのだし」

ロゼッタが私に念押《ねんお》ししたように、別に頼めるような方がいなければ姉様に返すだけなので、といった感じで気軽に話をした。

レオン様はそれを聞いて、少し慌てたように食べていたクッキーを飲み込んだ。

「だけどさ、そんな希少な薬を友人に渡しても、ちゃんと定期的に飲んでいるかは確認出来ないだろう？　データを取るのが大事なんだろう？　花粉アレルギーの薬の時みたいにさ」

「ええ、確かに。ですが、それはご友人の報告を信用するしかありませんものね」

「パトリシア――私も最近、パトリシアといられる時間を捻出《ねんしゅつ》したくて、仕事を詰めているせいで疲れやすいんだ。……それ、私が飲むのではダメなのかな？　データもきちんと出せるだろうし」

「まあ、でもレオン様にそこまでお願いする訳には……」

「レ・オ・ン。いいね？　水臭《みずくさ》いなあ、大切な妻の友人の頼みじゃないか。以前のアレルギー薬のお礼だって出来ていないんだし、これで少しは恩返しが出来るんじゃないかと思うんだよ」

「そんな、恩返しなんて」

「彼女のお陰で私の生活は劇的に良くなったんだよ。これで何もしなかったら、私は恩知《おんし》らずじゃないか。――へえ、これがそうなのかい」

薬の瓶を私から摑み取ると、中から一錠取り出して飲んでしまった。

普段の彼からすれば、理由も少々強引なように思う。

私の前では気にしていない素振《そぶ》りを見せていたけれど、やはり新婚で夜の生活のない夫婦、というのが決して正しい在《あ》り方だとは思っていないのだろうか。

……私はレオン様の傍《そば》にいられればそれで幸せなのだけど、それは私に経験がないせいなのだろうか。本心を言えば、このまま男性としての機能が正常に戻ってくれなくても構わないとさえ思っている自分もいる。

優しく思いやりがあり、女性よりも美貌《びぼう》でなおかつ財力のある伯爵。

彼ほど素敵な男性なのだ、結婚することのデメリットと感じている部分がなくなれば当然、スタイルの良い美女は選び放題。地味で平凡《へいぼん》な私なんかより素晴らしい妻となれる女性がいくらでもいるのだ。だけど、もう要らないと言われたら、私は生きていけるのだろうかと目の前が暗くなる。

薬が効けばいいと思う反面、効かなくてもいいと思う自分がいたりして、相変わらず自分勝手だわと思う。

「――アレルギーの薬の時と違って、すぐに変化があるかは分かりませんので、一日一錠服用《ふくよう》して様子を見て下さいね。体調が悪くなるようなら服用を中止して下さい」

「うん、分かったよ。さあ、そろそろ風呂に入って眠ろうか」

「そうですね」

先に私が風呂に入り、寝室で髪の毛を乾かしていると、何やら興奮《こうふん》した様子でレオン様が戻って来た。

「パトリシア！　ねえちょっと聞いておくれよ！　大変なんだ！　流石にロゼッタの薬だけあるね」

子供のようにはしゃぎながらガウンをはだけてアピールされた。

(え？　……あの薬そんなに即効性があるの？)

「あの、しっかり、分かりましたので、恥ずかしいのでガウンを……」

「何を呑気《のんき》なことを言っているのさ。さあ、急いで初夜をやり直さなきゃ！」

「は？　いきなりそんな――」

私を抱き上げたレオン様はベッドに私をそっと下ろすと、ネグリジェのボタンをもどかしそうに外し始めた。

「パトリシア、すまない。正直経験がないので、書物《しょもつ》の知識や友人からの話しか知らないんだ。だから気持ち良く出来るか分からないけど、どうしても君と名実《めいじつ》ともに夫婦として一つになりたいんだ」

「……はい」

結局すとーんな胸はどうにも出来なかったけれど仕方がない。お互いが生まれたままの姿になっているのだしもう隠しようもないわ。

「レオン様、すみませんが明かりを落として下さい」

「ああ、気が利《き》かなくてすまない」

サイドテーブルの明かりだけになってようやく人心地《ひとごこち》がついた。

この人は、本当になんで取るに足らない私のような女を妻にして下さったのだろう。感謝してもしきれなかった。

「――レオン、結婚してくれてありがとう。私の良さを見つけてくれてありがとう。今もこれからも、ずっと心から愛してます」

気がつけば艶《つや》めいた場面には少々場違いのような感謝の言葉が、ついぽろりと出てしまった。考えてみれば、大好きとは言ったことはあっても、気恥ずかしくて愛してると面と向かって伝えたことはなかった。

「……それは私が先に言いたい言葉だったよパトリシア」

「すみません。私ったらムードを壊してしまって……」

「いや、謝るのは私の方だ。パトリシアの言葉に胸が詰まって泣きそうになってしまった。情けない——私も生涯《しょうがい》愛しているよパトリシア」

私の髪を撫《な》でた彼は、声にまで恐ろしく色気を乗せて来るので私はタジタジとなってしまう。

（……でも、胸がなくてもコトはこなせるものなのね……良かった……）

「ねえ、何を考えているのパトリシア？」

私がそんなことを考えながらホッとしていると、目ざとくレオン様が私の目を覗《のぞ》き込んで来た。

「えっと、いえ何でもないです」

「私に隠《かく》し事《ごと》をするなんて、ひどいよパトリシア。私たちは夫婦じゃないか、そうだろう？」

顔を覆《おお》って悲しみを表す彼にアワアワしてしまい、結局図書室で見つけた本の話をして……結果、大爆笑された。納得出来ない。

理不尽《りふじん》だと怒ると、笑い過ぎて涙まで滲《にじ》んだ顔で詫《わ》びられた。

「いやっ、笑ってごめんよ。そんな特殊《とくしゅ》なパターン、やったことすらない人が殆《ほとん》どじゃないかな。パトリシアが純粋《じゅんすい》で素直過ぎて、いつも驚きに満ちているよ。本当に可愛《かわい》い。好き。大好き」

とぎゅっと抱き締められた。惚《ほ》れている弱みで許すしかないではないか。ズルい人だわ。

「——ところでねパトリシア」

「なんでしょう？」

「続きをしても良いかな？」

「え？」

「何だか力が漲《みなぎ》るというかね、高揚《こうよう》が続いている感じでね。まだ全然足りないんだよ。すごいねロゼッタの薬の効能《こうのう》は」

そのまま初めての体験をした後、体力が尽きて気を失うように眠りに落ちた頃には、夜がそろそろ明けようかという空になっていた。


初夜のやり直し後、結局やり直しが四日ばかり延長《えんちょう》され、私は筋肉痛《きんにくつう》がひどくて食事と風呂とトイレ、お茶を飲んでいる時以外は、恥ずかしいことにほぼベッドで過ごす羽目《はめ》になった。

何だか足もがくがくするようで上手《うま》く歩けず、よろよろとしているところをマルタに目撃され、何やら満足気に深く頷くとそのままぽんぽん、と肩を叩かれ立ち去られた。ちょっとぐらいは手助けしてくれても良くはないだろうか。

何度も「様」を付ける度に、「まだ私の愛情が伝わっていないのか」と悲しそうな顔をしてから、極上の笑顔で寝室に向かおうとするので、私も体力的な危険を感じて「レオン」と呼ぶことにためらいがなくなった。

当然、レオンと呼んでも「私の愛情をようやく分かってくれたのか」とほぼ似たような展開に陥《おちい》るのだが。


そして、一週間後、レオンが私を連れてロゼッタ姉様の元を訪れた。

「あの滋養強壮の薬、素晴らしい効き目です。毎日気分爽快《そうかい》ですし、元気に仕事が出来るんです。こちら少ないですが、研究の足しにして頂こうかと思いまして……早く薬局で販売されることを願っております」

レオンが、私から見れば二度見してしまうほどの大金をテーブルに乗せてロゼッタを驚かせていた。

「あの、これは頂けませんわ」

「え？　ですが、薬品の研究というのはお金が掛かるものと聞いておりますが……」

「ええ、それはそうなのです。……ですが、今回は間違いがありまして、受け取りは出来ないのです」

申し訳なさそうに頭を下げたロゼッタは、実はお渡しするものを間違えておりまして、あれは出産後の女性向けのカルシウム補給《ほきゅう》とビタミン補助《ほじょ》の薬でして、と説明した。

「ですから、男性には滋養強壮の効果も疲労回復の効果もないと思うんですのよ」

「で、ですが、そうなると私は――」

言いかけて口ごもる。視線を落としたレオンを見て、ロゼッタ姉様が私に向かってご機嫌《きげん》の時に見せる、三日月《みかづき》のような目の笑顔を見せた。

……姉様、私も騙《だま》したのね。

レオンはと言えば、薬が効いたのでなければ、夜の営《いとな》みが出来たのはどういうことだろうか、と悶々《もんもん》としてしまったようだ。

「――まあカルシウム不足はイライラにも繋《つな》がりますし、ビタミンの不足は日常生活にも悪い影響がありますので、男性でもプラスには働いたと思いますが、一番は、日ごろのお仕事でのストレスが、パトリシアといることで緩和《かんわ》してリラックス出来たからではないでしょうか？　良き妻をめとると、色んな体の不調《ふちょう》も改善すると申しますものね。それがたまたま薬を飲んだ時に変わったような気がしただけではありませんの？」

「そう……なのでしょうか？」

「間違ったお詫びに改めて滋養強壮の薬を試して頂いても良いのですが、そんなにお元気でいらっしゃるなら、必要ないかしら？」

「――ええ、そうですね。薬は大丈夫です。パトリシアがいればこれからも元気だと思いますし。あと、お金は受け取って下さい。これからの研究に役立てて下されば私も嬉しいですし、花粉アレルギーの薬はこれからもお世話になりますから」

夜はもう少し大人しくして頂いても、と内心で反論しつつも、レオンが何か吹っ切れたような笑顔になったことが嬉しかった。

後日、改めてロゼッタの屋敷を一人で訪れ、偽薬《ぎやく》のつもりだったのなら何故言ってくれなかったのですか、と抗議《こうぎ》をした。

「……あら、だって、あなたバカ正直だから嘘《うそ》が下手クソじゃない。隠し事してるとすぐ顔に出るんだもの」

「で、でも私は妻なのですからっ」

「――パトリシアが挙動不審《きょどうふしん》になって、レオン様に『何か隠し事してるんじゃないの？』と言われて頑《かたく》なに嘘をつき通せるのかしら？」

「……」

「『夫婦なんだから何でも話し合おうよ』とか言われたら、するするーっと白状《はくじょう》してしまうに全財《ぜんざい》産賭《さんか》けてもいいわよ」

「う……」

自分でもそんな気がして全く反論が出来ない。

「多分、レオン様は以前ダメだったから、ということでご自身でも無意識に制限をかけていたんじゃないかと思うの」

「制限……」

「そ。前もダメだったから自分のモノは使い物にならない、だから愛するパトリシアともきっとダメだろう、みたいなね。思い込みって案外《あんがい》バカに出来ないものなのよ。足の骨折はとうに完治《かんち》しているって医者が説明しても、まだ治ってないって引きずるように歩いてたり、自分が臭《くさ》いって思い込んで、一日に何回もお風呂に入っても不安がなくならなかったりね。だからレオン様も案外出来ないって思い込んでるだけで、自信さえ取り戻せば何とかなるんじゃないかと思ったのよ。まあ半分賭けだったけれど」

「まあ……」

「結果オーライで良かったけれどね。内心ダメだったらどうしよう、まだ心因性の根本原因《こんぽん》が取り除けていなかったら、とヒヤヒヤしていたわ。でもレオン様を見たでしょう？　薬の助けを借りずに出来たことで、彼の男性としての自信が漲っていたじゃないの」

「……ええ、漲り過ぎですけれど」

◇◇◇

それから、レオンは確かに以前より陽気とさえ言えるぐらいに笑顔も増え、仕事中も意識してつくっていた仏頂面《ぶっちょうづら》もすぐ崩《くず》れて、ふにゃあっといつの間にか微笑《ほほえ》んでいたりするそうだ。

付き合いのある業者は『やはり新婚だからねえ』『あんな美丈夫《びじょうふ》なのに、いつも不機嫌《ふきげん》そうだったロンダルド伯爵を落としたご令嬢《れいじょう》だ、さぞかし美貌だったり淑女《しゅくじょ》なんだろうなあ』などと噂《うわさ》されており、たまに顔を出して挨拶をすると、んんん？　という何とも言えない表情をされてしまう風評被害《ふうひょうひがい》も発生しているのだけど。

その上、レオンが私を見るとより一層《いっそう》笑顔になり、

「私の妻のパトリシアです。ね？　とても可愛いでしょう？　ダメですよ、絶対に誰にも渡しませんからね」

などと妻バカ発言までするので益々《ますます》居たたまれない。

私は大抵《たいてい》の男性は素通《すどお》りしそうな地味で存在感の薄い女なのに、レオンの目はどうしてこんなに

曇《くも》っているのだろうか。

何度も人前で褒《ほ》められるのは恥ずかしいし、周囲にガッカリされるので止めてくれと訴《うった》えているのに、

「何故？　自分の愛するパートナーを皆に自慢《じまん》しつつ、周囲に手を出したら何するか分からないぞと牽制《けんせい》しないと危ないじゃないか」

と聞く耳を持ってくれない。

そして、その拗《こじ》らせた愛情は、私の気配《けはい》まで敏感《びんかん》に察知《さっち》するようになった。これまでとは逆に私の方が気づかないのに、近くでニコニコ彼が微笑んでいたりする。

「……レオンたら、良く私の居所《いどころ》が掴めるわね。以前は私がいたことに驚いて固まっていたぐらいなのに」

「え？　愛する人の存在感って日々増す一方じゃないか。今じゃパトリシアがどこにいるのかなんて、大抵《たいてい》把握《はあく》出来るよ」

褒めて、と言わんばかりの自慢げな顔が憎《にく》たらしい。

そして、そんな台詞《せりふ》に毎回私の心拍数《しんぱくすう》が上がるのも腹立たしい。

空気のような目立たない存在である私を妻に出来たことが「人生最大の功績《こうせき》」とのたまう、一般とかなり異なる価値観《かちかん》を持つ夫だが、せいぜいその功績を失わせぬよう、生涯かけて幸せにしてあげるつもりである。

第九章　頑張る伯爵夫人

私のような庶民に近い男爵《だんしゃく》令嬢が裕福な伯爵《はくしゃく》家に嫁入りしたという玉《たま》の輿《こし》話は、別に全く聞かない訳ではない。ただ、そこまで頻繁《ひんぱん》にある話でもない。

そのため、数少ない社交界で知り合ったような薄い関係の人からは妬《ねた》まれたり疎遠になったりもした。

まあレオンのように、見目麗しくて優しくて思いやりに溢《あふ》れて仕事も出来るだけでなく、自他ともに認める目立たない地味な私に対して驚くほどの一途《いちず》な愛情を注いでくれるような極上で特殊な人はそうはいないので、妬まれても仕方がないとは思う。

本人ですらあり得ない話だと未だに感じるのだから。

……ああ、それと大きな領地と財力があるというのもポイントかも知れないわね。

ただ私はほぼ平民のような男爵家育ちだし、別に贅沢《ぜいたく》がしたい訳でもない。社交が苦手だったので必要性がない装飾品やドレスなどもあまり興味がない。

レオンも散財とは無縁の堅実な性格で、彼が贅沢と言えるものはせいぜいたまに話題の高級スイーツをためらいつつ買うぐらいである。

お互いに普通に暮らせればそれで良いと思っている人間なので、価値観は似通っていると感じる。お金はもちろん大切だが、もし事業に失敗してレオンが借金を背負ったところで、私が一緒に働けば何とか食べては行けるだろうと考えているので、たとえレオンが貧乏伯爵であっても喜んで嫁に来たことだろう。

「そういう君の呑気《のんき》なところが私は大好きだ」

とレオンは言うが、私の良さを認めて心から愛し、必要としてくれる彼を私がどれだけ感謝し、愛しているか彼には分かるまい。私にとって彼は奇跡のような存在なのだ。

そんな彼のためにも、私はこれから妻として心底苦手な社交なども頑張って、彼の支えにならなければならないと気合を入れている。

……のだけれど、なかなか習性というのは治らないものである。

「──そこの後ろのメイド、前に出なさい」

「……はい」

「目を背《そむ》けたところで正体がバレていたら意味がないではありませんか。……パトリシア様、またメイド服を持ち出されましたわね？」

「あの、あのねマルタ、どうしても廊下の窓枠の汚れが気になってね」

「申し付けて下されば私どもがやりますわ。さあ、すぐにお着換え下さい」

「ほおらパトリシア様、だからマルタ様の目を盗むのは難しいってあれほど申し上げたじゃありませんか」

エマリアがやれやれといった感じで私を諭《さと》す。

「……私の気配を消す能力が衰えたのかしら。最近は皆の陰に隠れていても、三回に一回はバレてしまうのよね。人数が多いからイケると思ったのだけれど」

「まあマルタ様ですからね」

「――でもねジョアンナ、厨房《ちゆうぼう》を借りてレオンに差し入れするお菓子を作っても、気がつけばおやつがあったとか驚かれるほどだから、まだまだ力が弱まった訳ではないと思うのよ。何でかしら」

毎回確保されるたびに真剣に悩んでしまう。

私の圧倒的な存在感のなさがレオンに好意を持たれるきっかけになったのに、もしや私にも多少の存在感が出たのでは？　パーソナルエリアに他者の空気を感じるのが不快だと言っていたレオンに負担を掛けてしまうのでは、と考えると不安しかない。

マルタにも後日こそっと相談したのだが、鼻で笑われた。

「パトリシア様、自己肯定感が高まったのは良いことですが、買いかぶりです」

「そうかしら？　でも――」

「存在感が希薄《きはく》なままなのは以前と変わりません。単に働く者が当主の奥様であるパトリシア様の存在を強く認識したため、気づかれやすくなっただけでございます」

「それならそれで良いのかしら？　でも何かしらこの切ない気持ちは」

「パトリシア様はそのふんわりぼんやりした存在感がよろしいのではありませんか。自分にない華《はな》やかさや圧倒的な存在感を持とうとしても意味がありませんわ」

「心のトゲがなかなか抜けないお年頃なのだから、そこはもう少しマイルドな感じで伝えて欲しいのだけれど」

「私はもう刺さった心のトゲすら認識出来ないほど強くたくましくなってしまいましたが、パトリシア様からも似たものを感じますわ」

「まあ、ひどいじゃないの。これでも傷つきやすい小娘なのよ？」

「傷つきやすい小娘が性懲《しょうこ》りもなく何度もメイド姿でメイド長にとっつかまって説教されますか？　打たれ強いネバーマインド精神しかないではありませんか」

「……まあそう言われてしまうとそうかな、と思わないでもないけれど」

「メイド仕事よりもパトリシア様にはもっと大事なお役目があるではありませんか」

「え？」

「近々レオン様とご一緒にワイン工場の見学と、新作のロゼワインのお披露目《ひろめ》パーティーをされるのではなかったでしょうか？」

「あ……」

「窓ガラスをせっせと磨くよりも、マナーを磨いてレオン様の妻としてゲストに対して完璧なおもてなしをして頂きませんと。それに午後からデザイナーとお針子さんが来られて何着かパーティー用のドレスと靴を注文する予定ですから、少しメイクを手直ししなくては。ささ、こちらへ」

「別にそんなに何着もいらないのにねえ。普段は着ないのだからもったいないわよね。メイクだって家の中でそんなにしっかりやらなくても……って、マルタったら」

ずるずると引きずられながら抵抗しようとする私にマルタは笑みを浮かべ、

「……レオン様にいつにもまして綺麗《きれい》な姿をお見せすれば、きっと惚《ほ》れ直されるのではないでしょうかねえ」

などと呟《つぶや》くので、その後は無抵抗になってしまう。

マルタは私の扱いが本当に的確だ。

けれど、目がポロリと落ちて転がってしまうような値段のドレスや靴、バッグなどは貧乏男爵家育ちの私には汚したらどうしようと気になってしまい、パーティーでもレオンと一緒の外出でも心休まらない。

「高い素材を使って、技術のある人が丁寧に作るのだから、必然的に高くなってしまうのは仕方がないだろう？　むしろそこで安く買い叩《たた》くと、デザイナーやお針子さんたちの収入にも影響してしまうから暮らしにくい世の中になるしさ。ゆとりのある家が、適正価格を支払ってお金や商品を流通させるのは、国の経済を回すのにも必要なことなんだと考えないとね」

とレオンは言うし、確かにその通りだとも思うけれど、そういった環境が当たり前でなかった人間にとっては、まだまだ慣れが必要だと思う。

そして、一番困るのは社交だ。

何しろメイド仕事を始めるまでの私は、ほぼ家の中が世界の中心だった訳で、社交界デビューをしてからも最低限の付き合いしかしてこなかった。

レオンは近隣の伯爵家でもかなり領地経営や事業で成功している方なので、パーティーを主催すればそれなりに人数も集まるし、妻である私に対してもお近づきになろうとする人たちが後を絶たない。

それはしょうがないと思うのだが、私がいくら頑張ろうと思っても、どうしても苦手なタイプの人というのはいるのである。

そういう人たちに限ってやたらと私のことを褒《ほ》め称《たた》え、それによってレオン様のご機嫌を取るような人がいるのだが、男女問わずそう言ったタイプの人は押しが強い。

「パトリシア様、もしよろしければ私どもと音楽会へいかがですか？　殿方は仕事のお話ばかりですから、女性は女性同士仲良くさせて頂ければと思うんですの」

「是非ご夫婦で私たちのパーティーにいらっしゃいませんか？」

などとにこやかに誘われると、これがなかなか断りにくい。

何しろ私は基本的に揉《も》め事を起こしたくない性格なのだ。意思を押し通して空気を悪くすることが嫌なのだ。レオンの仕事相手になるかも知れないのでなおさらである。

そんな性格を知っているレオン様が今は緩衝材となり、

「あははは、妻は引っ込み思案《じあん》でして。それに私たちはまだ新婚ですので、二人で色々と出歩きたい時期なのですよ。私から可愛い妻を奪わないで下さい」

と冗談めかして断ってくれるけれど、いつまでも庇《かば》われてばかりの妻でいてはいけないのだ。

「レオン、私もこれから頑張るから、あまり甘やかさないで良いのよ」

と訴えるが、レオンは首を振り、

「あのねパトリシア。私は君がいなかった今までは一人で事業を回して来たんだ。だから分かるけれど、結婚したからって急に気負って何でもやろうと思うと疲れてしまうんだ。それにパトリシアの苦手なタイプって、大概は私も苦手なタイプなんだよ。だから無理して苦手な人と交友する必要はない」

と笑みを浮かべて頬にキスをするのである。

きっと私がまだまだ子供だと思って心配しているのだ。もう十九歳なのに。

だけど結婚して私が一生彼を支えると決めたのだもの。レオンに褒めてもらえるように人との付き合いも上手《うま》くやらなくては。

私は心の中で決意を固めた。


それからは、レオンの仕事仲間の奥様やお嬢様とお茶会に参加したり、美術館に一緒に行ったりと社交に励んだ。

レオンも領地経営だけではなくワイン事業にも忙しい身で、朝外出すると夕食時に戻るのがやっと、という日も多いので、昼間に私が外に出ていてもまず気づかれない。

過保護な彼にあまり心配を掛けたくないので、私が苦手を克服するべく社交に勤《いそ》しんでいることはあえて伝えなかった。

世代も違えば趣味も異なる人たちとそつなく付き合うのは大変だが、話してみたら相性の良い人もいたり、母ぐらいの年齢のマダムと実は作家の好みが一緒だったりと意外な発見もあったりして、しんどいことばかりでもなかった。

（……だけど、やっぱり苦手な人もいるのよねえ）

本日のお茶会の主催者であるイヴ・グレイス侯爵《こうしやく》夫人とその娘マルチナも、私がまだ苦手意識を捨て切れない人たちである。

イヴは四十歳らしいが、ライトブラウンの髪を肩で切りそろえグレイの瞳も魅力的な、どう見ても三十そこそこ、下手すると二十代後半にしか見えないスタイル抜群の美しい人である。少々きつめの顔立ちではあるが、娘のマルチナも十六歳にして母と同様、数年後には縁談が引きも切らぬ状況になるのが予想できる美貌《びぼう》だ。

何故《なぜ》か私は扱いやすいと思われているのか妙に気に入られ、高い頻度《ひんど》でお茶会や買い物などに誘われる。

——ただいかんせんどちらも気が強いというか、言動に圧《あつ》があるように感じていた。

悪気なく思ったことをそのまま口に出してしまうタイプなので、敵を作りやすい人たちではないかと思う。ただ性格はサッパリしており回りくどい嫌味を言うような人たちではないので、慣れれば裏表もなく気楽ではあるだろう。

まあ私が単にグイグイ来る人に気おくれしてしまうところがあるせいだ。

苦手とは言え、レオンのワイン事業の一番の顧客であり、グレイス侯爵領にも商家にかなりのワ

イン を 卸《おろ》す口利きをしてくれていると聞いているので、絶対にむげには出来ない。ロンダルド家より家格も上である。

「まあパトリシア、よく来てくれたわね！」

グレイス侯爵家を訪れると、イヴが笑顔で出迎えてくれた。

「あなたったらまたそんな茶の地味なワンピースなんか着て！　可愛いし若いのだからもっと赤とか黄色とか、明るい色を着れば良いのよ。若い時にしか着られない色というのがあるのよ？　そんなことじゃすぐ老け込むわよ？」

そんなイヴはラメの入った深みのある紫色のシフォンドレスである。

年を取ってもどんな色も着られるとは思うのです、着る人によっては。

「あ、あははっ、まあ落ち着いた色合いが私の好みですもので……申し訳ありません」

腕を取られて庭の方に案内されると、ガーデンテーブルにはレースをふんだんに使った明るいピンクのワンピースを着たマルチナが座っていた。金髪の長い髪をポニーテールにして結んだ赤いリボンが可愛らしい。

「パトリシア様、ごきげんよう！　……もう、先日目が大きく見えるメイクのやり方を教えたのに、今日もいつも通りじゃないですか。ベースは悪くないんですから、ちゃんと気を遣わないと。格好いいレオン様の隣に並んだらかすんじゃいますよー、薄化粧しかしないんですから」

「すみません、これからは気をつけますわ。ほほほ」

パーティーでは服装に合わせてある程度しっかりとメイクをしているのだが、少し息苦しくなってしまうので、あまり濃いメイクをするのは苦手なのだ。

イヴもマルチナも美意識が高いのでしょっちゅうアドバイスをしてくるのはありがたいが、実生活には活用出来ていない。レオンがメイクに含まれる香料も好んではいないのも分かるので、家では最低限のメイクとスキンケアぐらいしかしていない。

「……あら、こちら、初めてお会いする方ですわね？」

今日はイヴとマルチナだけかと思ったら、見慣れない顔の女性がもう一人テーブルに着いていた。

二十代半ばから後半ぐらいだろうか。黒に近いダークブラウンの髪を後ろでひとまとめにしてシンプルにまとめており、細身で紺色の柄のないワンピースを着ている。

イヴやマルチナのように目立つ派手な容貌《ようぼう》ではなく、落ち着いた雰囲気のある女性である。失礼になるかも知れないがかなり私寄りな人で安心感がある。

「はじめまして。私はルーバー子爵《ししゃく》家の娘でリサと申します。……と言ってもご存じないわよね。郊外に領地がありまして、そちらで牧場の管理などをしておりますのよ。まあぶっちゃけてしまうとうちは環境だけは良いド田舎なので酪農には最適なのよ」

ふふふっ、と照れ臭そうに笑うリサ・ルーバー子爵令嬢は、見た目通り飾《かざ》り気《け》のない性格のようだった。

「リサは一人娘で領地の仕事に積極的に関わっているの。事業を大きくするまでは結婚なんて考えてもいないんですって。有能な男性をさっさと捕まえてしまえば楽だと言っているのに、仕事で成果を出すことにやりがいを感じるらしいわ。結婚相手も探さずに、わざわざ苦労したがるなんて、私にはよく分からないわ。最近ではそういう人も結構いるみたいだけれど」

イヴが呆《あき》れたように首を振るが、仕事に熱意を持って生きるなんて素敵ではないか。

「そういう生き方も良いと思いますわ。今は女性も手に職があるのが当たり前な世の中ですものね」

友人のロゼッタだって結婚こそしているが、薬剤の研究を生涯の仕事と決めて日々働いているのだ。

「そう言って下さると嬉しいわ。仲良くして下さいましね」

リサは控えめな笑顔を見せた。

この人とはなかなか気が合いそうだわ。

私もにっこり笑顔を返した。


「あれ？　パトリシア、何だかご機嫌だね」

レオンが視察仕事から戻り、居間でレオンのセーターを編んでいた私を見つけると笑みを浮かべて近寄って来た。私は彼に抱きつくと軽く頬にキスをする。

「ふふふ、ええそうなの。グレイス侯爵夫人から、仲良くなれそうな方を紹介されてね」

「……こら。社交は気疲れするから積極的にやらなくて良いと言っただろう？」

「大丈夫よ。あんまり屋敷の中に籠《こも》ってばかりなのも気が塞《ふさ》ぐものだし。それに最近ではマルタに見つかってしまって、楽しいお掃除もなかなかやらせてもらえないんだもの。いくら好きでも、ずっと読書してるのも肩が凝《こ》るものよ」

「ははっ、まあ油断してるとメイド服を着て他のメイドたちに混じって掃除や洗濯をしている貴族の奥様なんて、マルタでなくても困りものだろ？」

「それはそうなのかも知れないけど……自分が綺麗にした窓や床を見たり、汚れが落ちた洗濯物を干してる時のスカッとした感覚って、本当に気分が良いのよねえ。趣味みたいなものなのよ」

「じゃあ仕事で荒《すさ》んだ私の心も綺麗にして欲しいな」

「ちょっと、レオンってば、何故寝室に向かってるの？　まだ夕食も食べてないのに」

「ん？　遠出して疲れたから少し休みたいなって」

一人で休もうとしない辺り、これはもうお察しである。

私は誰か助けてくれないかと周りを見回すと、近くにいたマルタがすすす、と近寄って来る。良かった。マナー講習とかメイク講座とかで逃げよう。

「マルタ、ちょうど良かっ――」

「レオン様、夕食は少し遅めにした方がよろしいですよね？」

「やっぱりマルタは気が利くね。申し訳ないけど厨房に伝えておいてくれる？」

「かしこまりました」

流れるように一礼すると、レオンに分からないように私に親指を立てた。

違う、違うのよマルタ！　助けが欲しいとは思ったけど、サポートの意図も方向性も全然違うのよ。

レオンに鼻歌を歌いながら引きずられていく私は、マルタに心の中で理不尽な八つ当たりをするのだった。

◇◇◇

リサとは最初の好印象から変わることなく、良い関係を築《きず》けていた。

実際彼女は、私と似た部分が結構あって共感出来ることも多かった。

家で読書するのが好きだったり、着飾ったりするのは目立つから好きではなかったり。

話し方も穏やかで、社交相手に対しても、どちらかと言えば聞き役に徹しているのも好ましい。

本人は謙遜《けんそん》して、

「単に私が教養のない田舎者だとボロを出したくないだけですわ」

と言うが、頭の回転も良く、話題も豊富だ。

リサはルーバー子爵領の牧場の自慢の名産品であるチーズやバター、ミルクにヨーグルトなどをもっと広めたいのだという情熱を持っている。

お父様が事故で足を悪くしたため杖が手放せない状態で頻繁《ひんぱん》には遠出も出来ず、お母様はそのサポートをしているので、一人娘である自分が営業活動をしているのだ、と教えてくれた。

「領地内でも流通しているのだけど、大きな町ではないし住民もこちらみたいに多くはないから、それだけでは頭打ちですものね。別に食べて行くのには困らないけれど、正直言ってうちの工場で作っている商品は、この町で売られているものに引けを取らないぐらいには美味《おい》しいと思っているの。だから他の人にも沢山《たくさん》味わって欲しいの。是非パトリシア様のお宅でもお試し頂けないかしら？　良かったら感想だけでも教えて下さると嬉しいのだけど……」

そう言ってチーズやバターなどをどっさりプレゼントしてくれた。

「まあ、こんなに沢山？　さては我が家の人間を太らせる計画ね」

私もこんな軽口を叩けるぐらいリサとの親交も深まった。

ちなみに、本当にびっくりするぐらい美味しくて、レオンも普段の品と違うことが分かったようだった。

「これはすごくワインと合うね。――ちょっとうちのワインを卸してる飲食店にもいくつか持って行っても良いかな？　上手く行けば取引先が増えるかも知れないよ」

と言ってくれ、実際に数日の間に三軒の店にチーズやミルク、バターを卸してくれることになり、リサと手を取り合って喜んだ。

私の狭かった交友関係が少し広がったことによって、苦手意識を持っていたイヴやマルチナに対しても自分が誤解をしていた部分が多いことも分かって来た。

ある日、リサと私含めて四人で買い物に行った時のことだ。

マルチナが洋服を見たいと言い出して付き合うことになったのだが、イヴは娘が服を選んでいる間に相変わらず私やリサに目立つ色合いの服を勧めて来る。

「自分で地味な好みであるのは分かっているのですが、どうにも派手派手しい色合いが苦手でございまして……」

「パトリシアと同じく、私も落ち着かないんですのよ華やかな服って」

そう言って断ろうとすると、イヴは腰に手を当てため息をついた。

「――パトリシア、それにリサ。あなたたちは腐っても貴族なのよ？」

「イヴ様ったら、まだ腐ってはおりませんわ」

「そこそこ生命反応はあるかと思いますが」

「お黙りなさい」

イヴは私たちを睨《にら》んだ。

「別にね、あなたたちが地味な服が好き、影が薄いのも平気、存在感がなくても何のそのみたいなメンタルなのは分かっているわ。でもね、リサは商売を手広くやろうと思っている、パトリシアは夫のために社交の潤滑油《じゅんかつゆ》になりたいと思っているのよね？」

「もちろんです。我が領のチーズは最高ですもの」

「そのために苦手な社交も頑張っているのです」

「だったら、目立つこと、相手に強い印象を残すこともある意味では大切、ということは理解出来るでしょう？　良いのよ、家ではヨレヨレの寝間着《ねまき》だろうと動きやすいラフな格好であろうと地味な格好だろうと止めないわ。誰も見ないのだし。でも貴族は表舞台に立っている時は、最低限周りに対して体裁《ていさい》を保《たも》たなければいけないの。しかも働いている従業員や付き合いのある仕事相手、これから仕事相手になるかも知れない相手がいる立場としてならばなおさらよ。下の者からも上の相手からも舐《な》められたらいけないの。これは社会常識であり礼儀作法なのです。好きな格好をしたいから、自分が楽だからで済ませたらダメなのよ」

そう静かに言われ私はハッとした。

確かに私は自分が好みではないからと地味で落ち着いた服装を着ていたり、メイクに力を入れることを怠《おこた》り気味だった。レオンが許してくれているのをいいことによしとしてしまっていた部分もある。

だが、逆に言えば相対する相手に「自分はそこまで重要な相手だと思われていない」「軽く見られている」と思わせてしまう可能性もあるのだ。

彼のために頑張らねばと思っていたのに、自分が怠《なま》けているのでは何の意味もないではないか。

イヴが以前から私に地味だの印象が薄いだの覇気《はき》がないだのと散々文句を言いながら、色々と目立つ派手な格好を勧めたり、ヘアメイクも常に気を遣えと言っていたのを私は少々鬱陶《うっとう》しく思っていたが、彼女は私に貴族としての在り方、心構えを教えようとしてくれていたのだ。

「――イヴ様、申し訳ありません。私は生まれながらに地味な容貌ですので、地味なら地味で変に悪目立ちしない格好をすることが、周囲に摩擦《まさつ》を生まず円滑《えんかつ》な関係を築けると思っていたところもございました。ですが、それではいけなかったのですね。何度も教えて下さっていたのに気づけなかった鈍《にぶ》い私をお許し下さい」

私は深々と頭を下げて詫びた。リサも同様に頭を下げる。

「私もほぼパトリシア様と同じような気持ちでした。華がないなら少しでも華が出るよう努力すべきだったのですね……きちんと仕事さえ出来ていれば見た目など問題ない、と考えていた浅はかな自分が恥ずかしいですわ。ご指摘感謝致します」

「分かってくれればいいのよ。……私は口調がきつくなることが多くて、きっと鬱陶しいと思われてるのだろうなと思っていたけれど、どうしても言わずにはいられなくてね。年こそ大分違うけれど、私はあなたたちを大切な友人だと思っているの。二人の、地に足がついた浮ついたところのないところが安心感があってとても好きなのよ。だから、周りからあなたたちが舐められているのは我慢ならないのよ」

私とリサは顔を見合わせた。

「……え？　私たち、舐められているのですか？」

「――やっぱり分かっていなかったのね。まあそういうスルー能力が高いところは大事にするべきかも知れないわね」

イヴは苦笑した。

「まあその話は後にしましょう。だからまずは社交界の荒波を乗り越えて来た私に『武装』としての服と小物のアドバイスをさせなさい。ノーとは言わせないわよ」

「はい、よろしくお願いします！」

「なにとぞご指導お願い致しますわ」

私とリサはイヴに感謝を伝えた。

その日購入したバッグやドレスなどは、今までの自分では絶対選ばなかったダークレッドだったり一部スパンコールが施《ほどこ》されたキラキラしたものも多かったが、そこまでゴテゴテしたものではなく、イヴが私にも似合うようシンプル寄りなデザインのものを選んでくれたことが嬉しかった。

何よりも驚いたのは、この一度の買い物でメイド時代の半年分ぐらいの給料が吹っ飛ぶ金額だったことだ。こんな金額、自分が今まで生きて来た中で使った記憶もない。

……いくら何でもレオンが請求額に驚かないかしらね。散財する妻なんて離婚だ、とか言い出されたらどうしよう。

屋敷に届ける手配を済ませた私が金額を見て内心震えていると、イヴは私を眺めて笑った。

「パトリシアったらどうせ、『こんなに沢山買い物なんてして、旦那様に怒られたらどうしよう』とか思っているのでしょう？」

「まあ、何故分かったのですか？」

「あなたって分かりやすいのよ。根がバカ正直なのねきっと。嘘《うそ》とか言うと挙動がおかしくなるタイプでしょう？　リサも青くなってるもの。あちらはきっと親に驚かれるのではないか戦々恐々、と言ったところかしら」

……マルタと言いロゼッタ姉様と言い、私の周囲は何故こんなに察知能力が高い人ばかりなのかしら。

「でもねパトリシア、旦那様は怒らないと思うわ。大体今までお洒落《しゃれ》に対してお金を掛けてなさすぎなのよあなたもリサも。良い印象を与えるような恰好《かっこう》をして社交をするのは、結果的にあなたたちを守ることにも繋《つな》がるのだから先行投資みたいなものよ。大体ね、今日以外で結婚してから一番高い買い物したのってなあに？」

「ええと……主人とお揃《そろ》いのティーカップです。ミレーユの」

ミレーユの食器は高級品で、金の細かな模様がカップの縁と皿に描かれた繊細《せんさい》な白磁《はくじ》のカップで、ずっと憧れがあった。以前書かれた金額を見て驚いたことがある。私のメイド仕事で得ていたお給料で手を出すのははばかられるお値段だ。

レオンが、結婚したら妻とお揃いのカップが欲しかったんだと言い、

「パトリシアが気に入ったものを選んで欲しい」

と言うので思い切って昔から欲しかったものを選んだが、気軽に買ってくれたのがむしろ怖かった。財力に任せて散財をするような人ではないのだが、

(元々の経済力の差ってあるわよねえ……)

と思うような出来事ではあった。単に私が貧乏性なせいだけど。

「誰が食器の話を聞いてるのよ。今ファッションの話をしてたんでしょうに」

「え？　ああ、結婚してからはまだないですね」

結婚前、パーティーに参加するのに、レオンからドレスやバッグなどを勝手に用意されたことはあったけれど。

「……パトリシア、結婚してもう半年ぐらい？」

「もうすぐ五カ月です」

「それで洋服一つ新調してないの？　流行は常に変わるというのに……全く、お話にならないわね」

「手持ちのもので何とかなっていたもので……深く反省しております」

「ま、パトリシアもリサも、こうなったら私が責任を持って磨き上げるわ。社交の場は戦場なのよ。誰にでもいい顔をする必要はないけれど、ここぞと言う時に武装してるかしてないかでは結果が大きく違うわ。覚悟しなさい」

「心して努力致します」

イヴは私が考えていたよりも私のことを気に入ってくれており、私も彼女の言動が私を思いやってのことだと知って、彼女への苦手意識が霧散《むさん》するのを感じた。

私はまだまだ人間を見る目が養われていないようだ。

◇◇◇

そして私やリサが一部のご婦人やご令嬢から舐められているようだという件についても、後日イヴの家に訪問した際彼女から改めて教えてもらった。

私についてはイチ押しの優良物件だったレオンが結婚したのがあんな存在感ゼロのどうにも冴えない女であったということ、リサに関してはド田舎の子爵令嬢風情が事業者として図々しく華やかな社交場に出入りして、イヴやパトリシアと親しくしているということが主な要因らしい。

イヴは長年社交をこなしているためどこのパーティーでも顔が知られており、美貌で社交性が高く、さらには侯爵夫人という地位でもあるので、親しくなりたい人たちは多い。こんなたまたまレオンと結婚出来たから伯爵夫人になっただけの元男爵令嬢や、地方の子爵令嬢などに幅を利かされてはたまったものではないと思うのであろう。大変理解出来る。

「……リサ様、失礼ですが何か嫌味などは言われたりしてましたか？」

「いいえ、あからさまであれば鈍い私でも流石《さすが》に気づくと思うのですが……」

「まあ冴えなくて存在感がないのは昔からですし今さらですけれど、皆さま表面上は温かく接して下さっていたので気がつきませんでしたわ」

「私も田舎者なのは事実ですし、反論の余地もございませんわね」

「どちらにせよ、事実を表立って言わないで下さるだけマシかも知れませんね」

「そうですわよね。お互いにもっと頑張りませんと」

「本当にそうですね」

うふふふふ、と二人して笑っていたら、マルチナに呆れられた。

「ちょっと母様、パトリシアもリサも少し鈍感過ぎるわ。気にし過ぎなのも良くないけれど、全く気にしてないのもどうかと思うの」

「私は二人のそういうある種の図太さと健《すこ》やかな精神力、単純でお人好しなところも好きなのだけどね。でも嫌味を言われても気づかないというのは問題よねえ」

すっかり私たちの社交術の先生になったイヴとマルチナだが、私もリサも能天気過ぎることがダメらしい。しょぼん。

「私たちもいつも一緒にいられる訳じゃないから、二人とも周囲に常にアンテナを張るようにする努力はしなさいね。でないといつまで経《た》っても察知出来ないわよ？」

「「はい頑張ります！」」

「ぽややあん、としてるくせに返事だけは良いのよね、返事だけは」

イヴはお茶を飲みながらふう、と悩まし気な顔を見せていた。

◇◇◇

それから少し経ち、イヴやマルチナからのファッションのダメ出しも減ってヘアメイクなどを褒められることも増えて来た頃、私とリサはカーラ・バーンズ侯爵令嬢からファッションショーの誘いを受けた。

カーラは二十二歳。ピンクブロンドのセミロングヘアが良く似合う、美人というよりも童顔系の幼い顔立ちの女性である。ファッションセンスも良く、自身の見た目を意識しているのか少女っぽさを残したコケティッシュな服装が多い。仕草も可愛らしいし、華奢《きゃしゃ》な体つきも庇護欲《ひごよく》を誘う。

――ようは確実に男性にモテるタイプの女性である。

私とリサは、早速イヴに報告した。

「へえ、カーラからねえ……あの子、見た目にこだわらない女は嫌いと聞いていたから、パトリシアやリサのことは最初から興味がない感じだったのに……」

「私もカーラ様の周囲はいつも賑《にぎ》やかですし、交友関係も華やかな方々ばかりだったので遠慮していたと言うか、気が引けてしまってろくにお話をしたこともないのですけれど……もしかしたら、イヴ様の特訓の甲斐《かい》があって、少しは彼女にも意識されるレベルに到達したのではないでしょうか？」

私が少し興奮したように告げると、リサはそれだわ！　と手を叩いた。

「だって、私なんて男性からも女性からも挨拶《あいさつ》ぐらいでまともに話し掛けられたこともないのよ？でもほら、イヴ様に合格点を頂いた格好で何度かパトリシアとパーティーに参加したら、男性から褒めて頂いたりすることもあったじゃない！　この私がよ？　これはものすごい成長だと思うの」

「そうですよね？　まあご年配の方が多かったですけれど、似合うとか可愛らしいとか言って頂いたことも一度や二度ではありませんものね？　お二方のご指導の賜物で、何とか私たちも人並みの存在感を！」

「そんなもの一生縁がないと思っていたのに……何て素晴らしいことかしら……イヴ様、いえ、イヴ先生とマルチナ先生には一生頭が上がりませんわね！　一生師と仰《あお》いで行かなくては」

涙ぐみながらお礼を言う私たちをやれやれという目で見つめていたイヴとマルチナだったが、私だって諦めてはいたものの、出来ることなら多少なりとも存在感は欲しかったのである。これは元から目立つ人には分からないだろう。

だが、抱き合って喜ぶ私たちに隠れ、彼女たちが小声で、

「……母様、パトリシア様たちってメンタルがバカみたいに強いクセに、自己肯定感が低過ぎるわよね」

「マルチナ、そのアンバランスなところも私の好きなところなのよ。それにメンタル強くて自己肯定感も強い圧倒的な勝ち組は、こんな癒《い》やし系にはならないでしょう？」

「確かにそうね。打たれ強いのに守ってあげたい感じがするのはそのせいかしら？　……でも、そういうところが好ましいと思うのだけど」

「奇遇ね。私も同じ気持ちだわ。親子ねえ」

などと囁《ささや》いていることに気づくことはなかった。


カーラと彼女と懇意《こんい》にしている友人二人を加え、五人で向かったファッションショーは、思っていた以上に楽しめた。私もお洒落に少し興味が出て来たせいかも知れない。

本日の外出着であるクリームイエローのレースの白襟がついたワンピースと同色の帽子を、とても似合ってて素敵だわ、と皆から口々に褒めてもらえたのも嬉しかった。

ファッションショーは秋冬もので、まだ暑い日も残る中だったが今後のお洒落に思いをはせられるのは気分が上がる。

（あのストールには少し暗めのブラウスの方が映《は》えるわね）

（あんな編み込みのアレンジもあったのね。今度マルタにやってもらおう）

などと考えながら横を見ると、リサも目を輝かせてステージに魅入《みい》っていた。

やっぱり、私もまだ若い女性なのだし、どうせ変わらないのだからと諦めていないで積極的にチャレンジするべきだったのね。

「目の保養になったわね。それじゃ、お茶でも頂いてから帰りましょうか」

ショーが終わってカーラが私たちに笑顔を見せる。

この人も見た目が華やかで顔立ちの愛らしさの割りにキツい印象を受けていたが、イヴ様のように優しい方なのかも知れない。私もまだまだ人を見る目が足りないわね。反省しなきゃ。

近くにあるお洒落なカフェに入って雑談を交わしていると、カーラがふと思い出したように告げた。

「――そう言えばリサ様、最近いろいろと評判を聞いておりますわ。お仕事の方、順調なんですって？」

「あ、ええそうなんですの！　ルーバー牧場のチーズやバター、牛や豚肉などの製品ですが、パトリシア様が宣伝して下さるお陰で納入先が増えたのです。ご主人様の繋がりでレストランやバーなどにも何店か卸せることが決まっただけでもありがたいのに、菓子店からも声を掛けて頂きまして……本当にパトリシア様には感謝してもしきれませんわ」

ニコニコと嬉しそうに語るリサだったが、私はいくら親しい人でもまずいモノを堂々と他人に薦《すす》められるほど図々しい人間ではない。彼女たちが努力して美味しい商品を作っているからである。

実家でも特に母がいたく気に入っており、定期的に買いたがり、実家近くの町で小売店と契約するようリサをせっついている。

「私も先日の試食パーティーでいくつか頂きましたけれど、どれも美味しかったですわ。特にチーズケーキが濃厚で味わい深かったわ。あとローストビーフも」

リサは定期的に貴族や業者相手に試食のための立食パーティーを開催しており、参加者の評判も上々である。

中にはまとめて購入したいから屋敷に届けてくれないか、などという話もあり、個人への宅配業にも手を出すべきかも知れない、と悩んでいたりもしている。

「……でも、ルーバー領はここから馬車で片道四時間ぐらいは掛かりますわよね？　商品の運搬も何度も往復するとコストが高くつきますし、その分お値段にも影響してしまわないかしら？」

カーラの疑問にリサも顔を曇らせる。

「そうなのです。出来るだけ多くの方にうちの商品を買って頂きたいのですけれど、どうしても輸送費や雇っている人員の経費の兼ね合いもございまして……今はそこが頭を悩ませているところですわ。往復するだけでも半日がかりですから、追加の品があっても運送業者に連絡したらもう便が出発していて頼めずに翌日回しになる、ということもざらですの。お客様の注文にすぐお応え出来るよう、この町で大きな地下室か冷蔵機能のついた倉庫を借りたいと考えているのですが、なかなか思ったような物件がなくて……」

扱っているのが食品なので、基本低温で保存しないとすぐ悪くなってしまう。冬場はともかく、夏場などは特に傷《いた》みやすくなるので、保管場所にも気を遣うのだという。

「――実はね、うちの領地に最近閉業した小さなレストランがあるのだけど、そこはどうかしらと思って。ワインの品ぞろえが多くて長年人気があったのだけど、お孫さんの持病の関係で、もっと空気の良い田舎の方に引っ越したのよ」

地下にレストランよりも大きなワイン貯蔵庫もあり、常に十三度から十五度ぐらいに保《たも》たれているし、チーズやミルクなどの保管に最適なのではないか、と続ける。

「まあお肉なんかは冷蔵庫を別途置いても良いと思うけれど、厨房の裏手には従業員の休憩室やオーナールームもあって、食材の保管庫も大きくはないけど別途ついているわ。築年数はそれなりに経ってるけど結構綺麗よ。町の中心地から十五分ぐらい歩くけど、悪くない物件じゃないかしら？初めて店をやろうとするにはちょっと大き過ぎるせいか、半年近く借り手がつかないから困っていたのだけど、地下倉庫をメインで使うのならばお勧め出来ると思うの」

「とても魅力的な提案ですわね。──そちらはちなみに賃料はいかほどでしょうか？」

リサがカーラと話をしているのをぼんやりと眺めながら、私は私で自分の思いにふけっていた。

……ああ、そうか小売店に卸すのではなく、リサが直接小売店を営めば解決するんだわ、だってあんなに美味しいんだもの。お客さんだって沢山来るはずよね、母様だって片道二〜三十分程度なら普通に毎日買い物へ行くくし。私も出来るだけサポートしなくちゃね。

レオンも友人のためだし許してくれるわよね。あ、ロゼッタ姉様も赤ちゃんのお世話で大変だと言っていたし、差し入れしようかしら。チーズやミルクは栄養満点だものね……。

「──パトリシア？　ねえパトリシアったら」

「え？　ああごめんなさい、ぼーっとしてしまって」

リサから肩を叩かれて夢想から現実に戻る。

お喋《しゃべ》りに対応するだけで、気がつけば名前もよく覚えられなかったカーラのご友人二人は、買い物の予定があるとかで既にカフェから姿を消していた。

リサはカーラのレストランの賃料が予算内だったとのことで、ここから近いらしいから帰りがけに見に行く話になったという。

「良かったらパトリシア様もおいでにならない？　リサ様も事業主とは言え一人で決めるのは不安かも知れないし、他の人の意見も参考にした方が良いと思うの」

カーラが笑顔で私を見る。

「ですが商売には素人《しろうと》ですからお邪魔になるでしょうし、私の意見など参考にはなりませんわ。それにそろそろ戻りませんと夫が仕事から帰って来てしまいますわ」

「ねえパトリシア、少しでいいの。良かったら一緒に見てもらえないかしら？　私は地元の人間ではないから、周囲の環境もよく分からないし、一人で全部の良し悪しを判断するにはやはりまだ不安もあるのよ。ちゃんと家まで送るから、お願い」

年上の彼女に頼られてしまうと、私も強くは言えない。

「――分かったわ。それじゃ少しだけね」

「ありがとう！　助かったわ」

私はカフェを出て、夕焼けの町の中を彼女たちに付いて行くのだった。

◇◇◇

「まあ、素敵じゃない！」

「確かに少し古いけれど、内装に手を入れて商品を売ったり、宣伝代わりに使える可愛らしいカフェも出来そうよね。うちの商品を使ったパンケーキとかサンドイッチとか食べてもらったりするのも効果がありそうだわ」

「どう？　結構良いでしょう？」

カーラに案内されたのは、築二十年ほどは経っている、レストランだった気配の残る建物だった。

確かに古いけれど、石造りで建物自体はまだまだしっかりしているように思える。

「厨房のオーブンなんかも掃除すれば使えるし、倉庫用の小部屋も必要でなければ仮眠室とか事務室に改造も出来ると思うの。ここは従業員の着替えや休憩するところね」

カーラが案内していくところ全てが色々な想像をかきたてられて、私もリサも興奮が収まらない。

「あとは、地下室だけど……電気は止まっているからランプを使わないとね」

棚に掛かっているランプを取り、引き出しから取り出したマッチで火を点《つ》けるとリサに一つ渡し、カーラが一つ持つ。何度か希望者を案内したので明かりの用意はしているんだとか。

「足元に気をつけてね」

カーラの先導で石畳みの階段を下りると、ガッシリとした厚みのある木製の大きな扉を開く。中にはワインセラーだった時の名残である樽《たる》や棚などが残っていたが、上のレストランの二倍ぐらいの広さはありそうだ。地下も頑丈《がんじょう》な石造りになっており、夏場だというのにかなり肌寒い。商品の貯蔵にはうってつけではなかろうか。

「壁には大きな棚も作り付けてあるから、商品を整理して保管するのに使えるのじゃないかしら？……ああ、もちろんワイン樽なんかは邪魔だろうから撤去して頂く必要はあるけれど。でも町でもここまで大きな地下室のあるレストランは少ないし、さっきお伝えした賃料はかなりお得だと思ってるの。空き家のままにしておくのはもったいないし、もし借りて下さると助かるわ」

「……確かに広さも理想的だわ。これなら何度も領地から運ばなくても一度沢山持って来て保管しておけるものね。この棚も頑丈そうだし、割と重たいものでもいけそうよね……」

リサはあちこちをランプで照らしては夢中でチェックしている。

「……それにしても冷えるわねここ。街の方にあるお店で温かい飲み物でも買って来るから少し待ってて下さるかしら？　すぐ戻るわ」

カーラがそう言って扉へ引き返した。彼女は薄手の半袖のワンピースだったし、この地下室の寒さはこたえるのだろう。

私たちは飲み物を待ちながら隅々《すみずみ》まで調べたが、私と同じようにリサも何度も頷《うなず》いていたぐらいなので、理想的な物件だったのではないかと感じる。

「……私、ここを借りたいと思うの。パトリシアはどう思う？」

リサが私を見てそう尋ねる。

「そうね。町の外れに近いとは言え、大きな通り沿いだし、荷物の運搬《うんぱん》もこれなら楽だと思うわ。それに、倉庫は大きいし、何と言ってもレストラン部分が魅力的よね」

「あなたもそう思う？　私も、店舗として改装すれば牧場で扱っている商品以外の産地品なんかも売れるんじゃないかと思うし、ケーキみたいなお菓子以外にもシチューとか食事を出すお店にも出来たらいいなと思っているの。ここを見てたら何だか夢が広がってしまって……」

「分かるわあ。私の屋敷からもそんなに遠くないし、リサが忙しくても私の方から買い物ついでに会いに来られるっていうのも利点ね。……あ、沢山買うから少しはオマケしてくれると嬉しいわ。ふふふっ」

「もちろんよ。……それにしてもカーラ様、まだかしらね？　もう十五分ぐらいは経っていると思うけれど……興奮が収まって来たら私も体が冷えて来たわ」

「あら、言われてみたらそうね」

だが、それからさらに十分ほど待っても戻って来る気配はない。

「どうしたのかしら？　――でも冷えるし、ここで待っててもレストランの方で待ってても一緒よね？　上で待ちましょうよ」

私が提案し扉の方に戻ったが、鍵が掛かっている様子はないのに何故か扉が開かない。

「古い建物だから建付けが悪くなってるのかしら」

「私も手伝うわ」

リサも近くの台にランプを置いて一緒に押してみるがびくともしない。

「困ったわね。早くカーラ様戻って来ないかしら」

ドンドンドン、と扉を叩き、すみませーん誰かいませんかー、と大きな声を上げるが何しろ地下室だ。誰かがやって来る気配すらない。

カーラが戻って来るのを待っていたが、三十分経っても誰かが来る気配はなかった。ここでようやく私たちは閉じ込められたのではないか、という考えに至った。

「だけど、カーラ様は悪意を持っているようには思えなかったけれど、こんな意地悪なことをするかしら？」

私は首を捻《ひね》る。

「そうよねえ。私は彼女に嫌味を言われるどころか、今日までまともに会話したこともなかったし」

「私だってそうよ。今日だってとても親切だったじゃない」

そうは言ったものの、何がきっかけで悪意を持たれるかは分からない。色々な想像をお互い出し合ったが、結論は「分からない」であった。

「……レオンが心配するわね」

何しろ屋敷に帰って来ると、真っ先に私に抱きついて幸せを補充しようとするような人である。私が屋敷にいないと分かれば必死に探してくれるとは思うが、私がここにいるなんて想像すらしていないだろう。

「ごめんなさい。私が誘ったばっかりにこんな目に遭わせてしまって……」

リサが目に涙を浮かべている。

「別にリサのせいじゃないわよ。大体リサだけじゃなくて、私のことだって気に入らなかったのかも知れないわ。目的は私たち二人なのかも」

「そうね。……でもね、善人ぶるわけじゃないけれど、カーラもあれだけ熱心に説明してくれていたのだし、理由はどうあれ私にこの店を貸したいと思っていたのは間違いないと思うのよね。だから何故閉じ込められたのか不思議で仕方がないの。わざわざこんな面倒な真似《まね》をしてまで閉じ込めても意味ないと思わない？　イヴ様には私たちがカーラと会うことは伝えてあるのだし、普通は家族や友人に外出先を伝えているでしょう？　万が一私たちに何かがあれば真っ先に疑われるじゃない？　彼女はそんなに頭が悪いようにも思えないのよね」

「縁起でもないこと言わないで……でも、言われてみればそうよねえ」

私は呟く。

「理由はまだ分からないけど、現に閉じ込められてしまっているのは事実だし、私がそれよりも心配しているのはね……」

ランプの油が残り少ないのだとリサが言う。

「――私ね、子供の頃に真っ暗な中トイレに行こうとして、階段から転がり落ちて骨折したことがあってね、恥ずかしい話それからずっと暗闇が怖いの。トラウマみたいなものね。夜もベッドサイドの明かりを点けたままでないと眠れないのよ。だからランプが消えたらと思うと今から不安で震えが止まらないの」

「まあ……」

ランプを見ると本当に油はほぼ無くなっており、心なしか火も弱まっているような気がする。

近くに小さなテーブルと丸椅子が置いてあったので、椅子を並べるようにしてリサと一緒に腰を下ろした。体が冷えているのもあったが、隣に誰かいると感じることで不安が軽減するのではないかと思ったからだ。

それからさほど時間が掛からず、ランプの火がふっと消えた。地下では他の明かりが入り込まないので、視界が全く利かない。目を開いてても閉じてても同じ状況だ。

「ひっ！」

息を飲むようなリサの小さな悲鳴が聞こえ、私は手探りで彼女の手を強く握る。

「リサ、私が隣にいるわ。ほらずっと手を握っていればお互いが分かるでしょ？　少しは不安もやわらがないかしら？」

「ごっ、ごめんなさいねパトリシア。まったく二十六歳にもなって自分が情けないわ」

震える手で私の手を握りしめてリサは詫びる。

「誰にだって苦手なものはあるわ。年齢なんて関係ないわよ。私だって足のない生き物と足のたくさんある生き物はダメだもの」

「――虫関係ってことね」

「そう。特にキッチンで走り回っている黒い子とか悲鳴が上がっちゃうわ。実家の屋敷が古くて壁に隙間《すきま》が出来てて、夏場になると時々出て来るので大変だったのよ」

「……パトリシアはそういうの冷静に処理しそうだけど」

少し笑みを感じる声のリサに私も笑った。

「処理って殺しちゃうってことでしょ？　確かに嫌いだけど、それだけの理由で襲っても来ないのにこちらから命を奪うっていうのは抵抗あるじゃないの。姿さえ見せないでくれれば良いんだし。リサは平気？」

「私は田舎者だって言ってるでしょ？　虫なんてしょっちゅう屋敷に入って来るんだから。母が以前ムカデに刺されて腕がすごく腫れ上がって高熱が出たものだから、屋敷に侵入した虫は私が退治することになってたの。虫叩きの扱いも手慣れたものよ」

「尊敬するわ」

扉が開かないと言ってた頃からもう一時間はここにいるだろうか。

改めて扉を叩き、声を上げたが外は物音一つしない。

リサと手を繋いだまま再び椅子に座る。

「黙っていると何だか不安になっちゃうから、何でも良いから話してましょうよ」

「そうね」

そう言ってから少しリサが沈黙し、あのね、と続けた。

「──暗くて顔が見えないから言ってしまうけど、私、本音を言うとずっとあなたに嫉妬のような感情があったの。羨《うらや》ましかったと言い換えてもいいかしらね」

「……私に？　地味な上に胸がすとーんの私に？　リサの方がむしろ羨ましい胸を持っていると思

うのだけど」

「胸じゃないわよ。……実はね、レオン──パトリシアの旦那様と学院の同級生だったのよ私」

「え？　そうなの？」

「クラスは隣だったけどね。その頃はレオンって驚くほど顔は良いけど無口だし仏頂面《ぶっちょうづら》で、孤高の人って感じでね、周囲の人間と距離を置いていたの。声を掛けられたら返すけど自分からは話し掛けないみたいな。私はその頃からパトリシアじゃないけど地味で目立たない、勉強ばかりしている大人しい女だったから、彼みたいな見た目が派手派手しい人は苦手だったわ。子供の頃そういう子にからかわれたりもしてたから余計かも知れないけど」

──まあ彼なりの苦労があったのだけどね。

「でも……レオンは一人でも平気っていうか、可愛い同級生からの誘いみたいなのも全然興味がない感じで断るし、テストでも常にトップスリーに入るぐらい頭が良いし、何か芯が通っているように思えて勝手に憧れている部分もあったのよ。まあ淡いものだったけど。私みたいな女とどうこうなるとは思ってなかったし」

「リサとレオンにそんな接点があったなんて驚いたわ。──でもそれならレオンと会いたがらなかったのは何故？　仕事を紹介してくれたレオンに対して御礼状とお土産を渡すだけで済ませるのは、普段の礼儀を重んじるあなたからは少し違和感のある行動だったわ。私の夫だから変に誤解されないよう気を遣ったのかなとも考えたけど、同級生だったのならなおさら顔を合わせた方が仕事を得やすかったかも知れないじゃないの」

「……自分でも勝手なんだけど、変に拗《こじ》らせてしまって。って言うかね、ぶっちゃけてしまうと嫉妬していたのよ。私は目立たないし華やかな美人でもない、どこにでもいるような凡人《ぼんじん》で、だからこそレオンと親しくなれる訳がないし、そんな資格がないと思っていたの。でもレオンが結婚した、しかも相手は大人しい感じのすごく目立たない感じの男爵令嬢だって聞いて、ズルいじゃない、って思ってしまったのねパトリシアのことを。私と同じように目立たない存在だっていうのに、レオンの心を射止《いと》められるなんて、って。理不尽よねパトリシアからしてみれば」

「いいえ、私も不思議だったもの。あんなに目に優しくない美貌の男性って、ご縁なんてないと思っていたもから。そもそも幼馴染《おさななじ》みの男性から印象が薄すぎて存在感がない、女性として認識出来ないって言われたのよ私。だから結婚そのものも諦めてたの」

「まあ！　気遣いの出来ない男だったのねその男。——でまあ、仕事を広げたいって考えていたこともあってこっちに来たんだけど、どうせならそのレオンの妻って人に会ってみたいって興味が湧《わ》いたの。で……気を悪くしないでね？　もしその妻って人が大したことない人だったら、憧れていたレオンもその程度の人だったのね、って気分がスッとするんじゃないかと思って。可能だったら軽い嫌味の一つも言ってやりたいわなんて思っていた部分もあったのよ」

「まあ、そうだったの」

「——でもね、最初はそんな邪《よこしま》な理由だったのだけど、パトリシア、あなたって良い人なんだもの。付き合えば付き合うほど味があるって言うのかしら、居心地が良いのよ。レオンがあなたを選んだのも分かるわ。全部ゆったり受け入れてくれるような優しさを感じるのよね。こんな倉庫の見学も呑気にひょいひょい付いて来てくれるような人だし？　それで一緒に閉じ込められる羽目になってしまったものね」

リサはクスクスと笑った。

「リサ、私を褒めているようで考えなしのおバカと言ってない？」

「いいえ。そんな打算的でないところが好きなのよ。――だから、今回弱みを見せてしまったついでだからと全部打ち明けることにしたの。最初はとても失礼なことを考えての出会いだったけど、パトリシアとは長く付き合って行きたいから隠し事をしたくなかった。本当に申し訳なかったわ……こんな私だけど、改めて仲良くして頂くことは可能かしら？」

私はぽかんと口を開けた。

「……今も仲良しだと思っていたのだけれど、改める必要あるの？」

「え？　だけど、私はあなたが大したことのない女だったら嫌がらせをしてたかも知れない、自己中で恨《うら》みがましい性格だと白状《はくじょう》したのよ？」

「いや、でも嫌がらせされてないし、今は大したことない女とは思ってないのでしょ？」

「もちろんそれはそうだけど……」

「リサも白状したなら私も白状しようかしら――私はずっと気にしないようにしていたけど、存在感がないのって皆が考えてるよりもダメージがあってね。特に子供の頃なんて、友だちとかくれんぼして皆に忘れられたりしてそのまま帰られたこともあったし、仲良しだと思っていた子の誕生日パーティーに自分だけ声を掛けられなかったこともあった。悪気がなかったからこそ悲しかったし、隠れて泣いたこともあったわ」

「……分かるわその気持ち」

「ありがとう。……で、そういうことが何度もあると諦めがついてしまって、寂しくはあっても仕方がないと思っていたの。それが自分なんだって。だけどレオンは、そういうところが居心地が良いって言ってくれたの。自分を認めてくれる人がいるってこんなに嬉しいことなんだって感じたわ。イヴ様やマルチナ様もこんな私を認めてくれて、好意を持ってくれていた。リサだって私を頼って見学に誘ってくれた。私に存在価値があると認めてくれている訳でしょう？　それって私には他人が考えるより重要なことなのよ」

「パトリシア……」

「私はリサが好きだわ。リサも私と仲良くしたいと思っている。それでいいじゃない？　今まで通り仲良くしましょうよ」

「ありがとうパトリシア！　ついでに言うと胸なんて子供が産まれたら嫌でも大きくなるわよ、結構気にしてるようだけど。ブラウスだって胸で選ばないとならないから不便だし、うつ伏せで寝るのも苦しいんだから」

「……分かってないのね。胸のない人間はそういう苦労も味わってみたいものなのよ」

「贅沢ねえ」

クックック、と笑いを我慢しているリサの手は暗闇のままでも震えが収まっていて、私は安心する。

それにしても、流石にここで一夜明かすのは勘弁して欲しい、と思って再度扉を叩こうかと思っていると、天井《てんじょう》の方から音が聞こえた。

「――リサ、今物音が聞こえなかった？」

「ええ。あれ足音じゃないかしら？」

複数の足音が地下に向かって来る。

「パトリシア、ここにいるのかっ？」

「レオン？　レオンなの？」

扉が開くと、顔中汗だくで前髪を額に張り付けたようなレオンと屋敷のランプを持った庭師と執《しっ》事《じ》が立っており、レオンは私を見てホッとしたように抱きしめてきた。

「良かった……あぁ、こんなに体が冷え切ってるじゃないか！　早く家に帰ろう」

そう言うと、横に立っていたリサに目をやり、目を見開いた。

「……あれ？　君はリサじゃないか？　覚えてないかな、あまり話をしたこともなかったし――ほら私だ、同じ学院にいたレオン・ロンダルドだ。そうか、書類では名前を見ていたけどリサ・ルーバーって君のことだったのか……リサって名前は多いから気づかなかったよ。家名は失念していたし」

リサも逆に驚いている様子だ。

「え……私のこと、覚えていらっしゃるのですか？」

「そりゃ覚えてるよ。君ぐらいだったからね、毎日学院の花壇に水やりをしていたの。とても偉いなあと思っていたよ。先生もリサのお陰で花壇の花が綺麗に咲かせられるんだっていつも仰《おつしや》っていた」

「そうですか……私の存在、認めて下さる方もいたんですね」

本当にしみじみ噛《か》みしめるように呟くと、リサは嬉しそうに微笑んだ。

私は不思議に思っていたことを尋ねる。

「ところでレオン、私たちがここにいるのをどうやって……」

「ん？　ああ、屋敷に戻ってもパトリシアの気配がなくて、マルタに聞いたらまだ帰って来てないって言うし、嫌な予感がしてね。慌ててイヴ・グレイス侯爵夫人のところに向かったんだよ。そうしたら今日はカーラ・バーンズ侯爵令嬢とその友人たちとファッションショーに行ったと言うし。その後お茶をしたにしても遅いと思って、失礼かと思ったんだがバーンズ侯爵家に向かったんだ。そしたらそこのご令嬢が貧血起こして屋敷に運び込まれたって言うじゃないか。状況が分からないけどパトリシアと繋ぐ糸が彼女しかないからね、そこで少し待たせてもらったんだよ」

三十分ほど待っていたら気付け薬で目が覚めたカーラと話が出来、彼女はリサに侯爵家保有の賃貸物件を案内していてそこに私も一緒だったと説明した。

カーラが何故戻れなかったのかについてもレオンが説明してくれた。

「カーラ嬢が君たちの飲み物を買っていた時に大きな荷馬車が走って来たそうなんだが、お年寄りがその馬車に引っ掛けられてしまったそうなんだ」

ケガ自体は命に関わるほど大きなものではなかったようなのだが、腕に荷馬車の金属の部分が当たったようで思ったより流血したらしい。

流血した人を見るのが初めてだったカーラはそれを見て卒倒してしまい、ワゴン売りの女性がカーラを知っていたので馬車を呼んで送って行った……という状況だったようだ。

リサが考えていたように、本気で貸したいと思っていたようで、閉じ込めるなんて考えてもいなかったようだ。レオンが外から扉を見たら、石畳の階段に立てかけてあった壊れた鉄柵が倒れていたそうなので、近くを通る馬車の振動か突風か、何らかの原因でドアが開かない状態になってしまっただけらしい。

「それでいつまで経っても戻って来なかったんですね……」

「あなたの言う通り、別に意地悪でも何でもなかったわね。カーラ様も無事で良かったわ。今回は何だか不幸なアクシデントが続いてしまったけれど、ここを貸してもらう話は続けられそうで良かったわねえリサ？」

「確かにそうよね。もしわざと閉じ込めていたってことであれば、それでも貸してくれとは少々言いづらいものねえ」

「パトリシアもリサも呑気だねえ。下手したら風邪どころか肺炎でも起こしていたかも知れないってのに。――まあ今はそんなことどうでも良い。ほら、リサもいったん私の屋敷に来てパトリシアと一緒に温かい飲み物でも飲んだ方が良いよ。その後家の者に宿泊先へ――いや、今日はうちに泊って行けば良い。宿泊先にはこちらから伝えておくよ」

「――はい、申し訳ありませんがお言葉に甘えさせて頂きます。地下室から出ても体がコチコチに固まっている感じがしてしまって……」

「私もよ。ホットココアでも飲みたいわ。リサの牧場の生クリームをたっぷり入れましょう」

「ああ美味しそうね！」

「こらこら、君らは夕食も摂《と》ってないだろう？　まずは二人とも戻ったら風呂に入って体をしっかり温めるのが先だよ」

「ありがとうレオン」

心配性で、私の気配に敏感な夫のお陰で無事に外に出られたのは助かったが、私が何よりも安堵《あんど》したのは、カーラが何かをした訳ではなかったということだった。

リサや私の見る目がなかったと言われればそれまでだが、やはり人に悪意を向けられる可能性を考える、なんて嬉しいことではない。

誰かを疑うよりも信じる方が気分は良いに決まっている。

「……もしカーラ様が嫌がらせをしていたのだったら、私しばらく人間不信になるところだったわ……そういう意味では二重に助かったって感じかしらね……」

帰りの馬車で呟いていたリサの台詞《せりふ》に、私も黙って彼女の手を握ることで応えた。

エピローグ

　翌日、貴族にしてはだいぶ朝早く、顔色がまだ悪いカーラが私の屋敷へやって来た。

　リサも我が家に泊まっていたのでちょうど良いと、一緒に居間へ顔を出す。

「パトリシア様、リサ様、この度は私の不手際《ふてぎわ》で大変怖い思いをさせてしまって、本当に申し訳ありませんでした。屋敷で気がついた時は、何故《なぜ》自宅に戻っていたのか分からず頭が混乱しておりましたが、ケガ人の血を見て気を失ってしまったのだそうで。本当に情けない様でございます。……ただ、お二人は私が戻って来なければ来ないで、鍵が閉まっていた訳でもないのできっと呆《あき》れて帰っておられると思っておりましたの。レオン様が我が家に来られてまだ戻っていないと聞いた時には、またサーっと血の気が引きましたわ。撤去しようと思っていた柵が倒れて閉じ込められておられたとか。——せっかくリサ様が乗り気でおられたのに、私が不甲斐《ふがい》ないばかりに……」

　身の置き所もないといった風情のカーラにリサが声を掛けた。

「あら、もう貸して下さらないのですか？」

「……え？」

「嫌ですわ。今回の件は誰が悪い訳でもありませんでしょう？　不幸な事故が重なっただけですわ。

私は別に怒っておりませんし、カーラ様も頭を上げて下さいませ」

「で、ですがパトリシア様にもご迷惑を――」

「私は自分で勝手に巻き込まれただけですわ。それに、あの店を彼女が借りたら、私も無理やりオープンの手伝いをさせて頂くつもりで楽しみにしてたんですのよ？　ですから、こんな些細《ささい》なことで賃貸の話を白紙に戻さないで頂きたいのです」

「パトリシア様……」

「それにカーラ様もお体の具合がまだ悪そうですわ。お元気になったら改めて契約の話を進めませんか？」

「……ありがとうございます。喜んでお話を進めたいと思います」

深く頭を下げたカーラは、連れて来たメイドに腕を借りるようにして帰って行った。

私は子供の頃から料理も手伝っていたので、包丁でざっくり指を切ってかなり流血したりとちょっとの血を見る程度では驚かないけど、料理なんてやる必要もない大貴族のご令嬢には刺激が強過ぎたのだろう。

「……リサは血を見るとか強い方？」

「え？　やあね、だから牧場育ちだってば私。虫退治どころか、鳥や豚、牛だって捌《さば》けるんだから、血が苦手なんて言ってられないじゃないの」

「ふふふっ、それもそうよね！」

「まあ最初は目眩《めまい》起こして倒れたけどね。ああいうのは場数《ばかず》よ場数」

お互いに笑いながら、私たちはレストランの改装について話を弾ませるのだった。

幸いにも数日でカーラは元気を取り戻し、リサと無事レストランの賃貸契約を結んだ。

レオンもいつの間にか話に加わって、

「ねえ、小売り以外にレストランで食べ物を出すのであれば、うちのワインを出してみるのはどうだろう？　美味《おい》しいワインとチーズ、ステーキやハンバーグなんて相性抜群だろう？　もちろん友人割引で卸《おろし》価格はサービスするよ」

などとちゃっかり自分の商売にも繋《つな》げている。

私は私で、改装を始めたレストランをまめに見に行っては、テーブルクロスはどんなものが良いか、陳列棚はもっとレジ近くの壁一面に増やした方が良いのでは、などとリサに意見を出しながら、ついでに私のハンドメイドの小銭入れやバッグなどを置いてくれないか、と図々しい話もしてみた。

「まあパトリシアったらこんなに器用だったと思わなかったわ！　前にお菓子を頂いた時もとても美味しくてすぐ食べてしまったけれど、このバッグも財布もデザインが洒落《しゃれ》てて素敵じゃないの！　きっと欲しがる人は沢山いるわよ。専用のコーナー作っちゃいましょうよ。あ、私これ欲しいから売約済みにしてね！　あ、これもいいわね」

リサはいくつかの品物を抱えてニコニコと私を見る。

家族も喜んでくれていたし、それなりに良い物を作っているはずだと思っていたけれど、身内が褒めてくれるのと友人が褒めてくれるのでは喜びも別物だ。私も更にやる気が高まってしまった。

そんな慌ただしい毎日だったが、最近来るはずの月のものが来ていないことに気づいた。妊娠したら悪阻《つわり》など具合が悪くなることが多いと言われていたが、普段と全く変化がなかったので気がつかなかった。これから変調するかも知れないけれど。

もちろん、子供を授かったのだとしたらとても嬉《うれ》しい。

嬉しくはあるのだが、ただでさえ妻べったりで、仕事がなければ常時傍《そば》にいたがるし、いや仕事の合間でもちょこちょこ私の姿を見に来ては「補充」と言ってはきゅ、と抱きしめてまた仕事に戻るほどの嫁バカと化している夫である。子供が産まれたらどうなるのかと想像すると、今から頭が痛くなるような気持ちになってくる。

◇◇◇

「パトリシア、何で厨房《ちゅうぼう》にいるんだい！」

「あらレオン、お仕事は一段落ついたの？　ちょうど良かったわ。もう少しでパウンドケーキが焼き上がるから、一緒にお茶でも――」

「何を言っているんだい、君は大事な体なんだよ？　部屋で寝てなくちゃ！」

私が厨房でコック長のホッジスと夕食の件で立ち話をしながらオーブンの様子を見ていると、何故《なぜ》か息を切らせたレオンが駆け込んで来た。どうやら姿が見当たらないのであちこち探していたようだ。

お医者様に診てもらって妊娠がハッキリしたため、照れくさいながらも、

「実はね……三カ月なの」

と夕食後にレオンに報告したところ、最初キョトンとしていたレオンがみるみるうちに頰を紅潮させ、がばっと私を抱き上げた。

「本当かい？　ああ、男の子かな女の子かな？　いやパトリシアと私の子ならどっちでも良いよ！　ああどうしよう、すごく嬉しいよ！」

抱き上げたままその場でくるくる回り出したので、私は目が回って吐き気がしてしまい、しばらくトイレに籠《こも》ってしまった。そして翌日は一日中ベッドで横になる羽目《はめ》に。

いくら感極まったからって、体調が安定しない妊婦をくるくるするなんて、本当に無茶をしてくれるわ。悪阻だって少しはあるんだから。

レオンは具合が悪くなった私を見て真っ青になり、泣いて謝っていた。

マルタからも「妊婦に何てことするんですかレオン様！」とものすごく叱《しか》られていたが、まあ男性なのだし、妊娠したことがなければ辛《つら》さも分かるまい。

ただあの一件以降、レオンの過保護が加速してしまい、身重の体で何をしているのかと気が気じゃないらしい。

「厨房でちょっと作業するぐらい何でもないのよ。むしろ動かないで寝ているばかりの方が筋力がなまって大変なんだから。臨月になったら頼まれても何も出来ないことの方が多いんだから、動けるうちは好きなようにさせてちょうだい」

「いや、うん、それは分かってるんだけど、でも心配なんだ」

自分が寝込ませるようなことをしてしまったからね、本当に反省しているよ……と悲しそうに言われると私も心が痛むが、再度またくるくるされても困る。

「辛かったら真っ先にレオンに言うから、少しは愛する妻を信頼してちょうだいね」

と諭《さと》すと、

「妻……そうだね、パトリシアは私のもっとも信頼し愛する妻だ。産まれて来る子もきっとパトリシアのように愛らしいんだろうなあ」

とたちまちご機嫌になる。

外出時や仕事相手に対して無表情になっていた見目麗しい顔も、最近では口角を上げていることが多く、出会う相手に無意識に魅力を振りまきまくっている。

それはそれで心が落ち着かないのだが、楽しそうに過ごしているレオンを見ているとこっちも嬉しくなってくる。

そしてもう一つ嬉しいことがある。

……安定期に入ってしばらくすると、胸が、胸が少し成長したのだ。

◇◇◇

「マルタ！　ほらほら、たふんたふんとまではしないけれど、もうこれですとーんとは言わせないわよ！」

風呂で体を洗ってくれるマルタに自慢げに胸を付き出すと、彼女はそれはそれは……と軽く受け流しながらせっせと背中を洗う。

「あら、ちょっと反応が思っていたのと違うわ」

「はい流しますよ――パトリシア様、大変残念なお知らせでございます」

「……え？」

「妊娠出産で女性の胸は確かに成長する方は多いです……が」

「……が？」

「それはあくまで子供に授乳するための変化であって、『期間限定』である、ということなのですよ？」

「――っっ！」

「おや、そのお顔はまさか知らなかったのですか？」

「でも、でもそのまま成長した状態で落ち着くことだって――」

「蜂に刺されてぷっくり腫《は》れたりしますわよね？　でもあれは一時的に蜂の毒素が回っただけで、数日もすれば元通りになりませんか？」

「マルタ、豊かになった人の胸を蜂刺されレベルで言うなんてひどいじゃないの」

「とんでもない。蜂よりましではございませんか。少なくともお子様のお陰で一年かそこらはぷっくり出来るのですから。──その後すとーんに戻りますけれど」

「……ああ、淡い願いすら許されないのね私の胸は」

ガックリとうなだれると、髪にシャンプーを垂らしてマッサージをしながら洗うマルタが贅沢《ぜいたく》ですわね、と告げる。

「……胸がもう少し欲しいと願うのはそんなに贅沢かしら？」

「違いますよ。胸がなかろうが、それでも良いと受け入れてくれる愛する夫がいて、これから産まれて来る子供がいて、理解のあるご友人が出来て。幸せではございませんか？　少なくともそういった存在が友人ぐらいしかいない私には、羨ましいほどにお幸せそうですわ」

「……そうね。ごめんなさいマルタ。確かに贅沢な悩みだったわ」

「さようでございます。幸せは多過ぎると何かと不安になりますから、少しぐらい不幸な要素があった方が良いのです」

「──人の胸を呪いの装飾品みたいに言わないでちょうだい」

「装飾品でしたら外せますけどもね。──あ、そうそう、エマリアですが、先日結婚したのでこれからは通いになりますけれど、今後も引き続き勤めてくれるそうですわ」

「エマリアが？　それは良いニュースだわ！」

メイドの同期であるエマリアとジョアンナとは今でも仲良しで、本当は公私混同は良くないのだけど、二人と休みが合えば、町で買い物を楽しんだりお茶をしたりしている。

「パトリシア様は放っておくと心配だから、色々と」

「まあエマリアは心配って言葉を使ってるけど、私も彼女も単にパトリシア様が好きなだけなのよ。あと屋敷で出されるお菓子を食べたいのもあるかしらねえ」

などとからかうが、二人とも良い友人だ。

「あとそろそろ少しレオン様をたしなめて下さいませんと」

「……レオンを？」

「屋敷の二部屋を子供部屋に改装されたのは良いのですが——」

「え？　でも双子じゃないわよ？」

「男女どちらが産まれても良いように、男の子仕様と女の子仕様のをご用意されているそうです。まあお子様もこれから増えるかも知れませんしそれは良いのですが」

「初めて聞いたわその話」

なんてもったいないことをしているのあの人ったら。

「その上、町のベビーグッズを扱っている店に始終訪れては、男女の服やおもちゃなどを大量に購入されているそうで。そのたびに『いやあ子供のものってどうしてこんなに何もかもが可愛らしいんだろうねえ……可愛い妻から産まれて来るせいもあるのかなあ？』とか、『うちの子は何しろ妻の血を引いているから、男でも女でも可愛いに決まってるよね。妻にもお腹《なか》が大きくなっても着られるような、ゆったりしたマタニティー服をいくつか用意して欲しいんだけど』などとへらへらと店員にご機嫌でのろけ、周囲の方からはレオン様はどうやら奥様と子供に対する財布がガバガバだ、などと言われているそうですわ」

私は顔がカーッと熱くなった。

「何て恥ずかしいことを……私が店に行きにくくなるじゃないの」

「まあレオン様ご本人は自分に対して最低限のお金しかかけませんから、個人的には微笑《ほほえ》ましいのですが、店にとってはいいカモです。パトリシア様や産まれて来るお子様を盾にされて、無駄に不要な買い物をさせられるかも知れませんしね。そこはほどよく締めておいて下さいませ」

「分かったわ！　ガツンと言っておくわね」

……しかし偉そうなことを言った私も、しゅんとするレオンを前にすると強く言うことも出来ない。

「そ、そういうことだから、レオンも少しは慎重に行動してね」

「――うん、ごめんよパトリシア。つい嬉しさが溢《あふ》れちゃって」

と素直に謝られるとこれ以上は責められないのである。どうせいずれまた似たようなことをやらかして謝るの繰り返しな気もする。ただこれが愛する家族のための行動のため、嬉しくないと言えば嘘《うそ》になるのだけど。

そしていつものごとく、いそいそとベッドで隣に引っ付いて私を抱き枕のようにして眠るのだ。

（まだ新婚だし、あと数年はこんな感じなんでしょうねえ……）

と少し呆《あき》れつつも、私が地味で目立たず存在感がなかったお陰でこの幸せに巡り合えたのだから、

文句はない。

私はそう思い眠りに誘《いざな》われて行った。

——だが、この後数年どころか数十年経《た》ってもレオンがぴったり引っ付いており、三人の子供からも「母様が大好き過ぎる父様」と語られる未来が待っていることを、この時のパトリシアはまだ知るよしもない。

【番外編】特権、使いませんか？

リサが改装と準備を重ねてオープンしたカフェ&レストラン『ルーバーハウス』はオープン当初から話題になり、あっという間にお客さんが沢山訪れる人気の店になった。

ルーバー子爵《ししゃく》領の牧場から直送される新鮮なミルクにチーズ、自家製ベーコンやソーセージ、豚肉牛肉、鳥肉などの購入品はもちろん、コックとパティシエを雇い、産直製品を使ったケーキや飲み物、ハンバーグ、ステーキなどの食事も評判が良い。

そして、片隅に置かせてもらっている私の自作のバッグや財布などの小物も人気があり、色使いやデザインが素敵だと、出品するとすぐ売れてしまうとのこと。

リサが先日売り上げを持って来た時に嬉《うれ》しそうに教えてくれた。

「全部一点ものだし、次に出る時には事前に声を掛けてくれと言って下さるお客様もいるのよ？　パトリシアは才能があるのねきっと」

「まあ……買って下さるのはありがたいけれど、町で家族以外の人が私の作ったものを持っているなんて、何だか照れ臭いわね」

「本当は今の手持ちがなくなる前に早速他の品物を作って欲しいと言いたいところだけど、子供が産まれて少し経《た》ってからでないとまともに時間も取れないものね。少しずつさばいていくことにするわ」

「ごめんなさいねリサ」

「気にしないで。今は元気な子供を産むのが先決よ。来月ぐらいだったかしら予定日は？」

「ええ、もう一カ月切ってるわ。お腹《なか》大きくなったら歩いても足元が見えなくて、転ばないか心配よ」

「大丈夫よ。レオンが守ってくれるじゃないの」

「まあ確かに守ってはくれるんだけどね……」


レオンはかかりつけの先生に「臨月近くなると、いつ産気づくか分からないよ」と言われてから、遠出の仕事は部下に任せ、ほぼ家の中で書類のやり取りなどで済ませているし近場の仕事も外出は短時間である。それ以外は何をしているかというと、いそいそと私の世話をしているのだ。

本当にありがたい。助かる。それは間違いない。

でも屋敷の階段の上り下りは絶対に一人ではダメだとか、ケーキやクッキーを作るため厨房《ちゅうぼう》に入るのすら、危ないと許してくれないのは少々やり過ぎではないかと思わないでもない。

「初めての子供だもの、心配なのよ」

「分かってるのだけどね。私もしんどいなと思うこともあるし。でも読書と編み物ぐらいしかやらせてくれないのは、私も少しストレスがね……」

でもレオンの心配そうな顔を見ると強くも言えない。

……まあ子供が産まれてしまえば過保護過ぎる彼も少しはマシになるでしょう。

私はミルクたっぷりの紅茶を飲みながら呑気《のんき》に考えていた。

◇◇◇

それから、私は元気な女の子を産んだ。

赤ん坊は最初はみんな似たようなものと母が言っていたけれど、産まれたばかりなのに私の子とは思えないほど目鼻立ちの整った、つまりはレオンに良く似た華やかな子だった。

きっとレオンの母であるヒルダ様とも似ているのだろう。私譲りなのは緑の瞳だけだったのがレオンは残念そうだったが、私としては地味顔にならずに済んだので、良くやったと褒めて欲しいぐらいだ。

「可愛《かわい》いパトリシアにもう少し似ていてくれたらもっと嬉しかったのになあ。あまりにも私に似ていると、何だか自分を褒め称えてるみたいで気恥ずかしくなっちゃうよね」

「何を言ってるの。レオンに似た方が将来の美人が約束されたようなものじゃないの」

「まあ中身がパトリシアのように心優しく気遣いの出来る女性になってくれればそれだけで嬉しいよ。……ああでも、パトリシアと私の子だというだけで、ほんと世界一可愛いよねえ」

小さな命をそっと抱きながら幸せそうに微笑《ほほえ》むレオンに私も笑みを返した。

出産って本当に大変だったけど、産まれて来た子供を見ると疲れもどこへやらである。

テレサと名付けられたその子は顔だけはレオンに似まくったものの、性格というか、大雑把《おおざっぱ》でメンタルが強いお気楽な気質なのは私に似たようだ。

人見知りせず、誰に抱っこされても嫌がりもしないしキャッキャと喜ぶし、半年ぐらい経つとものすごいスピードでハイハイを始め、マルタや乳母《うば》になったエマリアやジョアンナだけではなく、私すら油断していると直《す》ぐに徘徊《はいかい》して姿を消してしまいそうになる。

さっきまでゆりかご仕様のベビーベッドで眠っていたはずなのに、と慌てて周囲を探すとソファーの下でカサカサ動いていたり、居間でお茶を飲みながらひと休みしていると、いつの間にローリングしながら別の部屋に行こうとしていたりする。

「パトリシア様に似て気配を消すのが上手過ぎるんですよねえ。普段は存在感ありまくりの可愛さなのに、こういうとこだけ受け継がれても困っちゃうんですよ」

とジョアンナが愚痴《ぐち》をこぼすが、私は別に好きで気配を消している訳ではない。勝手に周囲が気配を悟ってくれないだけである。

事故が起きてからでは遅いと、レオンと一緒に木製の柵がついているベビーベッドを買って来て試したこともあるのだが、自由に出られないと分かった途端ギャン泣きしてしまい、手に負えなくなった。

今まで繊細さのかけらもなく、大した夜泣きもせずに良く眠ってくれていたのに、である。マルタたちが育児の手伝いをしてくれるとは言っても夜間は母親の仕事である。

「パトリシア、君が倒れたらと思うと私の方が心配で眠れないよ。テレサはある程度自由にしてあげた方が良いんじゃないかな。いくら何でもハイハイで屋敷の外には出られないだろうしさ」

レオンが寝不足でげっそりした私を心配してゆりかごベッドに戻すことを提案し、一旦元に戻してみたら一気に夜泣きも減り以前のほぼ静かな夜が戻った。

柵のついたベッドは子供が産まれたばかりの使用人の家に贈られることとなったので無駄ではなかったが、我が娘は意外と好奇心旺盛《おうせい》な活動派だったようである。

マルタたちと話し合って、テレサの徘徊活動はなるべく邪魔しないで、危ない物を口に入れようとしたり危険な行為をしようとした時だけは止めることにしようと決めた。

こちらが邪魔をしなければ常にご機嫌で手は掛からない子なのである。

ただ、最近カメラというのが発売されたことにレオンが喜んで、早速家族写真を撮ろうと写真家を呼んでも、テレサだけが新しい物に興味を示して常に動こうとするため、撮れた写真はレオンが白い何かを抱いているだけになってしまった。

これは起きている時には無理だろうとお昼寝をしている時に改めてチャレンジしてようやく撮影が成功した。まあ口を開けて惰眠《だみん》をむさぼっているような状態でも元がレオンの血筋なので可愛いことには変わりはない。

出来上がった写真を引き伸ばして額に入れ、玄関ホールの目立つところに飾ったレオンは、

「妻も可愛い娘も可愛い♪　今日も仕事を頑張るぞ〜♪」

と毎日ご機嫌である。娘はともかく私に対しては審美眼がおかしい気がするけれど、結婚する前からおかしいので仕方がない。

私の両親も弟も孫バカ姪《めい》バカになってしまい、ありがたいことにしょっちゅう遊びに来ては遊んでくれたりおもちゃを持って来る。

それはありがたいばかりでよいのだが、私がずっと気にしているのは別荘に引きこもっている義父である。世捨て人状態で最低限の使用人と暮らしているが、まだ五十歳そこそこでそんな暮らしをしていると早くボケてしまいそうな気がしてしまう。

馬車に乗っても三十分程度の距離なのでテレサが産まれたばかりの頃に連れて行ったりもしたのだけれど、

「私のことは気にしなくていいよ。こっちはこっちでのんびり暮らしてるから」

と頻繁《ひんぱん》な交流を避けられるような感じで、なかなか親しくなるところまでいけない。

別に本当に人付き合いが嫌ならしょうがないと思うのだが、ヒルダ様が亡くなってから引きこもりがちになったのであって、元々は快活なお人柄だったらしいし、何とか少しでも元気になってくれないだろうか、と息子の嫁としては思う訳である。

ふと、最近では立って数歩だが歩くぐらいまで進化した娘の顔を眺めて、レオン抜きでちょっと伺ってみようかな、と思った。

「――どうしたんだいパトリシア。まさかうちのバカ息子が何か悲しませるような真似《まね》でもしたのか？」

レオン抜きでの突然の訪問に驚いた様子のお義父《とう》様は、それでも嫌な顔をせずに居間に通してくれた。

レオンの父ゲイリー様は、元騎士団にいただけあって今でも筋肉質なガッシリとした体をしているし、灰色がかった短い金髪も無骨な顔立ちも少し強面ではあるのだが、目は柔和《にゅうわ》で優しげだ。

年老いたメイドがお茶を運んで来てごゆっくり、と言って下がると私は切り出した。

「いえ、レオンはとても大切にしてくれておりますし、毎日楽しく暮らしておりますわ」

「そうか。それなら良かったが……」

それなら何故《なぜ》来たのだろうかと言いたげな彼に、ずっと抱っこしていたテレサを見せる。

「テレサが大分大きくなりましたので、是非お義父様にも見て頂きたくて。レオンに似ていると思っているのですが、もしかしたらヒルダ様とも似ているのかしら、と思いまして」

「ばっだっ！」

ご機嫌に大きな声を出したテレサの顔を驚いたような顔になって見つめた義父は、

「やあ……少し見ない間に大きくなったな」

とテレサを眺めた。

「――うん。ヒルダの面影《おもかげ》があるね。レオンも昔から妻に良く似ていたが、女の子だからかな、より似てるような気がするね」

「ぷぷっ」

テレサが伸ばした手をおっかなびっくり摑《つか》んだ彼は、

「おっと、握る力が強いなテレサは」

と少し笑みを見せる。

「そうなんですの。油断してるとあちこち動き回るし、もう暴れ牛みたいで毎日大変ですわ」

私はちょっと抱っこしてみませんか？　と義父にテレサを手渡した。

「パ、パトリシア、まだこんな小さい子を抱くとケガをさせてしまいそうで怖いよ。私はガサツだからね」

そう言いながらもご機嫌なテレサに自然と口元が緩んでいるの、私は見逃しませんよ。

「――先日私の母から聞いたことなのですが、子供は三歳までには親孝行が済んでるんだそうです」

「そうなのか？」

「ええ。それだけ可愛い盛《さか》りで親を幸せにしてくれるんだってことらしいんですけど……もったいないと思いませんかお義父様？」

「な、何がだい？」

「いえ、こんな地味な私から幸運にもお義母《かあ》様に良く似たテレサが産まれて来たんですよ？　要は出会っていなかった子供時代のお義母様との時間を疑似体験出来るということじゃありませんか。

家に引きこもったままだと貴重な可愛い盛りどころか、幼女時代のお義母様、少女時代のお義母様がこうだったかも、と思えるかも知れないというお得な孫なのですよ？　とってもレアじゃありませんの」

「レ、レア……」

楽しげに洋服のボタンをいじるテレサをまじまじと眺めた義父は、少し考え込む様子を見せた。

「お義母様に、私がお会いすることは出来ませんでしたが、しっかりと血は続いておりますわ。レオンにテレサ……もしかしたら今後産まれるかも知れない子供だって、ヒルダ様が生きて来た証《あかし》がそこにはあるんじゃないかと思うんです」

「……」

「別に無理やり社交的になれと言っている訳ではないのです。ですがせっかくヒルダ様が遺《のこ》したレオンに、レオンと結婚した私が産んだテレサ、お義父様が愛したお義母様から受け継がれる血筋の成長を一緒に楽しみませんか？　特にテレサなんて私からしたら奇跡的に美人に産まれてくれたんですもの。これは愛《め》でなければ損じゃありませんの。間近で眺められる特権をお持ちなんですわよお義父様は」

「――特権か。……ははは、パトリシアは面白いことを言うね」

いきなり笑い出した義父に驚いたテレサも、きゃっきゃと喜んでいる。笑い方はレオンにとても良く似ている。

「そうだね……親孝行だけじゃなくて、テレサには祖父孝行もしてもらわないとね。たまにはそちらにも遊びに行かせてもらうよ」

「まめに来て下さっても良いですよ？　子供の成長って驚くほど早いですから」

「そうか、いや、そうだろうね。――うん、頑張ってちょくちょく行かせてもらうことにするよ」

クスクスと楽しそうに笑いながらテレサをあやす義父は、私に視線を移した。

「レオンがパトリシアと結婚したのが分かる気がするよ。流石《さすが》は私の息子だ、女性を見る目がある」

「そうですか？　私は平凡過ぎる女ですけれども、そう仰《おつしや》って頂けると嬉しいです」


その後、義父は本当に月に二回、三回と屋敷を訪れるようになった。

初対面の人間でもご機嫌さは失わないテレサだが、顔なじみになると更に喜ぶので、えっちらおっちらと足元にやって来てまとわりつき、抱っこをせがむ孫が可愛くて仕方がないという状態になるのは時間の問題だった。

レオンとも最初はぎこちない感じだったが、テレサを介して会話も増えている感じがして個人的には嬉しい。

「ほおら、じいじがお人形を持って来たぞー」

「だあー♪」

と言う今までからは想像も出来ないやり取りを眺めながら、レオンは背後から私を抱きしめる。

「パトリシアのおかげで父とも少しずつ距離が縮まって来ている気がするし、お手製のお菓子も食べられるし、まったく私は幸せ者だよねえ」

「花粉アレルギーも薬のお陰でほとんど症状が出なくなったものね」

「そうだね。ロゼッタには感謝してもしきれないよ。これも引き合わせてくれたパトリシアのお陰だよね」

「過剰に私にゴマをするのは、何か食べたいお菓子でもあるのかしら？」

「――あ、バレた？　実は最近チョコレートたっぷりのエクレアが食べたくて」

冗談だよ、と笑うと私の肩に顎《あご》を乗せた。

「心から愛してるよ、パトリシア」

「まあ偶然ね、私もよ」

「あ、そうだ、リサがそろそろ小物製作を再開しないか、って伝えて欲しいってさ」

「そうね。私も作りたくなって来てたのよね。でもテレサの世話もあるしエマリアやジョアンナたちに負担を掛け過ぎるのもね……あ、お義父様も屋敷に戻って来て一緒に暮らしてくれるかしら？テレサとも遊んでくれるだろうし安心なのだけど」

「いまやすっかり孫バカだからね。言われたら喜んで戻って来るんじゃないかな。現在ロンダルド家はパトリシアで回ってるからね。でも私だって父としてテレサと遊ばせてもらうよ。じいじの方が好きとか言われたら泣いちゃうよ」


――ギルモアからの心無い言葉に傷ついたりもしたし、自分自身が嫌いになりそうだったりすることもあったけれど、それでも私は私のままで良いと言ってくれる人と出会えた。

私はこの幸せを逃さないよう精一杯生きて行こうと思う。

……成長していた胸が徐々に縮小傾向にあることは忘れることにして。

あとがき

来栖《くるす》もよもよと申します。

今回のお話は最後までお楽しみ頂けましたでしょうか？　ウェブ版より六万文字以上加筆したり改稿したりしているので、ウェブ版をご存じの方にも新鮮だったのではないかと思っております。

私は基本的に不憫《ふびん》なヒロインだったり不遇《ふぐう》なヒーローだったり、

「不器用でどうにも上手《うま》く行かなかったりするんだけど一生懸命生きている」

という人たちが大好きなので、そういうキャラを描くことが多いです。

多分、完全無欠のヒーローやヒロインの方がより好まれたりするのでしょうが、私はどちらかと言うと人間臭いキャラの方に魅力を感じて応援したくなってしまうのです。

人類の九割ぐらいは私を含めて、平凡で特別な才能などがあるかどうかも分からないモブ的存在なのでしょうが、実際は一人一人がその自分の人生の主役である訳です。ですからその大多数の人たちの幸せも人によって違うんですよね。

この物語は平々凡々で存在感が限りなく希薄な女性と、美貌ゆえに傷ついて深いトラウマ持ちの男性が少しずつ惹《ひ》かれ合って行くという、いわば特別でも何でもない物語ですが、ウェブ版の読者の皆様には大変好感を持って読んで頂き、サイトランキングで初めて年間一位を頂けた作品です。

応援して下さった皆様のお陰でｅロマンスロイヤル大賞のピーチ賞も受賞出来て無事に本にして頂けることになりました。本当にありがとうございます。心から感謝しております。

多分これからも私は完全無欠とは程遠いような、少し歪《ゆが》んでたりかなり変な部分があったり、クセのありそうな人の物語を書いていくだろうと思います。

一億の人間が存在すれば一億の幸せがあるように、物書きもそれぞれ書きたいものが違うと思います。私は完璧ではない人の人生の物語を書いて行きたいと思っています。

小説というのは創作物ですが、その創作の世界をいかに飽きさせず楽しませられるかがエンタメではないかと私は考えています。

——あなたにとってこの作品はエンタメでしたか？

そうであったならこれ以上の喜びはありません。イマイチ納得できなかった方にも……これからご納得頂けるよう日々精進致します（笑）。

では機会がありましたら別の作品でもお会いしましょう！

来栖もよもよ

eロマンス ロイヤル

本書は「ムーンライトノベルズ」(https://mnlt.syosetu.com/top/top/)に
掲載していたものを加筆・改稿したものです。
この作品はフィクションです。実在の人物・団体・事件などにはいっさい関係ありません。

●ファンレターの宛先
〒102-8177　東京都千代田区富士見 2-13-3　eロマンスロイヤル編集部

ステルス令嬢《れいじょう》の恋愛事情《れんあいじじょう》 ご主人様《しゅじんさま》の秘密《ひみつ》を知《し》ってしまったら溺愛《できあい》されまして!?

著／来栖《くるす》もよもよ

イラスト／一ノ瀬《いちのせ》かおる

2023年3月2日　初刷発行

発行者　山下直久
発行　株式会社KADOKAWA
〒102-8177　東京都千代田区富士見2-13-3
(ナビダイヤル) 0570-002-301
デザイン　百足屋ユウコ+タドコロユイ（ムシカゴグラフィクス）
印刷・製本　凸版印刷株式会社

●お問い合わせ
https://www.kadokawa.co.jp/（「お問い合わせ」へお進みください）
※内容によっては、お答えできない場合があります。
※サポートは日本国内のみとさせていただきます。
※Japanese text only

ISBN978-4-04-737393-8　C0093　©Kurusu Moyomoyo 2023　Printed in Japan
定価はカバーに表示してあります。